KB069121

# 중국 인물들이 걸어온 길

—— 공자에서 투유유까지

# 중국 인물들이 걸어온 길

공자에서 투유유까지

박성혜 저

學古房

▮ 일러두기 ▮

1911년 이전의 인명 및 이와 관련된 지명은 한자음으로, 1911년 이후의 인명 및 이와 관련된 지명은 병음발음으로 표기했음.

# 목차

## '길'의 시작점에서

길은 종종 인생을 비유한다. 그러나 인생의 길은 다시 돌아갈 수 없으며 오직 앞을 향해 걸어갈 수만 있을 뿐이다. 모두가 이번 생은 처음인지라 서투르고 실수투성이이다. 20대도 처음이고, 30대도 처음이며, 40대도 처음이다. 그래서 아이로, 어른으로, 자식으로, 부모로, 직장인으로 살아가기에 좌충우돌 시행착오가 가득하다. 조금 더 인생의 길을 충만하면서도 의미 있게 걸어갈 수는 없을까. 이 책은 이러한 물음에서 시작되었다.

내 삶을 아름답게 가꾸기 위해 타인의 인생을 찬찬히 살펴보는 것도 하나의 방법이 될 수 있을 것이다. 일단 범위는 중국 역사 속의 인물들로 좁혔다. 5,000년 중국의 기나긴 역사를 수놓은 수많은 사람들 가운데 누구를 선택하여 조명할지에 대한 고민은 이미 사마천(司馬遷)에 의해 시작되었다는 점에서 이 책의 구성은 크게 새롭지 않다. 또한 이미 국내에도 중국 인물 관련 서적들이 다수 출판되어 있는 상태이다.

그럼에도 불구하고 중국 사람들의 삶을 이야기하려 한다. 먼저 시간적으로 과거의 인물에만 머무는 것이 아니라 지금 나와 함께 숨 쉬고 있는 '동시대인들'의 삶까지 언급할 것이다. 장쩌민, 후진타오, 시진핑, 성룽, 마윈, 모옌, 류샤오보, 투유유, 리옌훙, 마화텅 등을 선택한 것은 다른 책들과 약간 구별되는 이 책의 특징이라고 말할 수 있다.

또한 내용에 있어서 중국이라는 특수성에 그치는 것이 아니라 '타인에 대한 이해' 및 '인간의 보편적 삶에 대한 이해'로까지 확대하고자 한다.

돌이켜보면 타인에 대한 오해는 대부분 지극히 작은 일부분만 보고 판단한 결과에서 비롯된 것들이었다. 유시민 선생님은 소설가 심훈 대해 '작가의 생애와 글자 그 자체를 분리할 수 없다. 작가가 어떻게 살아왔는지를 어느 정도 알아야 문맥과 그 사람의 생각을 어느 정도 해석할 수 있다'고 말하면서, 그의 소설 『상록수』가 '순진한 지식인이 가진 계몽주의의 한계가 드러나는 작품'이라는 평가를 받는 것이 안타깝다고 토로한 바 있다. 남다른 집안 배경과 이에 순응할 수 없었던 성품에서 비롯된 갈등, 「그날이 오면」처럼 그가 쓴 수많은 작품들이 검열로 무산된 점 등을 살펴보면, 『상록수』는 주어진 환경에서 최선의 방법으로 민중들에게 접근하고자 한 결과물이라는 주장이다. 생각해보면 『상록수』나 「그날이 오면」은 아무 생각 없이 수능시험 때문에 그냥 꾸역꾸역 공부했던 작품이었다. 같은 이치로 중국의 위대한 시인으로 일컬어지는 이백과 두보도 다짜고짜 작품을 먼저 보면서 '그들이 어떤 삶을 살았는지'에 대해서는 알고자하는 시도조차 없었다. '싫어' · '아몰랑' · '재미없어' 등의 오해와 부정의 감정이 생겨나는 것은 너무나 당연한 결과였다. 그런데 우리가 살아가면서 타인과의 관계에서 겪는 수많은 크고 작은 갈등들도 이와 크게 다르지 않은 것 같다. 조금만 관심을 기울이고 그 삶을 이해하려고 노력한다면 대부분 저절로 해결될 문제들이었는데. 솔직히 오해는 타인에 대한 '무관심'의 다른 말이기도 하다.

나아가 시공을 뛰어넘어 인류의 일원으로서 어떤 점을 돌이키고 어떤 점을 배울지 생각해 보고자 한다. 톨스토이의 『사람은 무엇으로 사는가』에 나왔던 질문을 빌려보자면 다음과 같다.

첫째, 사람들의 마음속에는 무엇이 있는가?

둘째, 사람들에게 허락되지 않은 것은 무엇인가?

셋째, 그래서 사람은 무엇으로 사는가?

중국 역사 속의 길을 걸어간 수많은 사람들 중, 이들은 어떠한 장점으로 특별하게 기억될 수 있었고, 이들의 인생 가운데 끝내 허락되지 않은 것은 무엇이었으며, 결국 사람은 무엇으로 사는 존재일까. 이를 알아보기 위해, 지금 함께 그들의 삶 속으로 걸어 들어가 보도록 한다.

# 제1부

## 공부하는 인간, 호모 아카데미쿠스

'또 공자야? 지겨워'라는 반응이 있을지 모르겠지만, 사실 공자의 유가사상은 시기적으로 춘추 말기부터 지금 시진핑 정부에 이르기까지, 공간적으로 중국을 넘어 타이완·홍콩·일본·한국·싱가포르·베트남 등 동아시아 전반에 지대한 영향을 미치고 있기에 살펴보지 않을 수 없다. 특히 중국은 1976년 마오쩌둥의 사망과 함께 실패한 사회주의를 대체할 만한 새로운 이데올로기를 찾아야만 했고, 그 대안으로 다시 예전의 전통 - 유가사상 - 에 주목하지 않을 수 없었다.

춘추 말기 공자에서 전국 시대 순자에 이르기까지 이어지는 300여 년 동안의 유가사상은 법가사상처럼 곧바로 효과가 나타나지는 않았기에 당시에는 크게 주목받지 못했다. 그러나 길게 봤을 때 통치계급의 지배체제를 공고히 하는데 매우 유리한 이념이었다. 때문에 유가사상은 동중서(董仲舒)의 건의로 한나라의 이데올로기로 채택된 이후 동아시아 전반으로 퍼졌으며 지속적으로 발전·개량·변형되어 왔으니 이를 '신유학(新儒學)'이라고 한다.

중국에서 신유학은 크게 두 차례 발전했는데 첫 번째는 한나라 무제시기 동중서의 '대일통사상(大一統思想)'이고, 두 번째는 남송시기 주희가 정리한 '성리학(性理學)'이다. 여기에 세 번째를 덧붙인다면 장쩌민→후진타오→시진핑 시대로 이어지면서 더욱 공고해지고 있는 '유학 열기

(儒學熱)'일 것이다. 오죽했으면 조경란 선생님은 '중국공산당은 중국공자당이다'라고까지 단언했겠는가.[1]

특히 후진타오 → 시진핑 시대에 이르러 공자는 문화강국으로서 중국의 소프트파워를 대표하는 아이콘으로 다듬어졌으며, 시진핑의 연설 가운데 가장 많이 인용되는 영예를 누리게 되었다. 마오쩌둥의 반열에 올랐다는 평가를 받으며 강력하게 중국을 이끌어가고 있는 현재 지도자의 발언 가운데, 공자가 압도적 위치를 차지하고 있음은 지금의 중국의 사상적 기반이 무엇인지를 압축해서 보여준다.

그런데 공자가 다시 살아나 동중서 · 주희 · 시진핑 등을 만난다면, 본인을 이렇게 성인의 반열에 올려준 것에 대해 고맙다고 할까, 아니면 자기 이름을 팔아서 엉뚱한 짓을 한다고 화를 낼까. 이에 대한 정확한 판단을 내리기 위해 먼저 공자라는 사람이 어떻게 살았는지 살펴보도록 한다.

---

1) 조경란, 「중국공산당은 중국공자당이 될 것인가」(중앙일보 2016.9.7.)

## 남들이 알아주지 않아도, 공자人不知不慍, 不亦君子乎

공자의 삶은 『논어(論語)』·『공자가어(孔子家語)』·『사기 - 공자세가(孔子世家)』·『사기 - 중니제자열전(仲尼弟子列傳)』 등 자타의 기록을 통해 알 수 있다.

공자는 춘추 말 - 전국 초에 활동했던 2,500년 전의 인물이지만 한나라 이후 성인의 반열에 올랐기에 정리가 꽤 잘 되어 있는 편이다. 영상 자료로는 3,100만 달러(한화 350억 원)이라는 엄청난 제작비로 널리 알려진 영화 〈공자: 춘추전국시대(2010)〉를 비롯하여, 다수의 TV 드라마를 참고할 수 있다. 그 중에서도 쳰닝(錢寧)의 소설 『성인(聖人)』을 개편한 드라마 〈공자(2011)〉을 소개해 보려 한다. 드라마의 화자는 공자를 주제로 미국에서 박사과정 공부를 하고 있는 메이옌(梅燕)이다. 그녀는 공자에 대한 자료를 찾고 연구를 진행하면서 그동안 피상적으로 알고 있었던 공자의 일생이 생각보다 매우 고단했음을 마음으로 이해하게 된다. 살아생전 공자는 꺽다리(長人), 짱구(孔丘), 상가집 개(喪家之狗) 등으로 불렸고, 세상을 떠난 후에야 소왕(素王: 왕이나 다름없는 덕을 갖춘 존재), 스승의 모범(萬歲師表: 본받아야 할 모범)으로 추앙되었다. 이 모든 고정된 이미지를 털어내고 그냥 한 인간으로서 그는 어떤 흔적을 남겼을까? 공자에게도 어린 시절이 있었고 청년시절·장년시절·노년시절이 있었다. 73년이라는 그에게 허락된 시간 동안 그는 모든 것을 계획한대로 착착 이루었을까?

공자의 고향인 창평향(昌平鄕) 추읍(郰邑)은 오늘날 산둥성 취푸(曲阜)로, 산둥성의 중심도시(省會) 지난(濟南)에서 남쪽으로 160km 정도 떨어졌으며 차로는 3시간 정도 거리이다. 취푸에서 다시 동남쪽 27km 정도

〈공자의 생애〉(B.C.551~B.C.479)
- B.C.551년 노나라 창평향 추읍 출생
- 51~56살 노나라 정계 진출
- 56~68살 13년 동안 주유열국(周遊列國)
- 69~73살 후학양성과 저서집필
- 73살 세상을 떠남

떨어진 곳에 니구산(尼丘山)이 있는데, 이곳이 바로 공자가 태어난 곳이다. 그 이름의 유래에 대해서는 단순하게 니구산처럼 튀어나온 짱구머리 때문이라는 설과 함께, 어머니가 니구산에 간절히 기도한 후 낳은 아들이었다는 설이 있다. 후자가 맞다면, 공자의 어머니는 왜 아들을 낳기 위해 기도를 올려야만 했을까?

> 선생님께서 말씀하셨다.
> "나는 열다섯 살에 학문에 뜻을 두었고,
> 서른 살에 세상에 홀로 섰으며,
> 마흔 살에 미혹되지 않았고,
> 쉰 살에 하늘의 뜻이 무엇인지 알았으며,
> 예순 살에 귀가 순해졌고,
> 일흔 살에 마음에서 하고자하는 바를 따라도
> 법도에 어긋나지 않게 되었다"
> 子曰 "吾十有五而志于學, 三十而立, 四十而不惑, 五十而知天命, 六十而耳順, 七十而從心所欲不踰矩."
>
> 『논어 - 위정』

공자의 생애를 압축시킨 자서전 정도에 해당되는 『논어 - 위정』의 이 고백에 따라 그의 삶을 찬찬히 짚어보도록 하자. 노나라 바로 아래 위치한 송(宋)나라 출신의 퇴역군인이었던 공자의 아버지 공흘(孔紇: 字가 叔梁이었기에 '숙량흘'이라고도 함)에게는 부인이 세 명 있었는데, 첫째부인은 딸만 내리 아홉 명을, 둘째부인은 절름발이 아들 맹피(孟皮)를 낳았다. 군인이었던 공흘은 자기를 닮은 건장한 아들을 바랐기에 60살이 넘은 나이에 박수무당 안양(顔襄)의 셋째 딸 안징재(安徵在)를 세 번째 아내로 맞이하고 결국 아들을 낳으니, 이 아이가 바로 공자이다. 그러나 공자의 나이 세 살 때 공흘은 세상을 떠나고, 안징재와 공자는 본가에서 쫓겨나 무당집성촌에서 생활하게 된다. 사마천은 『사기 - 공자세가』에서 '어릴 때 제기를 늘어놓고 예를 베푸는 놀이를 즐겼다(孔子爲兒嬉戲, 常陳俎豆, 設礼容)'라고 기록하고 있는데, 이는 아이가 비범해서라기보다는 그냥 엄마가 하는 일을 보고 흉내 낸 것일 뿐이다. 그리고 공자 나이 17살(또는 24살) 무렵 어머니마저 세상을 떠나자 공자는 세상에 홀로 남겨지게 된다. 아직은 세상 속을 헤쳐 나가기 어린 나이에 부모님이 모두 돌아가시고 혈혈단신 혼자 남겨진 상황에서 공자는 정신줄을 단단히 잡는다. 그가 살았던 춘추 말기는 이제 막 약육강식의 전국시대로 접어들었던 혼란의 시기였지만, 이는 반대로 풀이하자면 열심히 노력해서 자기만의 학설을 세우면 얼마든지 출세의 길이 열릴 수도 있는 기회의 시기이기도 했다. 이유인 즉, 제후들은 부국강병을 위해서라면 어떠한 주장이든 받아들일 준비가 되어 있었고, 다행히 그는 호기심이 많았으며 공부하기를 즐겼기 때문이다.

스무 살 무렵 공자는 결혼을 하여 아들(孔鯉)도 낳고 생계를 위해 노나라 귀족 계씨(季氏)의 창고지기(委吏)와 가축지기(乘田) 등의 허드렛일도 마다하지 않으면서도 틈틈이 책을 읽었다. 닥치는 대로 아르바이트를 하면서 학비와 용돈을 충당하며 공부하는 지금의 청년들의 삶과 크게 다르지 않았다.

> 태재가 자공에게 물었다.
> "그대의 선생님은 성인이신가봅니다, 어찌 그리 다재다능하신지요?"
> 자공이 대답했다.
> "원체 하늘이 내린 위대한 성인인데다가, 능력도 많으신 것이지요!"
> 공자께서 이 말을 듣고 말했다.
> "태재가 나를 알아본 것일까? 나는 어렸을 때 가난하여 비천한 일을

많이 할 줄 아는 것이지. 군자가 재능이 많을 필요가 있을까? 많은 필요가 없을 것이다"

공자의 또 다른 제자인 자장도 이렇게 말한 바 있다.

"선생님께서는 '나는 등용되지 못했기 때문에 재능이 많은 것이다'라고 말씀하신 적이 있다"

大宰問於子貢曰 "夫子聖者與? 何其多能也?"

子貢曰 "固天縱之將聖, 又多能也"

子聞之曰 "大宰知我乎? 吾少也賤, 故多能鄙事. 君子多乎哉? 不多也"

牢曰 "子云: '吾不試, 故藝'"

『논어 - 자한』

달항 마을의 어떤 사람이 말했다

"공자는 참 대단해! 아는 것이 그렇게 많은데도 이름을 드러낸 것은 하나도 없으니 말이야"

공자께서 이 말을 듣고 제자들에게 말하셨다.

"나는 무엇을 제일 잘 할까? 수레몰이? 활쏘기? 수레몰이를 제일 잘 한다고 해야겠다!"

達巷黨人曰 "大哉孔子! 博學而無所成名."

子聞之, 謂門弟子曰 "吾何執? 執御乎? 執射乎? 吾執御矣!"

『논어 - 자한』

공자는 등용을 기다리며 제자들을 양성하던 긴 시간을 통해 많이 단련되었던 것 같다. '나이 오십이 다 되어가도록 뭐 하나 제대로 이룬 게 없냐?'는 사람들의 조롱과 비아냥에도 '나는 활쏘기도 잘하고 수레몰이도 잘 하는데!'라고 웃어넘기는 여유마저 보였다.

그토록 바라던 관직 진출은 결국 오십 살이 넘어서야 이루어진다. 공자는 뛰어난 언변으로 외교담판에 참여하여 제나라에 빼앗겼던 땅을 되찾아오기도 하고, 중도재(中都宰) · 사공(司空) · 대사구(大司寇) 등 차례로 중요한 요직에 오르면서 약소국이었던 노나라가 급속하게 발전하는 기틀을 다진다. 그러나 이에 불안함을 느낀 이웃의 강대국 제나라는 노나라 정공(定公)과 당시 실세였던 계씨에게 노래와 춤에 능한 미녀 80명과 말 120필을 보내는 계략으로 공자를 실각시킬 계획을 세운다. 일종의 뇌물계와 미인계인 셈이다. 공자는 여러 차례 이 선물들을 받으면 안 된다고 간언을 올렸지만, 정공과 계씨는 이를 덥석 받고 사흘 동안 조회를 열지 않으니, 결국 함께 큰일을 이룰 수 없다는 판단 하에 그토록 원했던 노나라의 관직을 그만둔다.

이후 공자는 노구를 이끌고 위(衛) - 조(曹) - 송(宋) - 정(鄭) - 진(陳) - 채(蔡) - 초(楚)나라 등지를 돌아다니며 70여 명의 제후들을 만났지만 아무도 그 뜻을 알아주지 않았다. 심지어 송(宋)나라에서는 죽음의 위협에 시달리기도 했고, 광(匡)나라에서는 잡혀있기도 했으며, 진(陳)나라와 채(蔡)나라 사이에서는 양식이 떨어져 고생하기도 했다. 당시 제후들은 부국강병에만 관심이 있었기에 공자의 주장을 '당장 효과가 나타나지 않는 현실과 동떨어진 이상'이라고 생각했기 때문이다. '13년의 유랑생활(周遊列國)'을 마치고 고향 노나라에 돌아왔을 때 그의 나이는 이미 68살. '그 모습이 마치 상가집 개와 같았다'고 사마천은 『사기 - 공자세가』에서 기록하고 있다.[2)]

고향으로 돌아온 69살부터 세상을 떠난 73살까지 공자는 그나마 자신이 가장 잘 할 수 있었던 제자양성과 고대전적 정리 및 저술활동에 온

2) 공자일행이 정나라로 갔을 때 일이다. 공자는 제자들과 길이 서로 어긋나서 홀로 성곽의 동문에 서 있었다. 이때 어떤 정나라 사람이 스승을 찾고 있는 자공에게 말했다.
'동문에 어떤 사람이 서 있는데, 그 이마는 요임금을 닮았고 그 목은 고요와 비슷하며, 어깨는 자산과 같았습니다. 그렇지만 허리 아래로는 우임금보다 세치(10cm) 정도 짧고 풀이 죽어 있는 모습이 마치 상가집 개 같더군요.(東門有人, 其顙似堯, 其項類皐陶, 其肩類子産, 然自要以下不及禹三寸, 累累若喪家之狗)' 사마천 지음, 김원중 옮김, 『사기세가』, 민음사, 2015.

힘을 쏟았으니, 이때 공자의 문하에 있던 제자의 수가 3,000명에 이르렀다. 그는 마른 고기 한 묶음만 가지고 오면 신분고하를 따지지 않고 누구든 제자로 받아들였으며(有教無類), 그 많은 제자들의 눈높이를 하나하나 맞춰가며(因才施教) 가르쳤다.

오늘날 산둥성 취푸의 공자의 사당(孔廟)+공자집안의 무덤(孔林)+직계자손의 저택(孔府)은 1994년 유네스코세계문화유산으로도 선정되어 많은 관광객들을 기다리고 있다. 최근에는 『논어』 구절 5개만 외우면 무료관람도 가능하다고 하니, 여행과 이데올로기를 결합시킨 중국 정부의 전략에 다시 한 번 놀라지 않을 수 없다.

공자의 위패를 모신 사당인 공묘의 대성전(大成殿) 쪽으로 걸어가다 보면 커다란 살구나무 한 그루가 나타나는데 제자들을 가르쳤던 야외교실 행단(杏壇)이다. 유학의 창시자이자 사상가로서의 공자, 음악마니아·미식가로서의 공자보다도, 아무래도 내겐 교육자로서의 공자가 눈에 들어온다.

> 배우고 생각지 않으면 어리석어지고,
> 생각만하고 배우지 않으면 위태롭다.
> 學而不思則罔, 思而不學則殆.
>
> 『논어 - 위정』

> 분발하지 않는 학생은 이끌어 줄 수 없고,
> 고민하지 않는 학생은 발전하게 만들 수 없다.
> 하나의 예를 들었을 때 셋을 알지 못하면,
> 더 이상 반복하지 않는다.
> 子曰, 不憤不啓, 不悱不發,
> 擧一隅, 不以三隅反, 則不復也.
>
> 『논어 - 술이』

재여가 낮잠을 자는 것을 보고 선생님께서 말씀하셨다.
"썩은 나무에는 조각을 할 수 없고,
썩은 흙으로는 담장을 손질할 수 없다고 했거늘,
재여를 혼낸들 무엇하리!"
宰予晝寢, 子曰 "朽木不可雕也, 糞土之牆不可圬也, 於予與何誅?"

『논어 - 공야장』

선생님께서 말씀하셨다.
"얘들아, 집에서는 부모님께 효도하고
밖에서는 어른을 공경해라.
행동을 삼가고 약속을 지켜라.
너희들이 만나는 사람을 사랑하고 어진 이를 가까이 하라.
그러고도 시간이 남으면 한 눈 팔지 말고 공부를 해라."
子曰 "弟子入則孝, 出則弟. 勤而信, 汎愛衆, 而親仁. 行有餘力, 則以學文."

『논어 - 학이』

제대로 배운 후 자신의 것으로 반드시 소화하라는 당부, 가르치는 교사 못지않게 배우는 학생의 태도 또한 중요하다는 주장, 공부보다 먼저 인간이 되라는 충고에서부터 심지어 수업 시간에 졸고 있는 학생을 따끔하게 혼내는 모습에서는 웃음마저 나온다. 공자는 대놓고 안연(顔淵)을 제일 아끼며 편애하기도 했지만, 각 제자들의 단점을 날카롭게 지적하면서도 장점을 존중해주었으니 이 모두가 학생들에 대한 애정이 가득해야 가능한 일이다.

그리고 이들 사이의 투닥투닥 정겨운 학습의 현장은 『논어』 곳곳에 오롯이 담겨있다. 엄밀히 말하자면 『논어』는 공자가 직접 저술한 책은 아니다. 공자의 제자들, 그 제자의 제자들이 스무 개의 챕터안에 어록을 정리해 놓은 것으로, 아무 곳이나 펼쳐서 그냥 읽어도 내용을 파악하는데 있어서 큰 문제가 없다. 그러나 어떤 목적에 의거하여 기 - 승 - 전 - 결에 따라 집필된 책이 아니기에 그 역사적 배경을 알아야 '제대로' 이해가 되며, 지금으로부터 2,500년 전에 기록된 것인지라 어디에 점을 찍느냐에 따라 그 풀이가 다를 수 있다. 한 마디로 『논어』는 쉬우면서도 어렵고, 어려우면서도 쉬운 책이라 하겠다.

혼자 『논어』를 읽기 망설여진다면 베이징사범대학 위단(于丹) 선생님의 강의를 추천한다. 이는 2006년 국경절 연휴기간 CCTV 〈백가강단(百家講壇)〉 프로그램에서 일주일 동안의 강의를 정리한 책이다. 마음 · 처세 · 군자 · 교우 · 이상 · 인생이라는 주제로 진행된 이 강의는 국내에도 『위단의 논어심득』이라는 단행본으로 이미 출판된 상태이다.[3] 제목을 풀이하자면 '논어에서 얻은 마음의 깨달음(心得)'이니, 그냥 마음으로 느끼면 된다는 말을 믿고 첫 장을 펼치면 된다.

> 배우고 때때로 익히니 기쁘지 아니한가?
> 먼데서 친구가 찾아오니 즐겁지 아니한가?
> 남들이 알아주지 않아도 성내지 아니하니 군자가 아니겠는가?
> 子曰 "學而時習之, 不亦說乎?
> 有朋自遠防來, 不亦樂乎?
> 人不知不慍 不亦君子乎?
>
> 『논어 - 학이』

남들이 나를 알아주지 않는 것으로 인해 얼마나 많은 나날들 가운데 슬퍼하고 고민했으면 이런 말을 남겼을까. 끝까지 지독하게 안 풀렸던 공자의 삶은 역설적이게도 나를 포함한 많은 후대인들에게 위로를 가져다

---

3) 위단 저, 임동석 역, 『위단의 논어심득』, 에버리치홀딩스, 2007.

준다. 『논어』의 맨 앞에 기록되어 있는 이 구절은 앎에 대한 기쁨과 지인들과의 교류야말로 자신의 삶을 지탱해주는 힘이었다고, 그리고 자신은 평생의 꿈을 이루지 못한 까닭에 마음고생이 많았다는 담담한 고백이다.

공자가 그의 바람대로 소위 잘 나가는 정치가로 삶을 마쳤더라면 『논어』의 문장들이 그토록 큰 생명력을 지녔을까. 마치 『성경』에서 '마음이 가난한 자가 천국을 볼 수 있다'고 말하는 것과 같은 이치이다. 공자와 마찬가지로 대부분 사람들의 삶 또한 승승장구하면서 잘 풀리기 보다는 고개 하나 넘으면 더 높은 산이, 냇물 하나 건너면 더 깊은 강이 기다리고 있는 경우가 부지기수이다.

전 국가대표 유도선수 조준호는 런던올림픽 출전 당시 편파 판정에 대한 마음고생을 공자의 가르침으로 인해 이겨낼 수 있었다고 고백한 바 있다(ⓒ MBC 〈나 혼자 산다〉 방송캡쳐 2017.2.24.)

그럴 때 공자가 남긴 말에 조용히 귀를 기울이다보면 한 가닥 실마리를 얻을 수 있을지도 모른다. 유도선수 조준호의 고백대로 인문학은 때론 '마음의 평화'를 가져다주기도 한다.

[토론] 공자의 삶 가운데 가장 인상 깊게 다가온 부분은 무엇인지 자유롭게 이야기해 보도록 한다. 아울러 『논어』를 읽으면서 가장 감명 깊게 다가왔던 구절에 대해서도 나눠보도록 한다.

[미션] 맹자와 순자의 생애를 찾아보고, 왜 맹자는 인간의 본성을 선하다고 믿었는지, 순자는 인간의 본성을 거칠다고 보았는지 정리해 보도록 한다.

[미션] 주희와 왕수인의 생애를 찾아보고, 왜 성리학과 양명학을 만들었는지 정리해 보도록 한다.

## 개 같았던 내 인생, 이지余五十以前眞一犬也

중국 역사상 평민 출신의 개국황제로 기억되는 입지전적의 인물이 2명 있다. 바로 한나라 고조 '유방(劉邦)'과 명나라 태조 '주원장(朱元璋)'이다. 이 중 주원장은 황제 중심의 강력한 중앙집권제를 위해 검교(檢校) · 금의위(錦衣衛) 등을 두어 지식인들을 감시하는 한편, 장기적으로 이들의 세력을 누르기 위해 과거시험을 강화한다. 곧 팔고문(八股文)의 형식으로 사서와 오경에 대한 주희(朱熹)의 해석만을 적어야만 정답으로 인정하면서 지식인들의 생각을 획일화한 것이다. 더불어 '제국을 밝게 교화시키기 위해 성인의 도를 행하려 한다'는 선포와 함께 공자를 '지극히 성스러운 스승(至聖先師)'으로 더욱 추앙하면서, 국립대학인 국학에 사당을 지어 직접 봄과 가을에 제사를 올리는 등 명나라 초기부터 사상통제를 공고히 했다. 당연히 전국의 공립학교와 사립서당에서는 주희의 해석만을 가르쳤으며, 이는 시간이 흐르면서 교조화(敎條化) 되기에 이른다.

'가르침은 공자와 주자가 이미 모두 밝혀뒀으니 우리는 따르기만 하면 된다'라고 말하던, 공자의 이름으로 모든 것이 행해지던 시대에 과감하게 의문을 던진 이가 있었으니 바로 '이지'이다. 널리 알려진 '탁오(卓吾)'라는 호 이외에도, 그는 이화상(李和尙) · 독옹(禿翁)이라고도 불렸는데 어느 날 갑자기 자기가 하고 싶은 공부를 하겠다며 운남성 계족산에 들어가 스스로 머리카락을 밀었던 기이한 행동으로 인한 것이었다.

이후의 파격적인 행보 덕분에 이지의 이름 앞에는 '유교의 반역자' 또는 '양명학 좌파' 등의 극단적인 수식어가 늘 따라다녔으며, 그의 책은 읽으면 안 되는 금서가 되었다. 그가 세상을 떠난 지 400여 년이 지나서야 문학비평가이자 정치가였던 주양(周揚)에 의해 '일대종사(一代宗師: 한 시대의 위대한 스승)'라는 칭호를 듣게 되었으니, 도대체 명나라 말기에 이 남자는 무슨 일을 벌였단 말인가.

> 공자가 온화한 미소를 지으며 손을 내민다.
> 사내가 힘겹게 그 손을 잡는다. 따뜻하다.
> 사내의 깊은 눈을 가만히 응시하던 공자가 입을 연다.
> "고맙네"
> 이게 무슨 말인가? 공자를 비난했다는 이유로, 세상 사람들을 미혹시킨 사기꾼이라는 죄목을 뒤집어쓰고 감옥에 갇혔는데, 지금 공자는 사내에게 고맙다고 말한다.
> "자네는 나의 마음을 제대로 읽어주었네."
>
> 김선자, 『문학의 숲에서 동양을 만나다』 프롤로그 中

이지는 1527년 복건성 천주(泉州)에서 태어났다. 모로코의 여행가 이븐 바투타(Ibn Battuta)의 『여행기』를 통해서도 알 수 있듯이 천주는 그 당시 세계 최대의 항구 중 하나였다.[4] 이지의 선조들은 상인으로 무역업에 종사하면서 중동까지 왕래했으며, 그 과정 가운데 이슬람교를 믿으며 색목인(이란인)과 결혼하기도 했다. 때문에 이지를 한족이 아닌 '회족(回族)'으로 보기도 한다. 그가 태어났을 무렵인 명나라 후기는 사상적으로 이미 양명학(陽明學)의 도전을 받고 있었으며, 예수회 선교사들이 건너오면서 서양문화가 전래되어 자유롭고 낭만적인 분위기가 피어오르던

---

4) '천주는 세계 최대 항구 중 하나이다. 아니 세계 유일한 최대 항구라 해도 틀리지 않을 것이다. 내가 직접 본 배는 100여척인데, 그 폭이 땅과 같고 작은 배들은 수를 셀 수가 없었다.' 이븐 바투타, 정수일 옮김, 『이븐 바투타 여행기(2)』, 창작과비평사, 2001.

상태였다. 이러한 독특한 시공간적 배경 속에서 6살 때 어머니를 여의고 새어머니의 양육 아래 조숙한 소년으로 성장했던 이지는 12살에 벌써 공자를 비판하는 글인 「노농노포론(老農老圃論)」을 지었다.

> 번지가 농사일에 대하여 배우기를 청하자, 공자께서 말씀하셨다.
> "나는 늙은 농부만 못하다."
> 번지가 채소 키우는 법을 배우기를 청하자, 공자께서 말씀하셨다.
> "나는 채소를 가꾸는 늙은이만 못하다."
> 번지가 나가자, 공자께서 말씀하셨다.
> "번지는 소인이로구나!" (후략)
> 樊遲請學稼, 子曰 "吾不如老農"
> 請學爲圃, 曰 "吾不如老圃"
> 樊遲出, 子曰 "小人哉! 樊須也." (후략)
>
> 『논어 - 자로』

12살의 소년은 '왜 2,000년 전의 노인을 최고의 스승으로 섬겨야만 하는가? 농사일과 밭일을 배우려는 번지의 마음 자체가 뭐 그리 잘못된 것인가? 오히려 공자의 편협한 시각이 틀린 것이다!'라고 당돌하게 지적한다.

그러나 소년은 청년으로 자라면서 이내 가족을 부양해야 한다는 현실을 직시했으며, 체제에 순응한 채 과거시험을 치른 후 말단관리직을 전전했다. 25년 동안의 순탄치 않았던 관직 생활에 대해 그는 깔끔하게 단 한 마디로 정리한다.

'50살 이전의 내 인생은 개와 같았다'

> 나는 어려서부터 성인의 가르침이 담긴 책을 읽었지만 그 내용이 무엇인지 알지 못했고, 공자를 존경했지만, 공자에게 어떤 존경할 만한 점이 있는지 알지 못했다. 그야말로 난쟁이가 광대놀음을 구경하다가 사람들이 잘한다고 소리치면 따라서 잘한다고 소리치는 격이었다.

> 나이 오십 이전의 나는 정말로 한 마리의 개에 불과하였다. 앞의 개가 그림자를 보고 짖으면 나도 따라서 짖어댔던 것이다. 만약 남들이 짖는 까닭을 물어오면 그저 벙어리처럼 쑥스럽게 웃거나 할 따름이었다.
>
> 余自幼讀聖教不知聖教，尊孔子不知孔夫子何自可尊．所謂矮者觀場，隨人說研，和聲而已．是余五十以前眞一犬也．因前犬吠形，亦隨而吠之，若問以吠聲之故，正好啞然自笑也已．
>
> 이지, 『속분서 - 성인의 가르침(聖教小引)』 中

〈이지의 생애〉(1527~1602)
- 1527년 복건성 천주 출생
- 26살 과거시험 급제
- 29살 하남성 휘현 공립학교교사
- 34살 남경 국자감박사
- 36~40살 북경 예부사무
- 51~54살 운남성 요안지부
- 55~75살(1582~1602년) 진정한 공부를 시작, 저술
- 75살 혹세무민죄로 수감, 자살

요안지부(姚安知府: 지금의 윈난성 추슝이족자치주) 벼슬을 마지막으로 이지가 스스로 머리카락을 밀고 출가를 했을 때 나이는 정확히 54살이다. 50이든 54살이든 보통의 50대라면 더 높은 지위의 정점을 찍기 위해 애쓰고, 안정된 노후 대책을 위해 더 많은 재산을 모을 궁리를 하며, 그동안 쌓아온 자신의 신념만이 옳다고 여기면서 그대로 밀고 나가기 마련이다. 그런데 이지는 50살 이전의 자신에 대해, 이유도 모른 채 따라 웃었던 '난쟁이' 또는 아무 생각없이 따라 짖었던 '개'라고 반성하면서 이제부터는 진짜 공부를 해보겠다고 선언했다. 천하를 호령하던 재상 장거정(張居正)의 개혁이 한순간에 좌절되는 것을 보면서, 관직에는 더 이상 희망이 없다고 판단하고 모든 것을 내려놓은 것일 수도 있다. 세상에 어찌 관리 노릇하는 길만 있겠는가! 관직의 길이 막혔다면 학자가 되어 제대로 된 책 몇 권 정도는 남겨 보리라!

이후 이지의 행보는 거침없이 직진이었다.

그는 '도둑질을 가르치는 책(誨盜之書)'이라고 일컬어졌던 『수호전(水

滸傳)』에 대해 '송강의 무리들이야말로 충신'이라며 추앙하고, 어린아이와 같은 순수한 마음에서 지어진 『수호전』과 『서상기(西廂記)』야말로 『논어』·『맹자』에 견줄만하다고 극찬했으며, 여성의 능력을 긍정하면서 공개적으로 여성교육을 실천하는 등 거침없이 기존의 질서를 뒤엎었다.

> 감히 묻건대 그 분노를 씻어낸 자는 누구인가?
> 바로 당시 수호에 운집하여 강도가 되었던 호한들이니, 그들을 두고 충성스럽고 의롭지 않다고 말하려 한들 그것은 불가능하다.
> 이런 까닭에 시내암과 나관중 두 분은 『수호전』을 지으면서 다시 '충의'라는 단어를 제목 앞에 더해야 했던 것이다. … 그러므로 수호의 호한들은 천하장사면서 큰 현인이고 또 충성과 의리를 겸비한 인물들이라고 말할 수 있다.
> 問泄憤者誰乎? 則前日嘯聚水滸之强人也, 欲不謂之忠義不可也. 是故施·羅二公傳'水滸'而復以'忠義'名其傳焉. … 則謂水滸之衆, 皆大力大賢有忠有義之人可也.
>
> 이지, 『분서 - 충의수호전서(忠義水滸全序)』

> 무릇 동심(童心)이란 진실한 마음이다.
> 만약 동심이 불가능하다고 한다면, 이것은 진실한 마음이 불가능하다고 이야기하는 것과 마찬가지이다. … 어린아이는 사람의 처음 모습이고, 동심은 사람의 처음 마음이다. 처음 마음이 어찌 없어질 수 있는 것이겠는가? 그렇지만 동심은 왜 갑자기 없어지는 것일까? … 나날이 도리와 견문이 쌓이면서 아름다운 명성만이 좋은 것인 줄 알고 명성을 드날리려고 힘쓰게 되니 동심은 없어지는 것이다. 또 좋지 않은 평판이 추한 줄 알고 그것을 가리려고 힘쓰니 동심이 없어지게 된다.
> 夫童心者, 眞心也.
> 若以童心爲不可, 是以眞心爲不可也. … 童子者, 人之初也, 童心者, 心之初也. 夫心之初 , 曷可失也? 然童心胡然而遽失也. … 道理聞見日以益多, 則所知所覺日以益廣, 于是焉又知美名之可好也, 而務欲以揚之

而童心失. 知不美之名之可丑也, 而務欲以掩之而童心失.

이지, 『분서 - 동심설(童心說)』

저는 견식의 길고 짧음을 논하려면 마땅히 이와 같아야 하고 부녀자의 견식이 짧다고 단정하는 데 그쳐선 안 된다고 생각합니다. 그러므로 사람에 남녀(男女)가 있다고 말하는 것은 옳지만, 견식에 남녀가 있다는 말은 가당치도 않습니다. 남자의 견식은 다 길고 여자의 견식은 다 짧단 말입니까?
余窃謂欲論見之長短者当如此, 不可止以婦人之見爲見短也. 故謂人有男女則可, 謂見有男女岂可乎?

이지, 『분서 - 여인은 도를 공부해도 별 수 없다는 견해에 대한 답변(答以女人學道爲見短書)』

이지의 저서들 중에서도 특히 주목할 것은 태워버려야 할 책 『분서(焚書)』와 숨겨두고 혼자 읽어야 할 책 『장서(藏書)』이다. 그는 54살 이후 30여 권의 저작을 남겼지만 그 사상적 핵심은 대체로 『분서』의 범위를 넘어서지 않기 때문에[5], 이지를 알기 위해서라면 반드시 읽어야 하는 책이다. 내용은 편지+서평+평론+수필+시 등을 모아놓은 것으로 그의 성격처럼 자유분방하다. 전체 6권으로 이루어져 있으며 못 다한 이야기들은 『속분서』(1권)으로 다시 묶기도 했다. 중국문학사 수업 시간에 언급하는 중요한 글들이 대부분 여기에 수록되어 있다고 보면 된다.

『장서』는 사마천의 『사기』처럼 전국시대부터 원나라 말까지 800명의 인물에 대한 전기로 68권에 이르는 대작이며, 역시 『속장서』 27권이 더 있다. 이지는 지금까지의 옳고 그름을 완전히 뒤집은 역사관으로 역사

5) 강신주 외, 『동양의 고전을 읽는다(2)-사상』(휴머니스트, 2006) 가운데 김혜경의 글 「역설과 독설의 미학」 참고.

속 인물들을 새롭게 바라보고 있으니, 예를 들어 진시황제야말로 천고의 유일한 황제이며, 측천무후는 남자들보다 정치적 수완이 훨씬 더 뛰어났고, 여불위와 이사는 재능 있는 명신이며, 탁문군의 야반도주는 마음의 소리를 따른 것이기에 지혜롭고 정당한 행동이었다는 등 파격적인 평가가 줄을 잇는다. 그리고는 '어제 옳은 것이 오늘은 옳지 않을 수 있고, 오늘 옳지 않은 것이 훗날에는 옳을 수도 있다(昨日是而今日非矣, 今日非而後日又是矣 『藏書 - 世紀列傳總目前論』)'라고 당당하게 외치고 있으니, 사회를 뒤흔드는 그의 일거수일투족이 당시 지배계층에게는 껄끄러운 눈엣가시였을 것이다.

결국 1602년 예과급사중(禮科給事中) 장문달(張問達)이 올린 상소문을 통해 '혹세무민죄(惑世誣民罪)'라는 죄목으로, 이지는 북경 통주(通州)의 감옥에 수감된다. 그는 구차한 변명을 거부한 채 감옥을 드나들던 이발사의 면도칼을 빌려 스스로 목을 그어 삶을 마감하니, 강신주는 그의 죽음에 대해 '역사책을 집필한 후유증으로 자신의 삶을 멋지게 디자인하고 싶었던 욕구가 투영된 것'이라고 풀이하기도 했다.[6)]

생전의 이지는 기이한 행보와 저술활동으로 지배층의 미움을 받기도 했으나, 가슴속에서 흘러나오는 솔직한 감정을 원했던 수많은 독자들의 사랑을 받기도 했던 베스트셀러 작가이기도 했다. 때문에 동시대 사람인 공안파의 대표인물 원중도(袁中道)는 '그 의도는 오직 거짓으로 꾸미기만 한 글을 몰아내어 실용성을 추구하고 껍데기를 버리고 알맹이를 보여주며 허황된 이치를 버리고 참다운 인정을 추구한데 있었다'라고 평가했다.

그의 진짜 정체는 무엇일까.

거리낌 없이 공자와 유학을 비판했던 독설가, 번뜩이는 지혜로 가득한 수필을 썼던 에세이스트, 비난을 자초한 남녀평등사상의 선구자, 동심

---

6) 온라인강의 〈강신주 박사의 철학고전 읽기(10)〉: 이탁오의 분서

이론으로 무장한 문학비평가 겸 작가, 그 어느 것이든 상관없다. 적어도 그는 아무 생각 없이 남들이 웃으면 따라 웃고 다른 개들이 짖으면 따라 짖었던 난쟁이와 개가 아닌, 자신만의 목소리를 낼 줄 알았던 '주체적인 인간'이었다.

### [함께보기] 다 지나간다, 지셴린

한국의 근현대사 자체가 격동의 역사이긴 했지만, 2017년 11월에서 2018년 3월까지의 대통령 탄핵 과정은 그야말로 충격 그 자체였다. 그리고 이러한 상황 가운데 누구나 한번쯤은 생각해 봤을 것이다. '나라에 어르신이 계셨더라면 뭐라고 말씀해 주셨을까?'

얼른 이 시대를 다독여주는 어른이 누구인지 떠오르지 않는 걸 보면, 지금 우리사회에 노인은 많지만 어른은 안 계신가 보다.

중국에는 '나라의 큰 스승' 정도로 풀이할 수 있는 '국학대사(國學大師)'가 있다. 국학이란 중국학술의 줄임말이며, 대사는 학문이나 예술분야에서 깊이 있게 하나의 일가를 이룬 스승에 대한 존칭이다. 국학대사의 칭호를 얻기 위해서는 뛰어난 학문적 업적뿐만 아니라, 인성과 품행이 조화를 이뤄야 한다. 역대로 국학대사의 칭호를 들은 학자로는 근대사상가 량치차오(梁啓超)와 왕궈웨이(王國維), 루쉰의 스승이었던 장타이옌(章太炎), 4대 역사학자 가운데 한 사람으로 평가받는 천인커(陳寅恪), 중학교 졸업의 학력으로 베이징대학교 · 칭화대학교 교수를 역임했던 역사학자 첸무(錢穆), 리커창의 스승으로 유명한 리청(李誠), 중국 철학의 체계를 정리한 펑여우란(馮友蘭) 등이 있는데, 오늘은 그 중에서도 '나라의 보물(國寶)'로 불렸던 고문자학자 · 역사학자 · 불교학자 지셴린에 대해 살펴보고자 한다.

〈지셴린의 생애〉(1911~2009)
- 1911년 산둥성 린칭 출생
- 19살 칭화대학 서양문학과 입학
- 24~34살(1935~1945년) 독일 괴팅겐 대학에서 인도학 전공
- 35살 베이징대학 동방어문학부 주임교수로 부임(문화대혁명)
- 68살 베이징대학 남아시아연구소 소장
- 73살 베이징대학 부총장
- 98살(2009년) 세상을 떠남

중국에서 국보하면 대부분의 사람들이 판다를 떠올린다. 워낙 수가 적어 희귀한데다가 지구상에서 중국에만 존재하기 때문에 판다는 국보로 불리기에 전혀 손색이 없는 동물이다. 그런데 8~9년 전 한 회의에서 베이징시의 한 고위공무원이 갑자기 나를 국보라고 부르는 바람에 몹시 당혹스러웠던 적이 있다. 게다가 요즘은 가는 곳마다 국보라고 부르는 통에 정말이지 몸 둘 바를 모르겠다. 내가 어쩌다가 국보라는 별명으로 불리게 되었는지 곰곰이 생각해보았다. 만약 중국에 지셴린이 한 명뿐이라서 희귀동물처럼 희귀하기 때문에 날 국보라고 부른다면 세상에 두 명인 사람은 없으므로 중국 13억 인구가 모두 국보로 불려야 마땅할 것이다. 그러므로 내 머리에 씌워놓은 국보라는 월계관을 벗겨달라고 세상 사람들에게 간곡히 부탁하는 바이다.

지셴린, 허유영 옮김, 『다 지나간다』 中

지셴린은 그 자신의 고백대로 정부와 학계에서 우러러보는 자신과 실제의 모습이 많이 달랐을까, 아니면 그냥 겸손하게 한 말일까. 아니면 일부 사람들의 수군거림처럼 만들어진 대학자일까.

지셴린은 1911년 산둥성 린칭(臨淸)의 가난한 농민의 아들로 태어났다. 얼마나 가난했는지 '고기는 구경조차 할 수 없었고, 매끼 수수를 반죽하여 납작하게 빚은 부침개로 배를 채웠으며, 흰 만두는 할머니만 드실 정도'였다고 회고할 정도였다. 6살 때부터 산둥성의 중심도시인 지난(濟南)으로 거처를 옮겨 큰아버지 댁에서 머물며 초 · 중 · 고등학교를 마쳤는데, 이때 이미 소설 창작 및 번역 활동을 할 정도로 문학에 관심이 많

았다. 그리고 1930년 칭화대학 서양문학과에 입학했다. 1934년 졸업과 함께 산둥성의 모교에서 잠시 교편을 잡기도 했으며, 선생님들 사이의 알력 다툼에서 밀린 것이 오히려 전화위복이 되어 1935년 독일 괴팅겐대학(University of Göttingen)으로 가는 교환학생에 선발되었다.

동양의 고서들로 가득했던 괴팅겐대학은 '고문자 연구의 본산지'로 일컬어졌으며, 이곳에서 인도철학을 전공으로 선택한 지셴린은 '하루가 48시간이 아닌 것이 한스럽다'고 말할 정도로 10년 동안 공부에 파묻혔다. 1946년 귀국 후 후스(胡適)의 추천으로 베이징대학 동양어문학과 교수로 부임하면서 평범한 학자로 학문에만 매진하고자 했으나, 문화대혁명이 시작되자 지식인이라는 이유만으로 홍위병에게 가택 급습을 당했다. 이유 없는 구타와 욕설에 시달렸던 그는 뒷동산에서 음독자살을 시도하다가 홍위병에게 잡혀 수감되었는데, 당시 감옥에서 겪었던 모진 고초는 수필집 『외양간에서의 갖가지 기억(牛棚雜憶)』에 이미 상세히 기술되어 있다.

> 나는 당시에 피가 났는지 알 수 없었고, 아프다는 느낌조차 들지 않았다. 작은 돌멩이들이 또다시 진탕 내 머리로 날아왔다. 나는 이미 지각을 잃어버려 내가 인간 세상에 있는지 아니면 꿈속에서 헤매는지조차 구분할 수 없었다. 어디로 끌려가는지, 어느 길로 가는지 전혀 알지 못했다.
>
> 지셴린, 이정선 외 옮김, 『우붕잡억』 中

> 아흔 해 넘게 세상을 살면서 수많은 곡절을 겪었고, 행운과 악운이 교차했으며, 몇 번이나 넘어지고, 또 몇 번이나 다시 일어서서 오늘에 이르렀다. 세상의 냉담함이 뼛속까지 스몄고, 단맛과 쓴맛을 보도 맛보았다. 특히 문화대혁명 중에는 대담하게 뛰쳐나가 베이징대학교를 쥐고 흔든다는 염라대왕에게 반기를 들었다가 억울하게 모함을 당하고, 지금 생각해도 등골이 서늘해질 만큼 잔혹한 고통을 견뎌야 했다.

> 우붕에서 석방된 후로 몇 년 동안은 '접촉해서는 안 되는 사람'으로 낙인찍히고 말았다. 길을 걷다가 잘 나가던 때 내 앞에서 굽신거리던 사람이 못 본 척 지나가버리는 수모를 겪었고, 나조차 고개를 들어 사람과 마주보고 이야기하는 것이 어색하게 느껴졌다. 난 '비인간'으로 철저히 소외된 삶을 살아야 했다.
>
> 지셴린, 허유영 옮김, 『다 지나간다』 中

하지만 그는 혼돈의 시간 속에서도 200만 자가 넘는 인도 고대 서사시 '라마야나'를 완역하는 성과를 거뒀고, 문화대혁명이 끝난 이후에는 12개 언어에 능통한 실력 위에 『인도고대언어논문집(印度古代語言論集)』, 『대당서역기교주(大唐西域記校注)』 등 500권이 넘는 저서들을 쏟아냈으며, 중국사회과학원 남아시아연구소 소장 · 중국외국문학 회장 · 중국어언학 회장 · 작가협회 이사 등을 역임했다. 또한 평생에 걸쳐 이루어진 중국과 인도의 비교연구에 대한 공로를 인정받아 인도정부가 국가를 빛낸 국민에게 수여하는 '파드마 부샨(Padma Bhushan)' 훈장을 수상하기도 했다.

지셴린에게서 배울 점은 무엇일까.

우선 그는 우공이 산을 옮기듯 우직하게 자신의 분야를 파고들었다. 주지하다시피 그의 전공은 서양언어와 인도철학으로, 그때나 지금이나 그다지 주목받지 못하는 인문학, 그 중에서도 취업이 가장 안 되기로 유명한 '철학'이다. 그러나 지셴린은 세상의 평가나 전망보다는 그냥 자기가 좋아하는 것에 100년의 시간을 쏟았다. 지셴린은 공부에 대해 이렇게 말한 바 있다.

> 세상에 쓸모없는 학문이란 없으며,
> 살아있는 한 연구는 계속해야 합니다.[7]

베이징대학교의 낡은 교수기숙사 아파트를 가득 채운 그의 연구업적, 여든이 넘은 고령의 나이에도 새벽 4시 반이면 어김없이 책을 펼치는 몸에 밴 오랜 습관은 '어떤 사람을 교수라고 일컫는지'에 대해 다시금 생각하게 만들었다.

그러나 무엇보다 중요한 지셴린의 업적은 전공 연구 이외에 틈틈이 쓴 글을 엮은 수필집이다. 이 소박하면서도 담백한 글들을 통해 평범한 다수의 사람들은 인생이 무엇인지 곱씹어보면서 100살 어르신이 전해주는 위로를 들을 수 있게 되었다. 수필 속의 지셴린은 범접할 수 없는 전문가나 알아들을 수 없는 외계용어를 나열하는 대학자가 아닌, 그냥 소박하고 평범한 동네 할아버지이다.

> 선생님은 높은 학덕만큼이나 인품 또한 고매하다. 늘 빛바랜 중산복 차림에 천으로 지은 책가방을 자전거 핸들에 걸쳐놓고 대학 캠퍼스를 누비던 그 수수하고 소탈하던 모습이 지금도 눈앞에 선하다. 선생님은 부드러우면서도 결코 불의 앞에선 굽히지 않는 유약한 지식인이 아닌, 강인한 지성인의 표상이시다.
>
> 정수일, 「스승 지셴린 선생을 그리며」 中

문명교류학자 정수일 선생님이 기억하는 지셴린 또한 권위 의식에 젖은 교수가 아닌, 타국에서 온 유학생의 거처까지 살뜰하게 챙기는, '배운 것을 나라를 위해 쓰라(爲國效用)'고 격려해주는 다정한 선생님이었다.

---

7) SBS 다큐, 〈세계의 명문대학-다이하드, 죽도록 공부하기〉(2002)

지셴린은 2009년 98세를 일기로 세상을 떠났다. 낡은 중산복 차림으로 베이징대학 캠퍼스를 누비며 '난득호도(難得糊塗)'를 몸소 보여주었던 어르신은 세상을 떠났지만, 남겨진 글들을 통해 '오직 잠잠히 기다리다보면 이 또한 지나갈 것이니 너무 걱정하지 말라'고 우리를 다독여 주고 있다.

그는 아프니까 청춘이라고, 일단 그냥 참고 열정을 쏟으라고 말하지 않았다. 그저 자신도 큰 야망이 없었던 모자란 사람이었다고 고백했다. 왜 원자바오(溫家寶) 전 총리, 리자오싱(李肇星) 전 외교부부장 등이 그를 정신적인 스승으로 여기며, 나라에 중요한 일이 있을 때마다 자문을 구했겠는가. 나이가 많든 적든 우리에게는 괜찮다고, 잘하고 있다고, 네 잘못이 아니라고, 최선을 다했으니 고개 숙이지 말라고 다독여 줄 어른이 필요하기 때문일 것이다.

> 커다란 파도 속에 있어도
> 기뻐하거나 두려워하지 말고,
> 해야 할 일을 다 했으니
> 더 이상 걱정하지 마시게.
> 縱浪大化中
> 不喜亦不懼
> 應盡便須盡
> 無復獨多慮

도연명의 시 「신석(神釋)」(지셴린이 좌우명으로 삼았던 시)

[미션] 수업 시간에 다루지 않은 중국의 학자 가운데 한 명을 선택하여 그 삶을 조사해 보도록 한다.

# 제2부

# 황제들과 새로운 황제들

천명(天命)을 부여받은 상제(上帝)의 아들로 중국에서 최고의 권력을 누렸던 황제! 진나라 시황제가 처음으로 '황제(皇帝)'라는 칭호를 시작한 이후, 1902년 폐위당한 마지막 황제 푸이(溥儀: 宣統帝)에 이르기까지 중국 역사상 황제는 약 550여 명에 이른다.

그런데 황제는 봉건시대를 마지막으로 사라진 것이 아니었다. 미국의 저널리스트 해리슨 솔즈베리(H. Salisbury)는 중화인민공화국의 리더 마오쩌둥 · 덩샤오핑 역시 이전과 크게 다를 바 없는 새로운 황제들이라고 했으며, 이에 따르자면 장쩌민 · 후진타오 그리고 지금의 시진핑에 이르기까지 황제의 계보는 쭉 이어지고 있는 셈이다.

## 여섯 나라의 문자를 다 쓸어버리겠다, 진시황제

진시황제가 중국 전체 역사에 미친 영향력은 가히 압도적이다. 그의 50년 생애를 한 마디로 압축한다면 바로 '통일'이라는 단어일 것이다. '중국'이라는 틀을 유지하게 만든 가장 중요한 문자의 통일(小篆)과 함께, 수레바퀴 크기 · 도로의 폭 · 도량형 · 화폐 등 그는 정말이지 모든 것을 하나로 만들었다.

장이머우 감독의 영화 〈영웅(2002)〉에서 통일 직전의 진왕 영정(嬴政)은 무명(無名: 위(衛)나라 출신 자객 형가를 재해석한 인물)에게 다음과 같은 인상적인 말을 남긴다.

> 글자 하나에
> 쓰는 방법이 열아홉 가지인데다가
> 서로 알지도 못한다니 얼마나 불편한가!
> 과인이 여섯 나라와 나머지 나라들을 멸망시키고
> 저 번잡한 문자들을 모조리 쓸어버린 후 하나만 남겨둔다면
> 얼마나 통쾌하겠는가!
> 一個字, 竟有十九種寫法,
> 又互不相認, 極爲不便,
> 等寡人, 滅了六國之後, 再滅其他諸國, 必將這些雜七雜八的文字, 統統廢掉, 只留一種, 豈不痛快!

영화 〈영웅(2002)〉 진왕 영정의 대사

2,000여 년 전, 사분오열의 중국을 최초로 통일한 진나라 시황제의 스토리는 여러모로 보아 극적이어서 특히 소설이나 영화로 옮기기에 충분

하다. 이 가운데 가장 유명한 것은 『사기 - 자객열전(刺客列傳)』 중 위나라 출신의 자객 형가(荊軻)의 '영정 암살 프로젝트'를 모티프로 한 영화 〈영웅(2002)〉일 것이다. 그러나 나에게는 영화보다 『사기』의 기록이 훨씬 더 생생하게 다가온다.

독서와 검술에 뛰어났던 말수가 적었던 차가운 남자 형가. 그의 마음을 얻기 위해 갖은 노력을 기울였던 연(燕)나라 태자 단(丹). 암살에 성공하든 실패하든 결과에 상관없이 살아 돌아오지 못한다는 사실을 알면서도 자기를 알아주는 이를 위해 기꺼이 버렸던 목숨.

'바람은 소슬하고 역수는 차가운데, 장사는 한번 떠나면 돌아오지 못하리!(風蕭蕭兮易水寒, 壯士一去兮不復還! 〈易水歌〉)'라는 노래를 부르며 뒤도 돌아보지 않고 훌쩍 떠나는 장면에서는 나도 역수(易水)가에서 눈물로 배웅하는 친구들 중 하나가 된 것만 같았고, 왼쪽 다리를 베여 쓰러지면서 마지막 힘을 다해 비수를 던졌지만 결국 구리 기둥을 맞힌 장면에서는 절로 탄식이 나왔다.[1] 그러나 영화는 이런 형가의 '의리'를 제대로 살리지 못하고 강자의 대의(大義) 논리로만 접근했다. 그냥 아카데미 외국어 영화상 후보에 올랐던, 이연걸 · 양조위 · 장만옥 · 장쯔이 · 견자단 등 유명배우와 장이머우 감독의 선명하면서도 화려한 색채만 기억되는 영화라면 너무 야박한 혹평일까.

그러나 사람들이 무엇보다 좋아했던 진시황제 관련 이야기는 그의 거

---

1) '진나라 왕은 칼을 등에 지고서야 칼을 뽑아 형가를 내리쳐서 그의 왼쪽 다리를 베었다. 형가는 쓰러진 채 비수를 당겨 진나라 왕에게 던졌지만 맞히지 못하고 구리 기둥을 맞혔다. 그러자 진나라 왕은 다시 형가를 쳐서 여덟 군데나 상처를 입혔다. 형가는 스스로 일을 이룰 수 없음을 알고 기둥에 기대어 웃으며 두 다리를 벌리고 앉아서 이렇게 꾸짖었다. "일을 이루지 못한 까닭은 진나라 왕을 사로잡아 위협하여 반드시 약속을 받아내어 태자에게 보답하려 하였기 때문이다" 이때 주위 신하들이 몰려와서 형가를 죽였다' 사마천 지음, 김원중 옮김, 『사기열전-상』, 을유문화사, 1999.

대한 무덤과 무덤을 지키는 병사들 '병마용'과 관련된 것일 것이다. 여기에 '불로장생'에 대한 이룰 수 없는 바람과 인류의 영원한 주제인 '사랑'을 버무린다면 이보다 더 좋은 것이 있을까. 진나라 병사들을 애매한 좀비 무리들로 묘사했던 헐리우드 영화 〈미이라3: 황제의 무덤(2008)〉, 성룡(몽의장군)과 김희선(옥수공주)의 호흡으로 화제가 되었던 〈성룡의 신화(2005)〉 등이 모두 이러한 유형에 속하는데, 이 가운데 어린 시절 비디오로 보았던 〈진용(1990)〉이 유독 기억에 남는다. 진용(秦俑)은 말 그대로 '진나라의 진흙 인형'을 뜻한다. 불로장생 원정대의 궁녀 한동아를 사랑한 죄로 온몸에 진흙을 바른 채 불에 구워져 인간 병마용이 된 몽천방의 시공을 넘나드는 사랑이야기이다. 요즘 중국드라마에서 단골로 등장하는 '타임 슬립(time slip) 류(類)'의 조상님 정도 되시겠다.

다시 진왕 영정의 통일 이야기로 돌아가도록 한다. 제일 서쪽 변방에 위치한 진나라가 최초로 중국을 통일할 수 있었던 이유로는 천혜의 요새 역할을 했던 서악 화산(華山), 진나라 25대 효공(孝公) 시대부터 채택했던 강력한 법가사상, 그리고 영정의 수족과도 같았던 군대를 꼽을 수 있다. 본래 무덤에는 생전에 가장 아끼던 물건을 같이 묻었으며, 진시황제가 가장 아꼈던 것은 바로 자신과 함께 천하를 통일했던 군대였다. 1978년 자끄 시라크(Jacques Chirac) 전 프랑스 대통령이 '세계 8대 불가사의'라고 극찬한 진시황릉 병마용갱! 그 속에서 황제의 무덤을 지키고 있는 병사들은 엄격한 전투대형으로 일사분란하게 도열해 있는 상태로 발견되었는데, 이 또한 진나라가 추구했던 '통일'의 단면을 보여주고 있다. 지금까지 발굴된 흙인형은 7,000개 정도인데 신기하게도 같은 모양이 하나도 없으며, 심지어 계급 · 보직 · 나이 · 성격 · 출신 · 민족까지 유추해 낼 수 있다고 한다. 틀을 하나 만들어서 붕어빵처럼 똑같이 찍어내는 대량생산은 오히려 가능할 수 있겠지만, 도대체 당시 진나라의 문화적인 수준은 어느 정도였기에 이런 각기 다른 흙인형을 만들어냈으며, 이 거

〈진시황제의 생애〉(B.C.259~B.C.201)
- B.C.259년 조(趙)나라 한단(邯鄲) 출생
- 10살 영정의 아버지 자초(子楚)가 진나라 30대 장양왕(莊襄王)으로 등극
- 13살 영정(嬴政)이 진나라 31대 왕으로 등극
- 39살(B.C.221년) 천하 통일
- 41살 불로장생원정단 파견
- 43살 분서
- 44살 갱유
- 45살 장성 축조 시작
- 50살(B.C.201년) 5차 순수 중, 수은 중독 및 과로로 사망

대한 제국을 세운 진시황제는 어떤 능력을 가진 사람이었을까.

일반적으로 진시황제는 폭군(暴君)과 학주(虐主)로 알려져 있다. 그러나 이지는 '천년에 한 번 나올까 말까한 뛰어난 황제(千古一帝)'라고 기존의 평가를 뒤집었고, 마오쩌둥 역시 '공자보다 훨씬 더 위대하다'라며 극찬했다. 최초의 통일자이니 두 가지 평가가 다 맞을 것이다.

BC 259년, 당시 최고로 화려한 도시였던 조(趙)나라 한단(邯鄲)에서 태어난 진시황제의 본래 이름은 '정(政)'이다. 장차 진(秦)나라의 황제가 될 아이가 왜 조나라에서 태어났는지를 묻는다면, 그의 아버지인 자초(子楚)가 왕자 시절 조나라에 인질로 잡혀 있었기 때문이다. 물론 여기에는 아침드라마의 단골 소재로 등장하는, 모두가 공공연히 알고 있지만 '말할 수 없는 비밀'이 있다. 바로 그의 진짜 아버지는 자초 왕자가 아니라 사실 위나라 출신의 거상 여불위(呂不韋)였다는 것.

여불위는 별 볼일 없었던 볼모로 잡혀와 있던 자초를 진나라의 왕으로 만들기 위해 갖은 노력을 기울이던 가운데(奇貨可居) 자신이 아끼던 무희마저 기꺼이 바쳤고, 무희는 임신 사실을 숨긴 채 자초의 곁에서 아들을 낳았으니 이 아이가 바로 '정'이다.[2] 이후 여불위의 계획은 순풍에 돛

2) '여불위는 한단의 여러 첩 가운데 외모가 뛰어나고 춤을 잘 추는 여자를 얻어 함께 살고 있었는데, 그녀가 아이를 가졌다는 사실을 알게 되었다. 어느 날,

단 듯이 술술 풀려서 결국 자초는 진나라 30대 왕 장양왕(莊襄王)에 오르고, 3년 후 장양왕이 세상을 떠나면서 진나라의 운명은 13살의 어린 소년에게 맡겨지니, 이 아이가 바로 진나라 31대 왕 '영정'이다.

영정은 어린 시절부터 남들의 수군거림을 들으며 자랐을 것이다. 그리고 그 속에서 아버지가 어렵게 왕위에 오르는 과정, 그 과정 가운데 발휘되는 여불위의 수완, 어머니의 문란한 생활을 조용히 지켜봤다. 소년은 실력과 냉철함을 겸비한 재목으로 자라났으며, 결국 여불위에게 자살을 명하여 1인 체제를 굳힌 뒤, 진나라를 무서운 속도로 성장시켜 39살에 드디어 최초로 중국을 통일했다. 그리고 스스로를 '시황제'라고 칭하니, 중국 역사상 자신의 칭호를 직접 지은 황제는 그가 처음이자 마지막이다.

> 짐이 듣건대 태고 시절에 호(號)는 있었지만 시(諡)는 없었다.
> 그런데 세월이 흐르자 살아 있을 때는 호를 붙이고 죽은 다음에는 생전의 언행을 종합하여 시를 지었다. 그러나 이렇게 되면 아들이 돌아가신 아버지에 대해 평가하는 셈인데, 될 법이나 한 일인가.
> 짐은 이런 제도를 폐지하겠다. 앞으로 시호는 없다.
> 짐이 황제의 시조이므로 시황제(始皇帝)이고,
> 그 뒤로는 순서대로 이세, 삼세로 매겨서
> 만세까지 무한히 이어지도록 하라.
> 朕聞太古有號毋諡, 中古有號, 死而以行爲諡.
> 如此, 則子議父, 臣議君也, 甚無謂, 朕弗取焉. 自今已來, 除諡法.
> 朕爲始皇帝. 後世以計數, 二世三世至于萬世, 傳之無窮.
>
> 사마천, 『사기 - 진시황본기』 中

---

자초는 여불위의 집에서 술을 마시다가 그녀를 보고 한눈에 반해서 일어나 여불위에게 그녀를 달라고 했다. 여불위는 화가 치밀었으나, 이미 자기 집 재산을 다 기울여 진기한 재물을 구하려 했기에 마침내 그 여자를 바쳤다. 무희는 자신이 임신했음을 숨기고 만삭이 되어 '정(政)'이라는 아들을 낳았으며, 자초는 그 무희를 정실부인으로 세웠다' 사마천 지음, 김원중 옮김, 『사기 열전-상』, 을유문화사, 1999.

이후 바로 이어지는 일련의 작업들, 예컨대 화폐 · 수레바퀴 · 도로폭 · 문자 · 도량형의 통일, 전국을 36개의 군과 현으로 나눈 후 황제가 직접 파견한 관리를 보내는 강력한 중앙집권 시스템 군현제의 실시, 원래 있었던 법가사상을 더욱 강력하게 정비한 신법의 반포 등은 세계사 시간에 배웠던 잘 알고 있는 내용일 테니 여기서는 생략하도록 한다.

무엇보다 그에게 폭군 · 학주의 이름을 선사한 것은 ① 함양궁(咸陽宮) · 아방궁(阿房宮) · 진시황릉 · 만리장성 축조 등으로 대표되는 대규모 토목공사, ② 분서갱유로 대표되는 언론과 사상의 통제, ③ 누가 봐도 불가능한 미션이었던 불로장생 원정대의 파견이었을 것이다.

여기서 주의 깊게 볼 점은 이렇게 뛰어난 능력을 지녔던 황제가 왜 40살을 기준으로 비이성적인 판단을 자주 내리는 폭군으로 바뀌었냐는 것이다. 그는 영원히 제국을 소유하고자 했고, 영생을 위해 두 차례에 걸쳐 불로장생 원정대를 파견했다. 가진 것이 많으면 죽음이 아쉽고 두려운 법이다.

제주도 서귀포시에서 100억을 들여 지은 '서복전시관'은 바로 원정대 대장이자 진시황제의 어의(御醫)였던 서복(徐福)을 기념하는 곳이다. '서귀포(西歸浦)'라는 도시의 이름 자체가 '서복이 돌아간 포구'라는 뜻이지만, 서복은 진나라로 다시 돌아가지 않았다. 다만 서귀포 정방폭포 암벽에 '서복 지나감(徐市過之)'이라는 글자만 남긴 채 홀연히 사라졌다. 불로장생약을 구할 수도 없으려니와 떠나기 직전까지 대체약인 수은을 진시황제에게 너무 많이 먹인 탓이다. 수은에는 카드뮴 · 비소 · 납 등이 섞여 있고 그 중독의 결과는 '이타이이타이 병'이라는 것, 처음에는 가볍게 구토 · 설사에서 시작하여 신장장애 · 행동장애 · 뇌손상 · 정신이상 등의 증상으로 발전된다는 것은 학창시절 가정 · 가사를 배운 사람이라면 누구나 알고 있는 사실이다.

물론 진시황제의 수은중독이 아니더라도, 원래 창업(創業)보다는 이를 유지하는 수성(守城)이 더 어려운 법이다. 첫째, 둘째, 셋째 … 서양의 헨리 8세나 루이 14세처럼 계속 이어질 것만 같았던 그의 대제국을 역사는 비웃었고 진나라는 15년 만에 초고속으로 망했다. 그것도 고용살이를 하던 가난한 농민 진승(陳勝)과 오광(吳廣)에 의해!

서복이 제주도 서귀포시 정방폭포 암벽에 남긴
'서불과지(徐市過之: 서복 왔다감)' 글자(© 서복전시관)

이세 원년 7월, 이항(里巷) 왼쪽에 사는 장정들을 징발하여 어양(漁陽: 지금의 허베이성 密雲縣)을 지키게 하여 900명이 대택향(大澤鄕: 지금의 안후이성 宿縣 서남쪽)에 머물게 되었다. 진승과 오광도 차례가 되어 이 행렬에 들어 둔장(屯長)을 맡게 되었다. 이때 하늘에서 큰비가 내려 길이 막혔고, 따져보니 기한을 이미 놓친 상태였다. (진나라 법에 의하면) 기한을 놓친 경우 모두 목을 베도록 되어 있었다. 이에 진승과 오광은 "지금 도망쳐도 죽고, 큰일을 일으켜도 죽는다. 죽음을 기다리느니 나라를 세우다가 죽는 것이 낫지 않겠는가?"라고 모의했다.
二世元年七月, 発閭左適戍漁陽, 九百人屯大沢郷. 陳勝・呉廣皆次當行, 為屯長. 会天大雨, 道不通, 度已失期. 失期, 法皆斬. 陳勝・呉廣乃謀曰 "今亡亦死, 擧大計亦死, 等死, 死國可乎?"

사마천, 『사기 - 진섭세가』 中

진나라 말기 장성공사에 동원되었던 하남성 출신의 농민 진승과 오광은 폭우로 강물이 불어 정해진 기일 안에 어양이라는 장소에 도착할 수 없게 되자 '왕후장상의 씨가 따로 있냐? 어차피 기일 내에 도착하지 못해 허리가 잘려 죽느니 우리들의 나라를 세워보자!'라고 외치며 농민반란을 일으켰으니, 융통성 없이 가혹하게 시행되기만 하는 법으로 진나라가 망했음을 보여준다. 이는 한나라 문제(文帝) 시절 박사를 지냈던 가의(賈誼)의 주장과도 일치하는데, 그는 「진나라의 과오를 논한 글(過秦論)」에서 다음과 같이 말하고 있다.

> 진섭은 가난한 집안의 자식이며, 천한 백성이고, 유랑하는 무리였다.
> 그의 재능은 중간층의 평범한 사람에게도 미치지 못했으며,
> 공자나 묵자의 현명함도 없었고, 도주나 의돈의 부유함도 없었다.
> (중략)
> (그런데) 한 사나이가 난을 일으키자 일곱 개의 종묘가 무너지고
> 황제의 몸은 남의 손에 죽어
> 천하의 웃음거리가 되었던 것은 무슨 까닭인가?
> 인의로 다스리지 않으면 공격과 수비의 형세가 바뀌기 때문이다.
> 然而陳涉, 甕牖繩樞之子, 甿隸之人而遷徙之徒也
> 材能不及中庸, 非有仲尼墨翟之賢, 陶朱猗頓之富.
> (중략)
> 一夫作難而七廟墮,
> 身死人手, 爲天下笑者, 何也?
> 仁誼不施, 而攻守之勢異也.
>
> 가의, 「과진론」 中

물론 가의의 이 글은 진나라의 패망원인을 가혹한 법가사상으로 본 후, 새로 건국된 한나라는 인과 의를 중심으로 한 왕도정치를 시행할 것을 건의하려는 분명한 정치적 목적 아래 지어졌음을 감안하고 읽어야 한다. 가의는 법가사상을 채택한 효공 시대부터 진시황제에 이르는 긴 시간 동안 채찍 · 몽둥이 · 막대기를 들고 천하를 호령하는 거창한 과정을

길게 서술한 후, 바로 뒤에 진승이라는 일개 시골뜨기에 의해 순식간에 허물어지는 장면을 삽입함으로써 강한 대조 효과를 보이고 있다. 마지막 부분의 '인과 의로 다스리지 않으면 공격과 수비의 형세가 바뀐다'는 깔끔한 주장은 곧 '창업과 수성의 방법이 달라야 한다'는 뜻으로 풀이할 수 있다. 즉 진시황제는 통일 이후 더욱 가혹한 법가사상이 아닌 백성들의 마음을 어루만져 줄 수 있는 유가사상을 통치 이념으로 삼았어야 했다. 그러나 그는 제국을 자신의 소유물로 여긴 채 성과에만 도취되어 다른 쪽의 의견을 철저히 무시했고, 이에 대해 이의를 제기하는 자가 있으면 무자비하게 처단했다. 분서갱유로 대표되는 지식인 탄압과 함께 백성들 개개인의 개별적 사정을 무시한 기계적인 법적용은 멸망의 직접적인 원인이 되었다.

'제국을 자신의 소유물로 여겼다'는 가의의 관점은 훗날 당나라 시인 두목(杜牧)이 지은 「아방궁부(阿房宮賦)」와도 비슷하다. 두목은 당나라 경종(敬宗)이 정사를 돌보지 않은 채 토목공사 · 가무 · 미녀 · 격국(擊鞠)에만 빠져 있자 1,000년 전의 과오를 반복하지 않기를 바라는 마음에 「아방궁부」를 지었다.

> 아아!
> 육국이 멸망한 것은 그들 자신 때문이지 진나라 때문이 아니었고
> 진나라가 멸망한 것은 그 자신 때문이지 천하 때문이 아니었다.
> 아아!
> 여섯 나라 왕들이 각기 그 백성들을 아꼈더라면
> 충분히 진나라를 방어할 수 있었을 것이며,
> 진나라가 백성들을 아꼈더라면
> 이세부터 만세에 이르기까지 왕위를 이어나갈 수 있었을 것이니,
> 누가 그들을 멸망시킬 수 있었겠는가?
> 진나라 사람들은 스스로 슬퍼할 겨를도 없었는데
> 후세 사람들이 그들을 슬퍼하고 있도다!

후세 사람들 또한 슬퍼하기만 하고 이를 거울삼지 않는다면
그 후대 사람들이 또 다시 그들을 슬퍼하게 되리라.
嗚呼!
滅六國者, 六國也, 非秦也
族秦者, 秦也, 非天下也
嗟夫!
使六國, 各愛其人, 則足以拒秦
秦復愛六國之人, 則遞二世, 可至萬世而爲君
誰得而族滅也?
秦人不暇自哀而後人哀之
後人哀之而不鑑之
亦使後人而復哀後人也.

두목, 「아방궁부」 中

이 글은 '부(賦)'라는 문학 장르의 특징인 세밀한 나열과 묘사가 돋보이는 명문이다. 여기서 결국 두목이 말하고자 한 요점은 호화로운 궁전 · 각지에서 거둬들인 수많은 재화 · 어여쁜 미녀들도 결국엔 다 허망하다는 것이다. 백성들이 무엇을 가장 바라고 무엇을 가장 힘들어하는지 생각하지 않은 채 국가를 자신의 소유물로 여기며 혼자서만(또는 특정 집단만) 영화를 누리고자 한다면 그 권력은 결코 오래 지속될 수 없으니, 그때에 이르러서 남 탓하지 말라고 따끔하게 충고하고 있다.

진시황제와 그의 제국에 대한 두 편의 글은 대국이란 어떤 나라를 일컫는지, 대국을 다스리는 리더는 어떤 자질과 철학을 갖춰야 할지에 대해 생각하게 만든다. 미국과 중국이라는 대국의 틈바구니에 있는 지금 우리로서는 이러한 고민이 더욱 절실하다.

다시 영화 〈영웅〉으로 돌아가 진시황제 이야기의 마무리를 지으려 한다. 이 영화는 2000년대 초반, 대국으로 막 굴기하려는 시점에서 중국이 가지고 있던 철학을 고스란히 보여주고 있기 때문이다.

짐을 이해하는 유일한 사람이 짐을 암살하려 했던 자라니.
짐은 수많은 비난과 음모과 계략을 견뎌왔지만
누구도 내 뜻을 이해하지 못했다.
짐의 신하들조차 짐을 독재자라고 간주했다.
그런데, 평생 만나보지도 못했던 파검이
짐을 가장 잘 이해하고 짐의 뜻을 간파할 줄이야!
沒想到最了解寡人的, 竟是寡人通緝的刺客.
寡人孤獨一人, 忍受多少責難, 多少暗算, 無人能懂寡人之心.
就連秦國的滿朝文武, 也視寡人爲暴君.
想不到殘劍, 與寡人素昧平生, 才眞正懂得寡人, 與寡人心意相通!

영화 〈영웅(2002)〉 中 진왕 영정의 대사

영화 〈영웅〉에 묘사된 영정은 천하를 통일하기 위해 전쟁을 벌일 수밖에 없었고, 그 과정 가운데 어쩔 수 없이 손에 많은 피를 묻혀야 했으며, 이렇게 얻어진 평화를 유지하기 위해 더욱 잔혹하게 법가사상을 펼칠 수밖에 없다고 주장하고 있다.

곧 진시황제를 고통스럽지만 대의를 이루기 위해 역사의 악역을 자청한 비운의 영웅으로 묘사하고 있다. 통일에 걸림돌이 되는 약자나 개인은 얼마든지 희생해도 된다는 강자의 철학은 대단히 위험하다. 그리고 이 영화가 개봉된 지 벌써 15년의 세월이 흐르는 동안 중국의 힘은 더욱 강해졌다. 시진핑 주석은 2015년 3월 보아오포럼(BFA) 개막식 연설에서 '대국이란 더 큰 책임을 뜻하지, 더 큰 독점을 뜻하는 것이 아니다'라고 강조했지만 그 말과 속내가 일치하는지에 대해서는 행동이 보여주고 있다.

자국의 이익을 우선시 할 수밖에 없는 것이 지도자의 숙명이라면, 라인홀트 니버(Reinhold Niebuhr)가 『도덕적 인간과 비도덕적 사회』에서 지적했듯이 국가단위에서는 현실적으로 최고의 도덕적 이상인 이타성이 발현되기 힘들다면 '대국의 국민들'은 어떤 철학을 가져야 할까? 진시황제 부분을 정리하면서 대국으로 우뚝 서서 세계를 리드하고자 하는 중국인들에게 묻고 싶다. '국가의 모습은 국민의 마음을 닮는다'는 전제 하에, 그대들은 지금 어떠한 철학을 가지고 세상을 바라보고 있는지를.

## 천하를 다스리는 것은 나 하나의 책임, 옹정제原以一人治天下

중국 역사상 위대한 황제로는 누구를 꼽을 수 있을까? 아마도 '진시황제 · 한무제 · 당태종 · 송태조(秦皇 · 漢武 · 唐宗 · 宋祖)'로 압축되지 않을까 싶다. 특히 한나라 무제 시기는 흉노와의 전투에서 일시적으로 승리를 거두면서 '강력한 한나라(强漢)'로 일컬어졌으며, 당나라 태종 시기는 실크로드 위의 70여 개 국가들과의 교역을 통해 유목문화 및 서역문화까지 적극적으로 수용했던 '성대한 당나라(盛唐)'로 알려져 왔기 때문에, 현재 중국이 재현하고 싶어 하는 롤모델로 꼽힌다.[3] 2012년 11월 말 시진핑 주석의 첫 번째 연설에서 발표했던 중화민족의 위대한 부흥 '중국의 꿈(中國夢)'의 지향점은 바로 '강한성당(强漢盛唐)'이었으며, 이날의 연설을 쉽게 한마디로 요약하자면 '중국공산당의 영도 아래 강력한 한나라와 성대한 당나라를 함께 재현해보자!'는 제안이라 하겠다. 그리고 여기에 한 시기를 더 덧붙이자면, 바로 청나라 강희제 - 옹정제 - 건륭제로 이어지는 '강옹건성세(康雍乾盛世)'라고 할 수 있다. 그렇다면 왜 '강옹건성세'인가?

사실 한무제와 당태종은 시기적으로 너무나 먼 역사 속의 인물이기에 거리감이 느껴진다. 오히려 이민족이지만 마지막 봉건왕조의 태평성대를 이끌었던 강희 · 옹정 · 건륭 시기가 중국인들에게 훨씬 더 이해하기

---

3) 민두기, '중국인에게 있어 이상은 미래를 지향해 탐구되는 것이 아니고 현실의 바탕 위에 "상정된 과거"의 실재에서 얻어지게 되어 있다'

쉽게 다가오기 때문이다. 칭기즈칸을 중국 역사 속으로 편입시킨 것과 같은 이치로, '하늘의 뜻'에 따라 중원의 대통을 이었으므로 이들이 만주족인 것은 별 상관이 없다. 이 세 명의 황제가 다스렸던 134년에 걸친 마지막 태평성대의 시기 동안, 중국은 오늘날 인구대국의 기틀을 다졌으며 몽골 · 신장위구르 · 티베트를 정벌하여 직 · 간접적으로 통치함으로써, 역대 어느 한족 왕조보다 광활한 영토와 다양한 문화가 공존하는 다민족국가를 이룩했다.

강옹건성세의 출발은 청나라 4대 황제인 강희제(康熙帝)에 부터 시작된다. 강희제는 한창 어리광을 부릴 나이인 8살에 즉위하여 16살에 보정대신(輔政大臣) 오오바이(鰲拜)를 숙청하고 20살에 삼번(三藩)의 난을 평정하면서 황권을 공고하게 다졌다. 당시 나라는 건국되었지만 아직 부국강병을 이룬 상태는 아니었기에, 위로는 선조의 위업을 잇고 아래로는 부국강병과 태평성대를 여는 것이야말로 시대가 부여한 사명임이라는 것을 누구보다도 잘 알고 있다. 하루 평균 500건씩 상주문을 처리하는 부지런함, 유가의 인애(仁愛) 사상 중시하며 명나라를 끌어안았던 포용력, 한족의 장성 콤플렉스를 깨버린 안보관, 강인한 체력, 문 · 무를 두루 겸비한 왕성한 호기심 등 강희제의 장점에 대해 다 이야기하자면 끝이 없다.

허베이성 청더(承德)의 〈정성왕조(鼎盛王朝) - 강희대전(康熙大典)〉 공연, 강희제의 일대기를 연출한 실경산수뮤지컬로 최대 3,000명까지 관람이 가능하다(© 동아일보)

그러나 아무리 뛰어난 황제라도 완벽하게 다 가질 수는 없는 법. 그 또한 자식 문제로 골머리를 앓았으니 35남 20녀에 황손만 97명으로, 너무 자식들이 많은 상황에서 오랫동안 재위에 있었던 것이 문제였다. 강희제는 황자들끼리 '황태자의 자리'를 놓고 벌이는 혈투의 전 과정을 직접 목도해야 했으니, 바로 중국판 '용의 눈물'이라고 할 수 있는 '구왕탈적(九王奪嫡 또는 九王奪位)' 사건이다.

황자들의 싸움은 최종적으로 '황태자당(윤잉(胤礽)의 무리)'과 '황팔자당(윤사(胤禩)의 무리)'으로 압축되었는데, 그 사이에서 조용히 어부지리의 기회를 엿보고 있는 황자가 있었으니 바로 황사자였던 윤진(胤禛: 훗날 '옹정제')이다. 이는 마치 태자당의 보시라이(薄熙來)와 공청단의 리커창(李克强)이 후진타오의 뒤를 이을 차세대 주자로 떠오르는 가운데, 그 능력을 드러내지 않으면서 조용히 지방경험을 쌓고 있다가, 결국 2012년 11월 공산당총서기로 선출된 시진핑을 보는 듯하다.

다시 황사자 윤진의 이야기로 돌아와서, 그는 어떻게 최종 승자가 될 수 있었을까? 그의 첫 번째 전략은 아버지 강희제에 대한 '효성심'을 보여주는 것이었다. 다른 황자들이 황태자 자리에만 혈안이 되어 서로 물고 뜯으며 싸우고 있을 때, 윤진은 직접 약시중을 드는 등 아버지의 마음을 얻기 위해 노력했다.

두 번째 전략으로는 형제들과의 '우애'를 보여주면서 원한관계를 맺지 않으려 애쓴 점을 꼽을 수 있다. 이러한 윤진의 태도에 대해 청대 연구자 옌충녠(閻崇年) 선생님은 '강희제에게는 효성스러움을, 형제들에게는 우애를 과시하면서 최대한 근면과 신중을 연출해낸 결과'라고 정리한 바 있다.[4] 여기서 '연출'이라는 단어를 쓴 이유는 45살

〈옹정제의 생애〉(1678~1735)
- 1678년 청나라 4대 황제 강희제의 넷째 아들로 태어남, 이름은 윤진(胤禛)
- 45살(1722년) 청나라 제5대 황제 '옹정제'로 등극
- 50살(1727년) 티베트 원정(공신 年羹堯와 隆科多를 제거)
- 52살(1729년) 황제직속기관 '군기처' 신설
- 58살(1735년) 의문의 돌연사

4) 옌충녠 CCTV 〈백가강단 - 清十二帝疑案〉 강의

에 황제로 즉위하자마자 피를 나눈 형제들(그리고 그들의 조력자들)을 숙청·유배·가택연금·살해하는 등의 잔혹함을 보였기 때문이다.

이 또한 시진핑이 공산당총서기에 선출되자마자 의법치국(依法治國)과 종엄치당(從嚴治黨)이라는 명분 아래, 보시라이·저우융캉(周永康)·쉬차이허우(徐才厚)·링지화(令計劃) 등의 정적들을 단기간에 제거한 것과 동일하다. 더불어 시진핑은 태자당·군부·공청단 등의 세력을 누르기 위해 2014년 12월 공산당중앙정치국회의에서 '당내 파벌을 만들어 사욕을 도모하는 일는 절대 용납할 수 없다'고 언급한 바 있는데[5], 이는 옹정제가 구양수(歐陽修)의 「붕당론(朋黨論)」을 전면 반박하며 「어제붕당론(御製朋黨論)」을 지은 것과 유사하다. 옹정제는 이 글에서 무리를 짓는 것 자체를 절대 용납할 수 없으며 어떠한 무리이든 강력한 국가 및 질서 있는 사회와 양립될 수 없다고 주장하면서 구양수의 논리를 강력하게 반박하고 있다.

> 송나라 때 구양수의 「붕당론」은 사도(私道)의 설을 처음 만들어내어 '군자가 도를 함께 하는 것을 붕당이라 한다'고 했다. 그러나 임금을 속이고 자기 멋대로 행하는 것을 어찌 도라고 할 수 있겠는가. 구양수가 도라고 말한 것 또한 소인의 도에 지나지 않는다. 이 논리가 주창되고서부터 소인의 붕당을 이루는 자들이 모두 '우리는 뜻을 얻었다'라고 말하며 도를 함께 한다는 명분을 핑계로 실제로는 자신들의 이익을 공유하며 사사로운 이득만을 도모해 왔다.

5) '이 발언은 링지화 통전부장과 관련된 당내 주요 세력인 공청단이나, 저우융캉 전 상무위원이 우두머리였던 석유방, 쓰촨방 등 당내 여러 파벌들을 겨냥한 것으로 해석된다. 중국 정가 주변에서는 "시 주석이 공청단을 견제하면서 향후 중국 정계 주요 직책을 자신의 측근이나 뜻이 맞는 인물로 꾸리려는 구상을 하고 있다"는 분석이 나왔다.' 성연철, 「'파벌 불허'라더니 … 시진핑, 측근 잇따라 요직 기용」(한겨레 2014.12.31.)

> 짐의 생각에는 '군자에게는 붕당이 존재하지 않고 다만 소인에게만 존재한다'고 말하고 싶다. 구양수의 논리에 따르면서 당파를 짓되 마지막까지 이를 지킨 사람은 군자라 할 수 있지만, 당파를 해산시켜 마지막까지 지키지 못한 사람은 반대로 소인이 된다. 붕당의 관습이 점점 심해져 극한의 상태에 이르고 되돌릴 수 없게 된 것은 실로 구양수에서 비롯되었으니, 만약 구양수가 지금 세상에 태어나서 이 논리를 주장했다면 짐은 반드시 그를 죽여 세상을 미혹시킨 죄를 바로잡을 것이다.
>
> 宋歐陽修朋黨論, 創爲異說, 曰君子以同道爲朋. 夫罔上行私, 安得爲道? 修之所謂道, 亦小人之道耳. 自有此論, 而小人之爲朋者. 皆得假同道之名, 以濟其同利之實.
>
> 朕以爲君子無朋 , 惟小人則有之. 且如修之論将使終其黨者, 則爲君子, 解散而不終于黨者, 反爲小人. 朋黨之風至于流极而不可挽, 實修階之歷也. 設修在今日而爲此論, 朕必誅之以正其惑世之罪.
>
> 옹정제, 「어제붕당론(御製朋黨論: 황제가 친히 지은 붕당론)」 中

이밖에 옹정제가 황제 직속의 군사 · 정무 최고기관인 '군기처(軍機處)'를 창설하여 황권을 강화한 것과 마찬가지로, 시진핑 역시 (본인은 예외적으로 무리를 지어) 최측근들을 대대적으로 기용하면서 공산당총서기 직속기구인 '국가안전위원회'와 '개혁심화위원회' 등을 신설한 것도 비슷한 점으로 꼽힌다.[6] 이쯤 되면 옹정제와 시진핑의 닮은꼴이 지속적으로 회자되는 것이 당연하게 느껴질 정도이다.

사실 옹정제는 즉위과정에서 워낙 논란이 많았기 때문에 정당성의 문제가 계속 따라다녔으며, 재위기간 또한 13년으로 짧은 편에 속하기 때문에 그동안 강희제와 건륭제를 이어주는 다리 역할 정도로만 알려져 있었다. 그러나 이 짧은 기간 동안 그는 부정부패를 척결함으로써 강희제

---

6) 주현진, 「시진핑과 옹정제」(서울신문 2014.3.14.)

시기 느슨해졌던 기강을 바로잡았고, 황제의 직속기관인 군기처를 창설하여 신속한 개혁을 추진하고자 했으며, 운남·귀주·광동·호남·호북 등 소수민족 지역에 중앙관리를 직접 파견하여 다스리는 개토귀류(改土歸流)를 실시하고, 인두세를 토지세에 편입하여 서민층의 부담을 덜어주는 등 강희제와 건륭제에 결코 뒤지지 않는 업적을 남겼다.

초상화에 묘사된 옹정제의 생김새는 안타깝게도 우치룽(吳奇隆)보다는 천젠빈(陳建斌)에 가깝다

그가 얼마나 열심히 일했는지는 232명의 관리들과 주고받은 『옹정주비유지(雍正朱批諭旨)』 112권에도 고스란히 담겨있다. 하루에 고작 3~4시간만 자면서 전국 각지에서 황제에게 직접 전달되는 주접(奏摺)에 빨간 글씨로 일일이 답변을 다는 치밀함을 누가 이길 수 있단 말인가. 옹정제의 마지막이 독살 또는 과로사인 이유를 충분히 짐작할 만하다.

냉혹하게 형제들을 처단한 역사적 사실, 이미 죽은 사람까지 부관참시한 '여유량(呂留良) 사건' 등의 문자옥(文字獄), 별다른 취미나 여가활동도 없이 오로지 일에만 몰두했다는 기록을 근거로 역사학자들은 옹정제를 '무표정한 차가운 얼굴의 황제(冷面王)' 또는 '철혈 군주' 등으로 부르면서 엄격하고 각박한 인물로 단정지어 왔다.

그렇다면 옹정제의 실제 모습도 그러했을까. 소설가 얼웨허(二月河)는 제왕삼부곡을 통해 '스승으로는 강희제, 친구로는 건륭제, 지도자로는 옹정제가 으뜸이다'라고 정리하면서 일에 대한 옹정제의 열의와 부지런함을 높이 평가했다.

역사학자 펑얼캉(馮爾康)의 평전 『옹정전(雍正傳)』 역시 이와 같은 맥

락으로, 근면과 성실을 부각시키는 가운데 당당히 강옹건성세의 한 축을 담당한 인물로 보았다.

『옹정주비유지』를 꼼꼼하게 연구한 바탕 위에 지어진 일본의 동양사학자 미야자키 이치사다(宮崎市定)의 평전 『옹정제(雍正帝)』는 특히 오랜 기다림의 시간을 통해 단련된 내공을 부각시키고 있다.

그러나 무엇보다 사람들이 친근하고 손쉽게 접근할 수 있는 것은 이러한 전문서적이 아닌 영화나 드라마 등의 미디어일 것이다. 공교롭게도 2011년에 방송되어 높은 시청률을 기록한 〈후궁견환전(後宮甄嬛傳)〉·〈궁쇄심옥(宮鎖心玉)〉·〈보보경심(步步驚心)〉은 모두 옹정제를 주인공으로 하고 있는데, 재미를 위해 만든 드라마이기에 역사적 오류가 다소 있는 것이 흠이지만 지금까지 제작된 중국의 역사드라마들 가운데 옹정제를 가장 멋진 황제로 만든 공헌은 간과할 수 없을 것이다.

〈후궁견환전〉의 중년 아저씨 옹정제에게서는 느껴지는 현실감, 〈궁쇄심옥〉의 나쁜 남자 옹정제에게서 보이는 어두운 매력도 좋지만, 개인적으로는 〈보보경심〉에서 다소 감정 표현에 서툴지만 인간적인 모습의 옹정제가 가장 비슷한 모습이었으면 좋겠다. 혼자만 알고 있는 비밀 장소(연꽃이 가득 핀 연못)에서 조각배를 저어주기도 하고, 무심한 듯 겉옷을 펼쳐 비바람을 막아주는 등 약희를 지켜주는 옹정제의 모습은 어쩌면 지극히 개인적인 바람을 투영한 것 일수도 있겠지만.

연화지(連花池)에서 약희를 위해 노를 저어주는 황사자 윤진 (ⓒ 드라마 〈보보경심(2011)〉 15회)

사방은 고요했고 내 마음도 점점 편안하게 가라앉았다.
수면의 싸늘함과 햇볕의 따스함이 고루 섞여서
춥지도 덥지도 않고 딱 좋았다.
처음에는 다소 초조한 마음에 가끔씩 연잎을 치우고 그를 훔쳐봤지만
그가 내내 꼼짝도 않고 눈을 감고 있는 것을 보자 점점 마음이 편해졌다.
내 몸과 마음은 이 아름다운 여름날 오후에 푹 빠졌고,
햇빛과 산들바람과 산뜻한 향과 물결을 느끼려고 모공까지 열리는 기분이었다. 더는 잡념도 들지 않았다.
반쯤 잠든 상태로 누워 있는데 갑작스레 배가 기우뚱하고 흔들렸다.
깜짝 놀라 얼른 연잎을 치우고 눈을 떠 보니
어느새 내 다리 옆으로 자리를 옮긴 사황자가 팔로 뱃전을 짚고 고개를 살짝 돌려 온화한 얼굴로 나를 바라보고 있었다.

동화(桐華), 전정은 옮김, 소설 『보보경심』 中

## 강산은 이토록 아름답구나, 마오쩌둥江山如此多嬌

아마도 마오쩌둥은 중국어문학과 수업 시간에 가장 많이 언급되는 인물일 것이다. 그는 중국 역사의 새 시대를 연 위대한 혁명가·전략가·사상가·지도자인 동시에 시인이자 서예가로도 유명하다. 그러나 막상 마오쩌둥이 어떠한 삶을 살았는지 설명하려면 전공자임에도 불구하고 막막할 수도 있다. 여러 수업에서 단편적으로 조금씩 주워들었을 뿐, 한 번도 한 사람의 오롯한 삶으로 접근해 적이 없기 때문이다. 때문에 이쯤에서 마오쩌둥의 이야기를 들려주고자 한다.

가을날 홀로 차가운 기운 느끼며 서 있노라
여기 상강이 북으로 흘러가는
귤자주 높은 곳에서

바라보고 있노라니 천산만악 단풍이로세
나무숲은 켜켜이 붉게 물들고
유유히 흘러가는 강물은 푸르고 푸른데
배들은 앞 다투어 달려가는구나
솔개는 창공을 가르며 날고
물고기 떼 한가롭게 노니나니
차가운 서리 속에서도 만물은 자유롭기 그지없네
내 가슴에만 슬픔이 차오른다
창망한 대지에 발 디딘 채 묻노니
세상의 흥망성쇠 주재하는 자 누구인가!
獨立寒秋
湘江北去
橘子洲頭
看萬山紅遍
層林盡染
漫江碧透
百舸爭流
鷹擊長空
魚翔淺底
萬類霜天競自由
悵寥廓
問蒼茫大地
誰主沈浮

친구들과 손잡고 노닐던 시절
옛날을 돌이키니 벅찬 나날이었어라
어린 시절 함께 공부하던 친구들
재기만발하고 기개가 흘러 넘쳐
젊음의 뜻과 기상이 하늘을 찌를 정도였었지
글로써 한세상 바로잡고자
당대의 세도가를 짓뭉개버렸었네
친구들아! 기억하는가?

우리 일찍이 저 물 한가운데로 헤엄쳐 갈 때
화살같이 달리던 배들도 숨죽였던 것을
攜來百侶曾游
憶往昔崢嶸歲月稠
恰同學少年
風華正茂
書生意氣揮斥方遒
指點江山激揚文字
糞土當年萬戶侯
曾記否
到中流擊水
浪遏飛舟

마오쩌둥, 「심원춘(沁園春) - 창사(長沙)에서」

개인적으로 마오쩌둥에 대한 첫 인상은 아버지의 책꽂이에 꽂혀 있던 미국의 저널리스트 에드가 스노우의 『중국의 붉은별』과 해리슨 솔즈베리의 『새로운 황제들』속에 묘사된 강인한 혁명가로서의 모습이었다. 그러나 1925년에 지은 시 「심원춘 - 창사에서」를 통해서도 알 수 있듯이, 마오쩌둥도 나면서부터 혁명전사는 아니었다.

32살의 쓸쓸한 어느 가을 날, 마오쩌둥은 창사(長沙) 귤자주(橘子洲)에 홀로 서서 시대의 암울함과는 상관없이 여전히 생기발랄하게 순환하는 자연을 바라보며 역사를 이끄는 주인공이 되고 싶은 야망을 쏟아낸다. 지금 나라의 힘은 한없이 미약하고 관리들은 무능한 상황이지만 창사제1사범학교의 친구들과 함께라면 새로운 세상을 만들 수 있을 것 같은 희망에 넘쳐 패기 넘치게 외친다.

'조국이여, 기다려라! 내가 간다!'

이 작품은 아직 그가 날개를 펼치지 못했던 시절 지어진 것이지만, 신세한탄이 아닌 새로운 시대에 대한 기대로 가득 채웠으며, 결국 꿈은 이

2009년 귤자주 왕장팅(望江亭) 광장에 세워진 높이 32m의 청년 마오쩌둥 흉상, 조각가 리밍(黎明)이 재현한 마오쩌둥은 우상도 주석도 아닌, 자신감과 포부로 가득 찬 32살의 청년의 모습이다(© 연합뉴스)

루어졌다.

주지하다시피 마오쩌둥은 매운 음식, 귀신 이야기, 남에게 굽히지 않는 강한 고집(屈强), 번뜩이는 창의력으로 유명한 후난성 출신이다. 후난성의 중심 도시 창사에서 서남쪽으로 80km 정도 떨어진 곳, 차로 1시간 정도 걸리는 샤오산(韶山)이 바로 마오쩌둥의 고향이다. 지금이야 1년 내내 사람들이 발길이 끊이지 않는 '성지'가 되었지만, 예나 지금이나 마오쩌둥의 옛 집은 아담한 연못과 대나무 숲에 둘러싸인 ㄷ자 모양의 소박하고 평범한 토담집이다. 물론 방이 18칸으로 규모가 다소 큰 것으로 보아, 먹고 살 걱정이 적었던 비교적 부유한 농민의 아들이었음을 알 수 있다. 마오쩌둥은 이곳에서 어린 시절을 보내며 근처 서당과 샤오산초등학교에서 기본적인 학문을 익혔는데, 그의 아버지는 곡물을 사고 팔 때 문서를 기록하거나 계산을 시키기 위한 이유로 아들을 학교에 보냈다. 그리고 당시의 풍속대로 아버지가 조혼과 농사일을 강요하자 마오쩌둥은 집을 나와 스스로 학비를 벌어가면서 광둥성 둥산고등소학교, 후난성 주성중학교, 후난성 창사제1중학교, 후난성 창사제1사범학교 등에서 배움에 대한 목마름을 채워나갔다. 특히 창사제1사범학교의 은사 양창지(楊昌濟)는 그에게 '개혁'의 꿈을 심어주었으며, 친구들과 조직한 신민학회(新民學會)는 훗날 후난성 혁명의 요람이 되었다. 2007년 CCTV에서 방영한 드라마 〈함께 공부하던 나날들(恰同學少年)〉에서의 마오쩌둥은 근엄한 건국자나 비범한 영웅이 아닌 우리처럼 질풍노도의 시기를 보낸 평범한 소년으로 묘사된다. 청소년시절 마오쩌둥 역시 학교

〈마오쩌둥의 생애〉(1893~1976)
- 1893년 후난성 샤오산(韶山) 출생
- 13살 가출 후, 광둥성 광저우 둥산고등소학교, 후난성 창사 주성중학교, 후난성 창사 제1중학교에서 수학
- 20살(1913년) 창사제1사범학교 입학. 친구들과 '신민학회' 조직
- 25살(1918년) 베이징대학교에서 보조사서로 근무
- 28살(1921년) 중국공산당 제1차전국대표대회에 후난성 대표로 참석
- 34살(1927년) 추수봉기 실패, 징강산에서 '홍군' 조직
- 41~42살(1934~1935년) 대장정 도중 중국공산당 지도자로 선출됨
- 56살(1949년) 중화인민공화국 건국
- 65~69살(1958~1962년) 대약진운동 실패
- 73~84살(1966~1976년) 문화대혁명, 1976년 9월에 세상을 떠남

에서 친구들과 말다툼을 벌이기도 하고 선생님에게 반항하다가 혼나기도 하는 등 지금의 학생들과 별반 다르지 않다. 마오쩌둥은 당시 상당수 혁명지도자들처럼 공산주의의 본거지인 프랑스나 소련으로 유학을 다녀오지는 못했지만, 책을 좋아하고 민족과 나라를 걱정하던 마음만큼은 그 누구 못지않게 컸다.

이후 베이징대학 보조사서로 근무하면서 공산주의와 사회주의를 중국식으로 재편하는 사상적 기초를 다졌으며, 1921년 상하이에서 열린 제1차 중국공산당전국대표대회에 후난성 대표로 참석하기도 했다. 국내에서 독학으로 공산주의를 익혔기에 당내에서의 존재감은 지극히 미미했지만, 후난성과 광둥성에서의 향촌조사 과정을 통해 일찍이 농민의 역량에 주목하고 있었다. 앞부분에서 소개한 사는 이 무렵에 지어진 것이다.

마오쩌둥이 두각을 드러내는 시점은 1927년부터 시작된 장제스(蔣介石)의 공산당 탄압과 맞물린다. 최초의 농민무장봉기 추수봉기(秋收起義)가 실패하자 그는 1,000여 명의 패잔병을 모아 도피한 후 자신들을 '홍군'이라고 부르기 시작하니 그곳이 바로 '중국 혁명의 요람'으로 불리는 '징강산(井岡山)'이다. 그러나 아직까지도 마오쩌둥은 일개 상무위원에 불과했을 뿐 당내 지위는 여전히 미약했으며, 소련 유학파 출신의 당간부들은 여전히 마오쩌둥의 게릴라전을 무시한 채 정규전만 고집하고

있었다.

마오쩌둥이 중국공산당의 확고한 리더로 지위를 굳힌 시기는 '대장정'을 거치면서 부터이다. 1934년부터 1935년까지 368일 동안 국민당의 섬멸작전을 피해 장시성 루이진(瑞金)에서 탈출하여 산시성(陝西省) 옌안(延安)에 도착하기까지, 홍군은 11개의 성을 통과하고 18개의 산맥을 넘었으며 17개의 강을 건넜으니, 이 긴 여정이야말로 중국공산당 역사의 하이라이트이다. 표면적으로는 홍군 86,000명 가운데 6,000명만이 살아남은 실패로 보일 수 있겠지만, 살아남은 이들은 최정예 부대이자 핵심 당원으로 거듭났으며, 그 정점에 바로 마오쩌둥이 있었다. 대장정은 마오쩌둥 개인에게나 중국공산당 전체에게 있어서 매우 중요한 의의를 지니는데, 먼저 개인적인 측면에서는 게릴라 전술 채택과 함께 군사위원회 주석으로 선출되면서 당권과 군권을 장악한 것(遵義会議: 1935년 1월, 구이저우성 북부 준이에서 열린 중국공산당 중앙정치국 회의)이다. 또한 중국공산당 전체적인 측면으로 볼 때 농촌 구석구석에 거주하는 인민들에게 공산주의가 무엇인지 직접 보여주고 소수민족을 포섭함으로써 훗날 중국 통일의 토대를 다질 수 있었다.

홍군은 원정의 고난을 두려워않고
숱한 물길과 산들이 한가해지길 기다릴 뿐
구불구불한 다섯 봉우리 솟은 모습 미세한 파도가 용솟음치는 듯
높이 우멍산에서 떨어지는 돌은 진흙탄환을 쏘는 듯
금사강물은 구름도 쉬어가는 깎아지른 절벽을 어루만지고
루딩교 철줄 다리는 차디차구나
민산의 천리 눈길을 유유히 웃으며 내려가니
설산을 통과한 후, 모두의 얼굴이 활짝 폈네
紅軍不怕遠征難
萬水千山只等閑
五嶺逶迤騰細浪

烏蒙磅礴走泥丸
金沙水拍雲崖暖
大渡橋橫鐵索寒
更喜岷山千里雪
三軍過后盡開顔

마오쩌둥, 백원담 번역을 약간 수정, 「칠률(七律) - 장정(長征)」

하늘은 높디높고 흰 구름은 맑은데
남쪽으로 날아가는 기러기는 하늘 끝에 닿아 있구나
장성에 오르지 못하면 진정한 사내가 아니라는데
장정의 험한 길 손꼽아 헤어보니 어언 이만 리
육반산의 높디높은 봉우리 꼭대기에
홍기가 서풍을 맞으며 휘날리고 있고나
지금 내 손에는 긴 끈이 쥐어져 있는데
이 끈으로 창룡을 묶어 꿇릴 날이 언제 오려나
天高雲淡
望斷南飛雁
不到長城非好漢
屈指行程二萬
六盘山上高峰
紅旗漫卷西風
今日長纓在手
何时縛住蒼龍

마오쩌둥, 「청평락(淸平樂) - 육반산(六盤山)」

국내전쟁에서 마오쩌둥이 최종적으로 승리한 비결은 현실의 암울함에 갇혀 있지 않고 미래의 희망을 바라볼 줄 아는 여유에서 나왔다는 것을 「칠률 - 장정」 시와 「청평락 - 육반산」 사를 통해서도 알 수 있다. 1935년 10월 민산(岷山: 간쑤 - 쓰촨 - 칭하이 - 산시(陜西)에 걸쳐 있는 해발고도

4,500m의 산)을 넘을 무렵에 지은 「칠률 - 장정」은 중국 초등학교 교과서에도 실릴 만큼 유명한 작품인데, 그는 삼십육계줄행랑 작전 속에서도 '작전상 후퇴이지 무릎 꿇은 것은 아니다, 우리는 다음 싸움을 준비한다!'고 당당하게 외치며 미래의 성공을 자축하고 있다. 그러나 눈을 본적도 없었던 따뜻한 후난성 출신의 홍군 병사들은 특히 늪지와 설산에서 죽어나가던 상황이었으며, 시에서처럼 유유자적하며 기쁜 얼굴로 산을 넘은 것이 결코 아니었다.

「청평락 - 육반산」 역시 옌안으로 향하는 마지막 관문인 육반산(六盤山: 닝샤 - 산시(陝西) - 간쑤에 걸쳐 있는 해발고도 3,500m의 산)을 넘을 때 지은 것이다. 전체 병사의 1/13 만이 살아남은 최악의 상황에서도 그는 조만간 장제스(蒼龍)를 끈으로 묶어 무릎 꿇게 만든 후 전체 중국의 주인이 되겠다고 외치고 있다. 진실로 인생 최악의 시기에 쏟아 낸 근거 없는 자신감인데, 실제로 역사는 그의 외침대로 흘러갔으니 이것이 마오쩌둥의 저력이 아니고 무엇이겠는가.

> 북국의 풍광, 천리 곳곳이 얼음에 잠겼고,
> 만 리 아득히 눈발이 휘날린다.
> 장성의 안팎을 바라보니, 오로지 흰 눈이 끝없이 펼쳐졌구나.
> 도도히 흐르는 황하도 잠시 멈춰 섰도다.
> 산은 은빛 뱀이 춤추는 듯하고,
> 평원은 밀랍색 코끼리가 치닫는 것처럼,
> 하늘과 높이를 다투려 하네.
> 맑게 개인 날 대지는 흰옷에 붉은 단장, 황홀함을 더한다.
> 강산은 이토록 아름답구나!
> 무수한 영웅들이 끝내 허리를 굽혀 굽신거리는 것이 안타깝도다!
> 진시황과 한무제는 용맹스러우나 문학적 재능이 없고,
> 당태종과 송태조는 시부(詩賦)에 부족하고.
> 일대 영걸 칭기즈칸은 독수리 사냥을 하느라 큰 활만 당겼네.

모든 것이 흘러갔으니,
진정한 풍류인물은 이 시대에서나 볼 수 있구나!
北國風光, 千里氷封,
萬里雪飄. 望長城內外,
惟余莽莽, 大河上下, 頓失滔滔.
山舞銀蛇,
原馳蠟象, 欲與天公試比高.
須晴日, 看紅粧素裹, 分外妖嬈.
江山如此多嬌!
引無數英雄竟折腰.
惜秦皇漢武略輸文采,
唐宗宋祖稍遜風騷.
一代天驕, 成吉思汗只識彎弓射大雕.
俱往矣,
數風流人物, 還看今朝!

마오쩌둥, 「심원춘 - 눈 내리던 날(雪)」

무엇보다 개인적으로 좋아하는 마오쩌둥의 작품은 「심원춘 - 눈 내리던 날」로, 1936년 1월 지칠 대로 지친 홍군 병사들을 겨우 추스르고 항일 전쟁을 준비할 무렵, 산시성(陝西省) 위엔쟈거우(袁家溝)에 며칠 동안 함박눈이 펑펑 내리던 날 지은 사이다. 보통 '군대에서 폭설'하면 욕부터 나온다던데, 그는 혁명가이자 군사가로서의 모습을 벗어버리고 섬세한 문학가로서 눈을 바라본다. 그리고 스스로를 진시황 · 한무제 · 송태조 · 당태종 · 칭기즈칸보다도 뛰어난 문+무를 동시에 갖춘 리더라고 자평하면서 외친다.

'하얀 눈으로 뒤덮인 내 조국의 강산은 어찌 이토록 아름다울까!'

마오쩌둥이 마냥 대쪽같이 강직한 성품에 총만 잘 쏘는 군인이었다면 어쩌면 건국의 위업을 달성하지 못했을지도 모른다. 군사가로서의 다부진 강단과 함께 문학가로서의 섬세한 감수성이 조화를 이루었기에 인민

푸바오스(傅抱石)와 관산웨(關山月)의 합작
〈강산은 이토록 아름답구나(江山如此多嬌, 1964)〉
(© 北京人民大會堂)

들의 마음을 얻을 수 있지 않았을까.

이후 중국공산당과 마오쩌둥은 항일전쟁과 국공합작, 국내전쟁을 거치며 결국 「청평락 - 육반산」에서의 외침대로 장제스를 작은 섬으로 쫓아내고 전체 중국을 통일하기에 이르니, 상하이 신천지(新天地 프랑스 조계지 內)의 중국공산당제1차전국대표대회개최지 벽에 걸려 있는 둥비우(董必武)의 휘호처럼, '시작은 미약했으나 끝은 창대하리라(作始也簡, 將畢也鉅)'라는 표현이 딱 들어맞는다.

1949년 10월 1일 동지들과 천안문 성루 위에서 중화인민공화국의 수립을 선포하는 마오쩌둥의 표정에는 국민당의 끈질긴 괴롭힘, 대장정에서의 시련, 일본과의 힘겨운 전쟁, 치열한 국내전쟁에서의 고생이 고스란히 담겨 있다. 매년 국경절이면 어김없이 방송에 나오는 이 영상물은 중국역사의 기념비적인 장면으로 기억되고 있다.

그러나 이후 마오쩌둥의 행보는 '대약진운동'의 실패로 이어진다. 가진 것은 인구뿐이었던 시절, 노동력을 최대한 이용하여 산업화된 강대국을 만들고 싶었지만 이상을 막상 현실에서 적용해보니 오류가 속속 드러났다. 그러나 그는 실수를 인정하고 싶지 않았다. 오히려 실추된 권위를 회복하기 위해 더 큰 과오를 저질렀으니 바로 8억 인민들을 비이성적인 광기로 몰아넣으며 중국의 발전을 한동안 후퇴시킨 '문화대혁명'이다.

> 내 한 장의 대자보, 전국에서 첫 번째 마르크스-레닌주의의 대자보와 인민일보 논설위원의 사설은 어쩌면 그토록 훌륭하단 말인가! 동지들은 다시 이 대자보와 사설을 읽어보시라. 그러나 50여 일 동안 중앙에서부터 지방에 이르기까지 몇 몇 지도자 동지는 그 정반대의 방법을 써서 물리치고 있다. 반동 자산계급입장에 서서, 자산계급의 독재정치를 실행하고 있다. 무산계급의 기세 드높은 문화대혁명운동을 깨부수고 있다. 시비를 전도하여 옳고 그름을 헷갈리게 하고, 혁명파에 대해 포위 섬멸하고 있으며, 서로 다른 의견을 억누르며, 백색테러를 실행해 독선적으로 만족해하고 있다. 자산계급의 위풍을 키우고, 무산계급의 기개를 없애고 있는데 이를 어찌 악독하다 하지 않으리! 1962년의 우경주의와 1964년형의 '좌'를 표방하면서 실제로는 우경으로 갔던 착오의 경향과 이어져 있다. 이 어찌 사람으로 하여금 깊이 반성하게 하는 것이 아니겠는가?
>
> 我的一張大字報, 全國第一張馬列主義的大字報和人民日報評論員的評論, 寫得何等好啊! 请同志們重讀這一篇大字報和這篇評論. 可是在五十多天里, 從中央到地方的某些領導同志, 却反其道而行之, 站在反動的資産階級立場, 實行資産階級專政, 將無産階級轟轟烈烈的文化大革命運動打下去, 顚倒是非, 混淆黑白, 圍剿革命派, 壓制不同意見, 實行白色恐怖, 自以爲得意, 長資産階級的威風, 滅無産階級的志氣, 又何其毒也! 連繫到1962年的右傾和1964年形'左'而實右的錯誤傾向, 豈不是可以發人深省的嗎?
>
> 마오쩌둥, 「사령부를 포격하라 - 나의 대자보 한 장(炮打司令部-我的一張大字報)」(1966.8.5.)

대약진운동의 실패에 대한 책임을 지고 권력 일선에서 물러나 있던 마오쩌둥은 1965년 말부터 측근 '4인방'을 앞세워 여론을 움직여 왔으며, 1966년 8월 5일 '사령부를 포격하라'라는 위의 글이 발표하면서 홍위병을 앞세워 본격적으로 순수한 사회주의 문화를 이룩하기 위한 행동에 나서게 된다. 그로부터 10년 동안 펼쳐지는 이야기들은 이미 알고 있듯이 중국의 잃어버린 10년의 세월이었으며 극심한 혼란과 퇴보의 나날들이었다. 건국 이후 마오쩌둥의 과오에 대해 솔즈베리는 다음과 같이 지적하고 있다.

> 그는 가능하다면 언제라도 불시에 적에게 기습 공격을 감행하고자 했다. 전쟁이 끝나고 공산주의 중국을 건설하기 위한 평화 시의 투쟁이 시작되었을 때에도 마오는 이 원리를 버리지 않았다. 이제 그는 그 원리를 장제스가 아니라 내부의 적들, 또는 자기 내부의 가상의 적들, 그리고 때때로 그와 거의 맞먹는 지도력을 지닌 사람들에게 사용했다.
>
> 해리슨 솔즈베리, 박월라 · 박병덕 옮김, 『새로운 황제들』 中

솔즈베리에 따르면 마오쩌둥은 원래부터 칼 마르크스와 진시황제를 합쳐놓은 인물이었으며, 그 지도력의 결과가 건국 이전에는 성공으로, 건국 이후에는 실패로 발현되었을 뿐이라는 설명이다.

이제 마오쩌둥에 대한 평가를 정리해 보도록 하자.

먼저 중국공산당의 공식적인 평가는 1980년 덩샤오핑과 이탈리아 기자 '오리아나 팔라치(Oriana Fallaci)'와의 인터뷰에서 상징적으로 드러났다. 당시 팔라치는 덩샤오핑을 만나자마자 문화대혁명을 언급하면서 '천안문에 걸려 있는 마오쩌둥의 초상화를 언제까지 걸어둘 것이냐?'는 당돌한 질문을 던진다. 이에 대한 덩샤오핑의 대답은 다음과 같다.

> 과오를 한 사람의 탓으로만 돌릴 수는 없다.
> 마오쩌둥의 초상화는 영원히 그곳에 걸려 있을 것이다.
> 마오쩌둥의 전 생애를 볼 때 공적이 과오를 앞선다.
> 공적이 첫째이고, 과오는 그 다음이다.

청소년기 시절 시골로 하방(下放)당했던 경험을 지닌 시진핑도 기본적으로 덩샤오핑의 평가와 맥락을 같이 한다.

### 마오쩌둥은 위인이고, 문화대혁명은 재앙이었다

혹자는 중국에서 진정한 의미의 사회주의는 마오쩌둥 죽음과 함께 끝났다고 말하기도 한다. 곧 중국의 사회주의 시절은 1949년부터 1976년까지 27년뿐이었으며, 지금 그들이 말하는 중국식 사회주의는 세계에서 유래를 찾아볼 수 없는 특이한 형태의 체제라는 뜻이다. 이후 정치적으로는 사회주의를 그대로 유지한 채 경제적으로는 자본주의를 받아들이면서, 중국 내 지역 간 · 계층 간 · 민족 간 빈부격차는 심화되었고, 실업 문제 역시 증가함에 따라 중국 국민들의 상실감은 날이 갈수록 커져가고 있는 상황이다. 중국공산당은 이러한 개혁개방의 후유증을 해결하고자 건국의 영웅이자 농민의 아들인 마오쩌둥을 적극 활용하고 있는 중이다. 그때 그 시절을 돌이켜보면 비록 지금과는 비교할 수 없을 만큼 경제적으로 곤궁하게 살았지만, 국민들은 자신들이 가난하다는 사실을 그다지 의식하지 못했고, 빈부격차에서 오는 소외감이나 상실감도 없었다. 또한 혁명성 하나로 신분상승 할 기회도 많았으니, 이는 지금 우리네 어르신들이 느끼는 향수와 별반 다르지 않으므로 쉽게 이해할 수 있을 것이다.

광시좡족자치구 위린(玉林)시 노점상의 마오쩌둥 연화와 나란히 걸린 시진핑 연화, 마오쩌둥이 재물과 행운을 부르는 존재로 신격화된 이래, 그의 초상화 달력이나 연화는 꾸준히 사랑받아왔다.
(© 뉴시스 2015.2.19.)

일반 대중들에게 있어서 마오쩌둥에 대한 평가는 기본적

으로 덩샤오핑의 '공칠과삼(功七過三)'의 바탕 위에 만들어진 그리운 영웅의 이미지이다. 그래서 지금도 천안문광장 마오주석기념관 수정관 속에 누워 있는 마오쩌둥을 보기 위해 전국 각지에서 올라오는 참배객들의 발길이 끊이지 않고 있다.

나아가 마오쩌둥은 1999년 5차 인민폐의 주인공이 되면서 관우와 동급의 '재물신'으로 추앙되었으며, 서거 10주년(1886년) · 탄생 100주년(1993년) · 탄생 110주년(2003년) · 탄생 120주년(2013년) 등을 거치면서 기복신이자 평안신으로 자리매김함으로써, 수많은 전기 · 어록집 · 포스터 · 찬양가 · 부적 · 금상(金像) 등이 만들어졌다. 중국을 다녀온 사람이라면 택시 기사들이 무사고를 기원하며 차 안에 걸어둔 작은 사진이나 상(像)을 자주 보았을 것이다. 그토록 미신척결과 우상타파를 위해 목소리를 높였건만 정작 그 자신은 신으로 추앙받는 아이러니한 상황이 만들어진 것이다.

마오쩌둥이 이처럼 중국인에게 사랑받는 이유를 단순히 중국공산당의 선전 작업의 결과라고 해석할 수 있을까. 그보다는 중국인들은 늘 '큰 것'을 지향해왔고, 나라를 세운 사람에게 자잘한 과오를 묻지 않는 사고에 주목해야 할 것이다. 제국주의에 유린당하고 각지에서 군벌이 득세하던 혼돈의 시절, 고작 13명으로 출발한 중국공산당이 결국 전체 중국을 통일했고, 그 중심인물이 마오쩌둥이라는 사실만으로 그는 '중국의 붉은 별'인 것이다.

> 마오쩌둥에 대해서 모두가 비판을 합니다.
> 하지만 마오쩌둥은 중국의 정치가들 중에 인민의 역량을 진정으로 인식한 유일한 사람입니다. 그것을 정치적으로 이용했고 그래서 마오쩌둥을 비판하지만, 인민 스스로에게 자신의 역량을 인식하게 만들었다는 점에서 나는 그 점을 높이 평가합니다. 중국의 인민을 이해하려면 마오쩌둥을 이해해야 합니다. 그리고 더 배워야 합니다.

〈스틸라이프〉가 시작할 때, 이 영화 제목의 자막 글자는 모두 마오쩌둥이 쓴 글자 중에서 한 글자씩 가져와서 만든 것입니다.
그 질문에 대해서는 이렇게 대답하는 것으로 대신하겠습니다.

영화 〈스틸라이프(三峽好人, 2007)〉의 지아장커(賈樟柯) 감독과의 대화 中

### [함께보기] 흰 머리의 은혜로운 친구, 백구은

학기 초마다 학생들에게 왜 중국어 · 중국문화 등의 수업을 선택했냐고 물어보면 되돌아오는 한결같은 대답이 있다.

'중국이 엄청나게 발전하고 있으니 취업에 도움이 될 것 같아서요!'

생각해보면 중국은 내가 대학교를 다니던 90년대 후반에도 이미 발전 중인 중요한 나라였지만, 나는 취업과 연결시킬 정도로 영리하지 못한 학생들 중 한 명이었다. 정말 다행히(!) 그 사이 중국은 미국과 더불어 세계를 이끄는 더 큰 강대국으로 성장해 있었던 덕분에 강단에 계속 설 수 있었다.

하지만 때로는 매너리즘에 빠질 때도 있다. 중국을 내 밥벌이에 이용하다고 표현하면 너무 과격할지도 모르겠지만, 솔직히 기계적으로 강의하고 여기저기 짜깁기를 하듯 논문을 써 투고한 적도 많았다. 그럴 때마다 다시 처음의 마음을 떠올리며 닮고 싶은 인물이 있다. 바로 중국 인민의 친구, 흰 머리의 은혜로운 사람으로 불렸던 백구은(白求恩), 캐나다 출신의 의사 노먼 베쑨(Norman Bethune, 1890~1939)이다.

모두를 위해 자신을 내던지는 위대한 인간의 죽음 앞에
우리는 한 인간의 서거, 그 이상의 것을 통곡합니다.

마오쩌둥, 「노먼 베쑨을 기억하며(紀念白求恩)」(1939.12.21.) 中

허베이성 야전병원에서 환자를 치료 중인 노먼 베쑨, 이 장면은 캐나다 노먼 베쑨 기념 우표의 배경으로 쓰이기도 했다

생몰연도를 자세히 보면 알 수 있듯이 노먼 베쑨은 1939년 11월 12일, 항일전쟁이 한창이던 중국 허베이성 스자좡(石家莊) 근처의 시골마을에서 49살의 나이로 세상을 떠났다. 사인은 패혈증. 마침 항생제가 바닥이 났던 열악한 의료 환경 속에서 수술을 강행하다가 손가락을 베인 것이 원인이었다.

노먼 베쑨은 25살(1915년)에 영국 해군으로 1차 세계대전에 참전하기도 했고, 46살(1936년)에 스페인 내전에서 직접 이동수혈부대를 이끌며 전쟁 중 사망률을 줄이기도 하는 등 가장 어려운 이들에게 관심을 많았던 의사였다. 본인이 폐결핵에 걸렸던 경험을 계기로 40대 초에는 직접 폐결핵 치료약을 개발하여 크게 성공하기도 했으나, '가난'이 폐결핵의 주요 원인임을 알고 본격적으로 사회문제와 공산주의에 관심을 가지게 된다. 그리고 더 많은 사람들을 돕기 위해 중국으로 건너가 '팔로군(八路軍: 항일전쟁 중 일본군과 싸운 중국공산당 주력부대 중 하나)'을 만났던 때가 이미 48살(1938년)이었다. 낮에는 팔로군 부상병들과 농촌 환자들을 치료하고, 밤에는 의학서적을 집필하면서 의료지식을 가르치는 등, 식상한 표현이지만 그는 정말로 24시간이 모자랐던 '불꽃같은 삶'을 살았다.

> 의사는 '치료비를 낼 돈이 얼마나 있는지' 물을 것이 아니라,
> '어떻게 해야 내가 당신에게 도움이 되겠냐'고 물어봐야 합니다.
>
> 테드 알렌 · 시드니 고든 저, 천희상 역, 『닥터 노먼 베쑨』 中

어른이 되고 보니 돈에 따라 치료 방법이 달라지거나, 돈이 없어서 삶과 죽음이 바뀌는 장면을 자주 목도하게 된다. 지금 대한민국의 공부 잘하는 학생들의 목표는 대부분 의사가 되는 것이라고 한다. 그렇다면 확률적으로 질병+사람+사회를 고치는 '훌륭한 의사'들도 많아야 하는데 현실은 어떠한가. 무엇을 위해 의대에 가고자 하는지는 굳이 묻지 않으려 한다. 지하철에 붙어있는 수많은 광고들이 이미 대답을 해주고 있기 때문이다.

물론 모든 인간은 저마다의 가치관과 삶의 방식이 있으니 모두에게 노먼 베쑨의 삶을 강요할 수는 없다. 그리고 노먼 베쑨은 굳이 중국이 아니었더라도 더 어려운 곳이 있었다면 그곳으로 달려갔을 것이다. 다만 그 당시 가장 어려웠던 사람들이 대장정의 실패를 막 추스르고 항일운동에 뛰어들었던 중국공산당이었을 뿐이다.

노먼 베쑨은 현재 허베이성 혁명열사능원(革命烈士陵園)에 잠들어 있다. 그리고 중국인들은 스자좡 · 지린 등지에 노먼베쑨병원(白求恩醫院)과 노먼베쑨의과대학(白求恩醫學院)을 설립함으로써 어려운 시절 자신들을 위해 기꺼이 달려와 준 '흰 머리의 은혜로운 친구'를 기억하고 있다.[7)]

다시 처음의 질문으로 돌아와 나는 중국인들에게 어떤 사람으로 기억되고 싶은지를 생각해 본다. 적어도 나는 그들의 호주머니를 털기 위해 접근하는, 내 영달을 위해 그들을 이용하는 사람이 되고 싶지는 않다. 노먼 베쑨 정도까지는 아니지만 진심으로 중국과 중국 사람들을 좋아했던 친구로 기억되고 싶다.

---

7) 허베이성 스자좡에 위치한 '중국인민해방군 노먼 베쑨 국제평화병원(中國人民解放軍白求恩國際和平醫院)', 지린성 창춘에 위치한 '지린대학 노먼 베쑨 제1병원'(吉林大學白求恩第一醫院) 등

## 가난이 사회주의는 아니다, 덩샤오핑貧窮不是社會主義

나라를 세운 마오쩌둥을 잊지 말고,
중국을 부자로 만든 덩샤오핑을 생각하자
翻身不忘毛澤東
致富更思鄧小平

중국에서는 지금까지 정치 지도자들을 만화나 애니메이션으로 표현하는 것을 금기시되어왔다. 그러나 2014년 4월 30일에 열린 제10회 항저우국제애니메이션페스티벌에서 이례적으로 원로 만화가 주쯔쭌(朱自尊)이 그린 1세대~5세대 지도자들의 캐리커쳐가 등장했으니[8] 지도자들의 이미지를 더욱 친근하게 만들어 대중들에게 한층 더 가까이 다가가기 위해 제작된 것이었다. 이중에서도 백미는 단연코 덩샤오핑의 캐리커쳐였다. 귀여운 고양이 두 마리가 더 귀여운(!) 덩샤오핑의 품에 살포시 안겨 있는 이 캐리커쳐의 속뜻은 모두가 잘 알고 있는 덩샤오핑의 유명한 경제이론 '흑묘백묘론(黑猫白描論)'이다. 그의 과감한 개혁개방으로 중국은 오늘날 경제대국의 기틀을 다질 수 있었기 때문에, 중국인들은 '가장 존경하는 지도자는 마오쩌둥이지만 가장 고마운 지도자는 덩샤오핑이다' 라고 말하곤 한다.

'작은 거인(小個巨人)', '백년 샤오핑(百年小平)', '오뚜기(不倒翁)' 등으로 불리는 덩샤오핑은 1904년 쓰촨성 광안시(廣安) 파이팡촌(牌坊)에서

---

8) 오관철, 「마오에서 시진핑까지중 역대 지도자캐리커처 등장」(경향신문 2014. 4.30.)

태어났다. 마오쩌둥과는 달리, 마을유지였던 아버지의 전폭적인 지지 아래 덩샤오핑은 장남으로서의 특권을 마음껏 누리며 자랐으니, 5살 때 개인과외로 시작된 교육은 셰싱초등학교 · 광안중등학교 · 충칭고등학교를 거쳐 프랑스유학과 소련유학으로 정점을 찍는다. 특히 덩샤오핑의 프랑스 유학 기간은 무려 7년에 이르는데, 여기까지만 본다면 마치 부잣집 아들이 아무 걱정 없이 세느 강변 어디쯤에서 마카롱 한 조각을 먹으며 산책을 하고 있을 것만 같다. 그러나 사실 그는 '근면하게 일하고 절약하며 공부한다'는 근공검학(勤工儉學) 유학프로그램에 선발된 것이었기에, 낮에는 군수공장 · 타이어공장 등에서 일하고 밤에는 공부하는, 말 그대로 주경야독의 나날들이었다.

〈덩샤오핑의 생애〉(1904~1997)

- 1904년 쓰촨성 광안시(廣安) 파이팡촌(牌坊) 출생
- 6~14살 개인과외 및 셰싱초등학교, 광안중등학교에서 수학
- 15살(1919년) 충칭고등학교 재학 중 근공검학프로그램에 선발됨
- 16~22살(1920~1926년) 프랑스 유학생활 중 공산주의 알게 됨
- 22~23살(1926~1927년) 소련 유학 시절 중국공산당 입당, 귀국 후 당 간부로 활동
- 29살(1933년) 첫 번째 실각, 대장정 참여
- 62~65살(1966~1969년) 두 번째 실각, 장시성 난창으로 하방
- 72살(1976년) 세 번째 실각
- 74~85살(1978~1989년) 개혁개방의 총설계자 (중앙군사위원회 주석)
- 85살(1989년) 톈안먼 사건
- 88살(1992년) 남부지역 시찰하며 개혁개방을 독려(남순강화)
- 93살(1997년) 세상을 떠남

근공검학 유학프로그램은 1차 세계대전 직후 노동력이 부족한 프랑스와 서구문물을 배우려는 중국의 이해관계가 맞아 떨어져 실시된 것이었지만, 이내 프랑스에 경제 불황이 닥치면서 흐지부지 사라져버렸다. 지역만 해외일 뿐 대다수의 중국 유학생들이 귀국을 선택하거나 근근이 버텨나가던 시간들이었기에 덩샤오핑이 프랑스어를 한 마디도 못하는 것은 당연한 결과였다. 그래도 인생에서 헛된 시간은 없는 법인지 이때 파리대학교에서 정치학을 공부하던 저우언라이(周恩來)를 통해 공산주의

를 접하게 된다.

덩샤오핑은 이어서 혁명의 고장인 소련으로 건너가 정식으로 중국공산당에 입당한 후, 1년 남짓 모스크바의 동방대학교와 중산대학교에서 마르크스-레닌주의 이론을 공부하기도 했는데, 이 두 학교는 특이하게 오직 중국학생들을 위해 세워진 곳으로 당연히 러시아어를 접할 기회도 없었다. 다만 7년의 프랑스유학과 1년의 소련유학의 시간들이 그에게 넓은 시각과 유연한 사고를 가져다 준 것은 확실하다.

덩샤오핑의 별명 가운데 가장 유명한 것은 아마도 '오뚜기'일 것이다. 23살에 유학생활을 마치고 귀국한 후 한동안 그는 중국공산당 간부로 일하면서 무탈한 시간들을 보냈다. 그러나 그의 인생에는 세 차례의 숙청이 기다리고 있었으니, 첫 번째는 국내파와 유학파 간의 갈등으로 대립하고 있던 차에 마오쩌둥을 지지한 것이 화근이 되어 투옥된 것이었고(29살), 두 번째는 문화대혁명 시기 주자파(走資派)로 몰려 장시성 난창(南昌)의 트랙터 공장으로 하방당한 것이었으며(62~65살), 세 번째는 1976년 1월 저우언라이 총리의 장례식에서 추모사를 읽었다는 이유로 사인방(四人幇: 문화대혁명 시절 무소불위의 권력을 휘둘렀던 江靑, 張春橋, 王洪文, 姚文元)에 의해 쫓겨난 것(72살)이었다. 그러나 덩샤오핑은 세 번의 숙청에도 좌절하지 않고 끝까지 잡초같이 살아남아 조용히 재기를 노렸으니 '일흔이 넘도록 그의 인생은 수동태였으며 마오쩌둥의 눈치를 살피는 정치적인 재주밖에 없었다'라는 벤자민 양의 평가가 아주 틀린 말은 아니다.

인생은 74살부터!

덩샤오핑은 결국 1978년 12월 '중국공산당11기3중전회(三中全會)'를 통해 권력을 잡은 후, 1989년 6월 톈안먼 사건으로 일선에서 물러나기 전까지 마오쩌둥을 이은 새로운 황제로 중국을 경제대국의 길로 이끌었다.

오늘 나는 한 가지의 중요한 문제, 곧 '사상을 해방하고, 사고를 개방해서, 실사구시의 자세로 일치단결해서 앞으로 전진하자'는 말을 하고자 합니다.

첫째, 사상의 해방은 우리가 당면한 중대 정치문제입니다.

사상을 해방하고, 사고를 개방하며, 실사구시의 자세로 앞을 향해 전진하는 첫 단계는 사상의 해방입니다. 사상의 해방이 있어야만, 마르크스 레닌주의와 마오쩌둥(毛澤東) 사상의 정확한 지도에 따라 과거가 남긴 문제를 해결할 수 있고, 새로 출현한 일련의 문제들을 해결할 수 있으며, 생산력의 신속한 발전과 서로 상응하지 못하는 생산관계와 상부구조를 개혁할 수 있으며, 우리 국가의 실제 상황에 근거를 둔 4개 현대화를 실현하기 위한 구체적인 길과 방침, 방법, 조치를 확정할 수 있을 것입니다. (중략)

실사구시는 무산계급 세계관의 기초이며, 마르크스주의 사상의 기초입니다. 과거 우리가 혁명을 하면서 거둔 승리들은 실사구시를 바탕으로 했기 때문이었으며, 우리가 지금 실현하려는 4개 현대화도 실사구시를 바탕으로 해야 합니다. 당 중앙뿐만 아니라 성(省) 당위원회, 지방 위원회, 현 위원회, 각 인민공사 당위원회, 각 공장, 각급 학교, 상점, 생산대까지 모두 실사구시를 따르고, 사상을 해방하며, 의식을 열어 놓고 문제를 생각하면서 일을 해야 할 것입니다.

今天, 我主要講一個問題, 就是解放思想, 開動腦筋, 實事求是, 團結一致向前看.

一. 解放思想是當前的一個重大政治問題

解放思想, 開動腦筋, 實事求是, 團結一致向前看, 首先是解放思想. 只有思想解放了, 我們才能正確地以馬列主義·毛澤東思想爲指導, 解決過去遺留的問題, 解決新出現的一系列問題, 正確地改革同生産力迅速發展不相適應的生産關係和上層建築, 根據我國的實際情況, 確定實現四個現代化的具體道路·方針·方法和措施. (중략)

實事求是, 是無産階級世界觀的基礎, 是馬克思主義的思想基礎. 過去我們搞革命所取得的一切勝利, 是靠實事求是, 現在我們要實現四個現代化, 同樣要靠實事求是. 不但中央·省委·地委·縣委·公社黨委, 就是一個工廠·一個機關·一個學校·一個商店·一個生産隊, 也都要實事求是, 都要解放思想, 開動腦筋想問題辦事情.

덩샤오핑, 「사상해방과 실사구시로 일치단결해서 앞을 향해 전진하자」(1978.12.13.)[9]

1978년 제11기 3중전회(1978.12.18~12.22)에 앞두고 36일 동안 개최된 중앙공작회의에서 치열한 이론투쟁이 벌어졌다. 토론 마지막 날에 발표된 덩샤오핑의 이 폐막연설을 기점으로 중국은 이전과는 전혀 다른 모습의 국가로 바뀌어 현재의 경제대국을 향해 달리기 시작한다. 당시 문화대혁명이 종결된 지 3년의 시간이 흘렀음에도 '마오쩌둥이 생전에 내린 지시와 결정은 모두 옳다(兩個凡是)'는 화궈펑(華國鋒)의 노선과 '실천만이 진리를 검증하는 유일한 기준(實踐是檢驗眞理的唯一標準)'이라는 덩샤오핑+후야오방(胡耀邦)의 노선이 팽팽하게 대립하고 있었는데, 덩샤오핑의 이 연설로 인해 '사상해방(思想解放)'과 '실사구시(實事求是)'라는 개혁개방의 기본사상이 제시되었으며, 지도권 확립과 경제발전에 매진할 수 있은 길이 열린 것이다.

덩샤오핑은 인민공사나 집단농장 대신 가족단위의 생산책임제를 실시하면서, 개체호(個體戶: 자영업자)의 활동을 허용했으며, 광둥성과 푸젠성에 경제특구(선전 · 주하이 · 산터우 · 샤먼)를 건설하고, 미국과의 합작을 시도하는 등, '사회주의 시장경제(社會主義市場經濟)'라는 특이한 형태를 구축하기에 이른다.

가난이 사회주의는 아니다
貧窮不是社會主義

9) 덩샤오핑, 「덩샤오핑: 중국공산당 중앙공작회의 폐막연설」(월간조선 뉴스룸 2012년 1월호)

돌을 만져 가며 강을 건너가듯이 개혁개방을 추진하자
摸着石頭過河

검은 고양이든 흰 고양이든 쥐만 잘 잡으면 된다
不管黑猫白猫, 捉到老鼠就是好猫

먼저 일부 사람들을 부유하게 만들면,
최종적으로 모두가 잘 살게 될 것이다
讓一部分先富起来
最終實現共同富裕

자본주의에도 계획은 있고,
사회주의에도 시장이 있다
資本主義也有計劃
社會主義也有市場

실용적이면서도 간결하고 직설적인 덩샤오핑의 화법은 특히 경제 분야에서 유명한 어록들을 많이 남겼다. 이밖에 1984년 영국-홍콩 반환 협정 당시, 영국의 대처(M. Thatcher) 수상에게 제시했던 '일국양제' 이론(一個國家, 兩種制度), 실력을 드러내지 말고 인내하며 때를 기다리라는 '도광양회' 이론(冷靜的觀察, 鎭定自若的面對困難, 捍衛我們的立場, 韜光養晦, 爭取時間, 永不稱霸) 등도 외교 분야의 어록으로 유명하다. 물론 1992년 1월 18일부터 2월 22일까지 개혁개방을 독려하기 위해 아흔이 넘은 노구를 이끌고 우한 · 선전 · 주하이 · 상하이를 시찰하며 쏟아낸 '남순강화(南巡講話)' 또한 그를 이해하기 위해서는 빼놓을 수 없는 중요한 연설이다.

그러나 1989년 6월 4일, 민주화를 요구하던 학생들과 시민들을 무력으로 진압한 톈안먼 사건은 아직도 제대로 마무리 지어지지 않은 덩샤오핑의 치명적인 오류로 꼽힌다. 2014년 덩샤오핑 탄생 110주년을 기념하며

톈안먼 사건을 상징하는 탱크맨 왕웨이린(王維林). 이 사진은 AP통신의 사진기자 조 스코필드가 찍은 것이다. 중국 정부는 톈안먼 당시 민간인 875명, 군·경 56명이 사망했다고 밝혔지만, 실제 사망자는 2,000명 이상일 것으로 추산되고 있다(© 국민일보)

방송된 CCTV 드라마 〈역사적 전환기의 덩샤오핑(歷史轉折中的鄧小平)〉에서도 1976년부터 1984년까지의 업적만 다루면서 이에 대한 언급은 회피했으며, 광주민주화운동을 소재로 한 한국의 영화 〈택시운전사(2017)〉가 톈안먼 사건의 유혈진압을 연상시킨다는 이유만으로 중국 당국은 인터넷에서 이 영화와 관련된 모든 정보·뉴스·평론·댓글 등을 모두 삭제했다. 중국 정부는 아직까지도 톈안먼 사건이라는 상처를 제대로 치료하지 않고 그냥 붕대로 덮어둔 상태이다.

> 나는 중국 인민의 아들이다.
> 나는 나의 조국과 인민을 가슴 깊이 사랑한다.
> 我是中國人民的儿子,
> 我深情地愛着我的祖國和人民.

누군가는 국가를 사랑하기에 중국공산당의 일당독재와 부정부패를 척결을 요구하며 광장으로 달려 나갔고, 또 다른 누군가는 국가를 사랑하는 마음으로 이들의 모임을 폭란(暴亂)으로 규정하고 인민의 군대를 보내 탱크로 진압했다. 무엇이 옳고 그른지는 제3자인 우리가 더욱 객관적으로 판단할 수 있을 것이다.

'나를 위한 어떠한 기념관이나 동상도 세우지 말고, 각막과 장기는 기증하며, 유해는 해부 연구용으로 사용한 다음에 바다에 뿌리라'는 유언만 보아도 그가 어느 정도로 조국과 인민을 사랑했는지 충분히 짐작할 수 있다. 다만 경제 정책에서 보였던 쓰촨성 출신 특유의 합리적이고 유연한 사고를 정치로 확장시키지 못한 점이 아쉬울 뿐이다.

### [함께보기] 포스트 차이나 2.0 시대: 장쩌민과 후진타오

유럽의 대표적인 외교·안보 분야 싱크탱크인 '유럽외교관계협의회(ECFR)'는 2012년 11월 시진핑 체제의 출범을 '차이나 3.0 시대'의 시작으로 보았다. 마오쩌둥의 차이나 1.0 시대, 덩샤오핑의 차이나 2.0 시대, 그리고 시진핑의 차이나 3.0 시대. 그렇다면 장쩌민과 후진타오는 어디로 갔을까? 유럽외교관계협의회에서는 장쩌민과 후진타오의 시대를 덩샤오핑 시대의 '부속물'로 보았으니, 두 사람에게는 다소 굴욕적인 평가가 아닐 수 없다.

문화대혁명 이후 덩샤오핑은 1인지도체제가 아닌 집단지도체제를 구축했으며, 장쩌민 시대에 이르러서는 최고권력자의 10년 임기제와 상무위원들의 칠상팔하(七上八下) 원칙[10]도 확정되었다. 이로 인해 절대적인 황제가 등장하기는 어렵게 되었지만, 그렇다고 장쩌민과 후진타오의 업적을 건너뛸 수는 없다. 개혁개방의 성과(明)와 함께 수많은 문제점들(暗)이 속속 떠오르기 시작한 일련의 시기동안 장쩌민은 3개대표론으로, 후진타오는 조화사회론·과학발전관으로 이를 해결하고자 노력했기 때문이다.

10) 칠상팔하는 '67살은 유임하지만, 68살은 퇴임한다'는 중국공산당 내 비공식적인 규칙(潛規則)으로, 2002년 장쩌민이 정협주석 리루이한(李瑞環)의 연임을 막기 위해 만들었다.

차이나 1.0, 2.0, 3.0 시대(© 중앙일보 2013.3.16.)

그렇다면 장쩌민은 어떻게 덩샤오핑의 후계자가 되었을까? 덩샤오핑 본인의 표현을 빌리자면 '잘 알지도 못했고 특별히 좋아하지도 않았지만, 고르고 고르며 고심한 끝에 장쩌민을 선택했다'고 말하고 있는데, 일단 개혁개방 정책에 호의적이었던 태도와 함께, 상하이시 당서기로 재직하면서 학생운동을 잘 처리한 점, 지나치게 똑똑하지도 모자라지도 않은 점 등을 높이 샀다고 한다. 이는 장쩌민의 별명을 통해서도 잘 드러나는데 누구에게든지 웃는 낯으로 '좋아요, 좋습니다!'라고 말하며 응대하는 태도(好好先生)는 그를 최고권력자의 지위로 밀어올린 결정적인 요소로 꼽힌다. 다시 말해 장쩌민이야말로 정치는 사회주의+경제는 자본주의라는 새로운 시대 속에서 중국공산당 특유의 '집단적 지배체제'를 구축하는데 가장 적합한 인물이었음을 뜻한다. 중국의 새로운 황제가 된 이후에도 장쩌민은 늘 입버릇처럼 다음과 같이 말했다. '우리는 함께 일하는 팀이다. 나는 조장으로써 한 표만 행사할 뿐, 특별한 권한을 가지고 있지는 않다'

장쩌민의 고향 장쑤성 양저우(揚州)는 풍요롭고 수려한 산수를 배경으

〈장쩌민의 생애〉(1926~)
- 1926년 장쑤성 양저우 출생
- 20살(1946년) 중국공산당 입당
- 21살 상하이 자오퉁대학교 전기과 졸업
- 23~54살 상하이식품, 상하이비누공장, 장춘자동차공장, 상하이전기과학연구소 등지에서 기술자 및 연구원으로 근무
- 55살(1981년) 정계 진출
- 59살(1985년) 상하이시 시장
- 63살 정치국상무위원, 중국공산당중앙군사위원회 주석
- 66살 중국공산당총서기
- 76살(2002년) 국가주석, 공산당총서기 사임
- 78살(2004년) 중국공산당 중앙군사위원회주석 사임, 정계 은퇴

로 화가·작가·문학가 등이 다수 배출된 3,000년 역사를 지닌 문화예술의 도시이다. 어린 시절을 풍요의 고장 양저우에서 보낸 경험은 외국 국빈들과의 만남에서 즉흥적으로 악기를 연주하거나 노래를 부르는 등 외교 분위기를 부드럽게 만든 자양분이 되었다.

또한 수로회사 지점장이었던 할아버지와 전기공이었던 아버지의 영향을 받아 상하이자오퉁대학(上海交通大學)에서 전기공학을 전공했는데, 이는 기술관료 출신들이 중국을 이끄는 3세대의 리더들로 대거 진출하는데 영향을 주었다. 문화대혁명 시절 우한(武漢)의 수용소에서 잠시 어려움을 겪기도 했지만 50살 이전까지는 대체로 평탄하게 기술자와 연구원으로 활동했으며, 정치적으로 부각된 계기는 1989년 톈안먼 사건 당시 상하이시의 학생운동을 침착하게 대응하면서 부터이다.

장쩌민 시기의 중국은 전 세계에 유례가 없는 10%대의 지속적인 경제성장을 이룩하지만, 반면 소득격차와 불평등의 심화, 부정부패의 만연 등 사회 모순이 서서히 드러나기 시작했다. 이에 등장한 것이 바로 '3개대표론'이다.

첫째, 중국공산당은 중국의 선진적 사회생산력의 발전요구를 대표한다.
둘째, 중국공산당은 중국의 선진적 문화의 전진방향을 대표한다.
셋째, 중국공산당은 중국 전체 인민의 근본적인 이익을 대표한다.

中國共産黨要始終代表中國先進生産力的發展要求
中國共産黨要始終代表中國先進文化的前進方向
中國共産黨要始終代表中國最廣大人民的根本利益

쉽게 얘기하면 중국공산당은 개혁개방의 열매를 혼자 독식하지 않고 '경제성장+문화진보+민생안정'에 총력을 기울이며 전체 인민들과 이를 나누겠다는 다짐이다. 3개 대표론은 마오쩌둥 사상 · 덩샤오핑 이론과 함께 나란히 당장(黨章)과 헌법에 오른 상태이지만, 이론을 위한 이론, 실적을 위한 실적의 느낌을 지울 수가 없다. 때문에 혹자는 장쩌민에 대해 '무능하고 특징 없는 인물'이라고 저평가하기도 한다. 그러나 장쩌민을 찬양할 필요도, 그렇다고 폄하할 필요도 없다. 장쩌민은 그 당시 막 성장의 길로 들어섰던 중국의 상황과 딱 맞아떨어졌던 새로운 황제였을 뿐이다.

장쩌민 시대에 구축된 '기술 관료에 의한 집단지배체제'는 후진타오 시대에 이르러 더욱 강화된다. 후진타오가 새로운 황제의 반열에 오를 수 있었던 결정적인 이유 역시 그의 별명을 통해 짐작할 수 있다. 반듯한 외모의 '황태자(皇太子)', 세련된 매너로 무장된 '모범생(模範生)', 원로들의 어떠한 태도에도 싫은 목소리를 내지 않는 '낮은 소리의 대가(低調大師)', 윗사람의 말을 잘 따르는 '애송이(孫子)' 등은 사실 그가 구사했던 처세술이었다.

후진타오는 1942년 상하이에서 차도매상인이었던 후징즈(胡靜之)의 아들로 태어났다. 영화 〈색계(2007)〉를 통해서도 알 수 있듯이 1940년대 초반의 상하이는 왕징웨이(汪精衛)의 친일괴뢰정권 · 일본군 · 국민당 · 공산당의 각축으로 인해 혼란과 전쟁의 연속이었으며 사람들은 당연히 차 맛을 제대로 음미할 여유를 지니지 못했다. 당연히 가정형편은 넉넉지 않았고 어머니마저 일찍 돌아가셨지만 교육을 중시 여기는 집안(본적은 안후이성) 특유의 전통으로 인해, 비교적 순탄하게 초 - 중 - 고등학교를 모범적으로 마치고 칭화대학교 수리공정과에 진학할 수 있었다.

〈후진타오의 생애〉(1942~)

- 1942년 상하이 출생(본적은 安徽省 宣城)
- 17살 칭화대학교 수리공정과 입학과 함께 공청단 활동 시작
- 23살 중국공산당 입당
- 26살(1968년) 간쑤성 류자샤수력발전소로 하방
- 43살 구이저우성 공산당서기
- 46살 티베트자치구 공산당서기
- 50살(1992년) 중앙정치국 상무위원
- 60살(2002년) 중국공산당 총서기
- 61살 국가주석
- 62살 군사위원회 주석
- 70살(2012년) 정계 은퇴

그는 혁명원로나 항일투사의 아들도 아니었으며 더욱이 아버지는 자영업자였기에 정치가로서 좋은 배경을 지니지는 못했다. 때문에 스스로 길을 개척해 나가야 했으니, 대학교 1학년 때부터 적극적으로 공청단(共青團)에서 활동하면서 졸업과 동시에 정식으로 중국공산당 당원이 되기에 이른다. 중국전체를 뒤흔들었던 문화대혁명 기간에도 그는 전략적으로 간쑤성 류자샤수력발전소(劉家峽水電站)로 하방을 자원하여 베이징의 혈투를 피하는 동시에 기술자로서 경력을 쌓았으며, 1974년부터 간쑤성건설위원회당비서로 일하면서 정계에 입문하게 된다. 그가 단기간에 성장할 수 있었던 이유를 꼽자면 그 자신의 신중한 성격, 3명의 원로들(宋平+胡耀邦+張宏: '후진타오는 양성할만한 인재이다')의 도움, 덩샤오핑의 지시로 젊은 간부를 발탁했던 당시 시대적 분위기 등 여러 가지 운이 한꺼번에 맞아떨어진 결과라 할 수 있다.

이후 잠시 태자당의 견제로 구이저우성과 티베트자치구 등 오지로 밀려나기도 했지만, 이 시기 또한 절망에 빠진 채 허투루 시간을 보내지 않았다. 사실 구이저우성은 중국 내 대표적인 빈곤지역이기도 하지만 이는 반대로 성과가 잘 드러날 수도 있음을 뜻하며, 1989년 티베트자치구에서 보여준 강력한 유혈사태 진압은 중앙 정계의 신뢰를 얻는 결정적인 계기가 되었다.

후진타오는 중국공산당의 집단지배체제에 충실한 모습으로 새로운 황제의 지위에 오를 수 있었으며, 장쩌민 이후에 더욱 심화된 중국의 모순

을 해결하기 위해 '조화사회론(社會主義和諧社會理)'과 '과학발전관(科學發展觀)'을 천명하기에 이른다.

> 과학발전관의 가장 중요한 임무는 '발전'이고, 핵심은 '인본주의'이며, 기본요구는 '전면 · 협조 · 지속가능한 발전'을 반드시 견지하는 것입니다. 科學發展觀第一要義是發展, 核心是以人爲本, 基本要求是全面協調可持續性. (…)
>
> 第17차 중국공산당 전국대표대회 가운데 후진타오 총서기의 보고(報告)「중국적 특색의 사회주의 기치를 높이 들어 샤오캉사회 건설을 위해 매진하자(高擧中國特色社會主義偉大旗幟, 爲奪取全面建設小康社會新勝利而奮鬪」中 (2008.10.15.)

여기서 '인본주의(以人爲本)'라는 것은 그동안의 성장중심주의(以物爲本)에 대한 반성이며, '질적인 지속성장'은 생태환경 · 민생 · 농촌과 함께 성장하고자하는 새로운 전략을 말한다. 두 개의 이론은 마오쩌둥사상 · 덩샤오핑이론 · 3개대표론과 나란히 당장에 삽입되면서 '중국의 미래발전모델을 모색한 첫걸음'으로 평가되었지만[11], 이를 정책으로 펼쳐낸 10년 동안의 결과에 대해서는 그다지 성공적이지 못했음을 후진타오 스스로도 솔직하게 인정한 바 있다.[12]

무엇보다 김용옥 선생님은 후진타오의 최고의 업적을 그의 깔끔한 마

---

11) 지만수, 「중국의 꿈?: 과학적 발전관의 내용과 의미」『오늘의 세계경제』 제08-48호, 2007.

12) '분명히 지적해야 할 것은 그동안 우리가 추진한 업무에는 적지 않은 부족함이 존재했고, 향후에도 많은 어려움과 문제가 있을 것이다. 발전의 과정에서 불균형과 부조화 그리고 지속불가능한 문제들이 드러났으며, 실현은 제약하는 장애도 많았고, 도시와 농촌 그리고 지역 간 발전의 격차와 주민수입분배의 차이는 여전히 크게 벌어졌다' 후진타오, 제18차 당대회 보고(집권 10년에 대한 평가) 中 이종화, 「시진핑의 중국의 꿈과 과학발전관의 미래발전」『중국과 중국학』 제23호, 2014.

지막 뒷모습에서 찾고 있다. '후진타오의 논개 정신으로 지금의 시진핑의 시대가 열린 것이다!'[13]

1992년부터 2012년까지의 20년 동안의 중국은 건국 이후 안정기에 접어들면서 카리스마로 점철된 리더가 아닌 부드러운 '화합형 리더'를 원했다. 개혁개방을 뒤이은 고도의 경제성장과 함께 홍콩반환(1997년), 마카오반환(1999년), 베이징올림픽 개최(2008년), 광저우아시안게임 개최(2010년) 등의 달콤한 열매도 많았지만, 그에 따른 반작용들이 하나 둘씩 수면위로 부각되던 시기였기 때문이다.

특히 생태파괴와 사회 각 방면의 불균형의 문제는 지금까지도 고전을 면치 못하고 있는 난제이다. 단적인 예로, 20년이 훨씬 지난 지금 이 순간에도 돈을 벌기 위해 도시로 떠난 농민공 부모와 이로 인해 농촌에 방치된 수많은 '남겨진 아이들(留守兒童)'의 지난한 삶은 여전히 현재진행형이다.

그럼에도 불구하고 나는 장쩌민과 후진타오의 장점을 '지속성'과 '연속성'에서 찾고 싶다. 정권이 바뀔 때마다 대통령이 조사를 받거나 감옥에 수감되며 모든 정책들은 흐지부지 폐기되는 5년짜리 나라가 아닌, 누가 리더의 자리에 있더라도 전대를 계승하고 후대로 넘겨줄 수 있는 안정감을 갖춘 점이 부럽다. 장쩌민과 후진타오야말로 시대가 내린 사명을 명확하게 이해하고 수행한 천시(天時)+지리(地利)+인화(人和)를 제대로 만났던 새로운 황제들이라 하겠다.

13) JTBC 〈차이나는 도올〉(2016.4.10.)

'항일전쟁승리70주년열병식'을 참관하고 있는 시진핑 국가주석(왼쪽)과 장쩌민(가운데)·후진타오(오른쪽) 전 국가주석(ⓒ연합뉴스 2015.9.3.)

## 시황제의 꿈, 시진핑

동지 여러분!

지금부터 제18기 중앙위원회를 대표하여 중국공산당 제19차 전국대표대회 보고를 시작하겠습니다.

중국공산당 제19차 전국대표대회는 전면적인 샤오캉사회의 실현과 새로운 중국적 특색의 사회주의 시대로 접어들고 있는 시기에 열리는 중요한 대회입니다.

대회의 주제는 초심을 잊지 않고 사명을 가슴 깊이 새기며 중국적 특색의 사회주의라는 깃발을 높이 드는 것입니다.

또한 전면적인 샤오캉사회의 실현하는 것, 새로운 중국적 특색의 사회주의라는 위대한 승리를 쟁취하는 것, 그리고 중화민족의 위대한 부흥이라는 중국의 꿈을 실현하는 것입니다. (후략)

同志們!

現在, 我代表第十八屆中央委員會向大會作報告.

中國共産黨第十九次全國代表大會是在全面建成小康社會决勝階段阶段, 中國特色社會主義进入新时代的關鍵時期召開的一次十分重要的大會.

> 大會的主題是不忘初心, 牢記使命, 高擧中國特色社會主義偉大旗幟, 決勝全面建成小康社會, 奪取新時代中國特色社會主義偉大勝利, 爲實現中華民族偉大復興的中國夢不懈奮鬪. (…)

제19차 중국공산당 전국대표대회 가운데 시진핑 국가주석 보고 「저전면적인 샤오캉사회를 실현하고 새로운 중국적 특색의 사회주의라는 위대한 승리를 쟁취하자(決勝全面建成小康社會, 奪取新時代中國特色社會主義偉大勝利)」 中 (2017.10.18.)

2007년 10월 중국공산당 제17차 전국대표대회에서 리커창(당시 서열 7위)과 함께 두각을 드러낸 시진핑(당시 서열 6위)은 10년의 시간이 흐른 뒤인 2017년 명실상부한 중국의 1인자가 되었다. 제19차 중국공산당 전국대표대회 보고 중 공식적으로 발표한 '시진핑사상(4개전면+5위1체)'이라는 명칭으로 인해 언론에서는 연일 마오쩌둥 · 덩샤오핑에 버금가는 '1인 독재체제'의 구축을 예견하고 있으며, 실제로 차세대 후계자를 언급하지 않은 가운데(신임상무위원 5명 - 리잔수 · 왕양 · 왕후닝 · 자오러지 · 한정 - 은 모두 1950년대 생) '장기 집권'마저 예측되고 있는 상황이다. 그야말로 동네 아저씨같은(習大大) 푸근한 인상 뒤에 감춰진 카리스마가 드러난 것인데, 이에 대해서는 일찍이 영국 이코노미스트에서 예견한 바 있다.

2013년 5월 이코노미스트는 '1793년처럼 파티를 즐기자(Let's party like it's 1793)'라는 제목의 기사에서 그가 제시한 '중국의 꿈'은 사실 청나라 건륭제처럼 천하를 호령하는 것이며, 그 자신은 민족주의와 중국공산당의 권력을 통해 '시황제'로 군림하고자 한다고 분석한 바 있다. 사실 2007년 이전까지 시진핑이 새로운

제19차 중국공산당 전국대표대회 보고를 통해 중국을 다스리는 핵심이 바로 자신임을 선포하는 시진핑 중국공산당총서기 겸 국가주석(© 월간조선 2017년 12월호)

황제의 자리에 오르리라고는 아무도 예측하지 못했다. 오히려 장쩌민이 총애하던 '충칭의 왕' 보시라이(薄熙來)와 '리틀 후진타오'로 불렸던 리커창(李克强)이 차세대 리더로 주목을 받았던 상황이었다. 여기까지의 상황을 보자면 마치 황사자 윤진(옹정제)이 유력한 황제 후보자였던 황태자(胤礽)와 황팔자(胤禩) 사이에서 은인자중하며 때를 기다리던 상황과 매우 유사하다.

시진핑이 새로운 황제의 반열에 오를 수 있었던 요인을 헤아려보자면 아버지 시중쉰(習仲勛)의 후광, 쩡칭훙(曾慶紅) 전 국가부주석의 전폭적인 지지, 장쩌민의 승인 등을 꼽을 수 있겠지만, 무엇보다 청소년기 시절 7년에 걸쳐 겪었던 하방 경험이 절대적일 것이다.

시진핑은 중화인민공화국 건국8대원로 중 한 명인 시중쉰의 늦둥이 아들로 태어났기에, 대약진운동의 실패와 기근으로 힘겨운 시절 속에서도 무탈하게 어린 시절을 보낼 수 있었다. 그러나 9살이 되던 해, '소설 류즈단(劉志丹) 사건'으로 당시 부총리였던 아버지 시중쉰이 숙청당하면서 언제 끝날지 모르는 고난이 펼쳐지기 시작한다. 그가 태자당에 속하면서도 태자당답지 않은 이유는 바로 여기에 있다. 베이징에서 곱게 자란 도련님은 소년관교소와 하방의 기로에서 '하방'을 선택한다. 그리고 샨시성 옌촨현(延川) 량자허촌(梁家河)의 어두컴컴한 토굴 속에서 책을 통해서는 절대 배울 수 없는 난세에 살아남는 법을 체득하게 되었다.

> 저는 제 스스로를 옌안사람이라고 생각합니다. 왜냐하면 이곳은 제 인생의 전환점이었으며, 제 인생 가운데 사장 어려웠던 각종 도움의 손길이 필요했던 시절 옌안의 인민들이 아무 사심 없는 마음으로 손을 내밀어 주었기 때문입니다.
> 제가 지니고 있는 많은 기본사상들이나 기본특징들은 모두 옌안에서 만들어진 것입니다. 때문에 저는 너무나 당연히 저 스스로를 옌안사람이라고 생각하는 것입니다.

我确實把自己當作是一个延安人, 因爲這是我人生的一个启承點, 這也是我人生逆境中最需要各方面幇助的時候, 延安人民向我伸出了無私的幇助之手, 我現在所形成的很多基本觀念, 形成的很多的基本特點, 也是在延安形成的, 所以我理所當然地把自己看作是延安人.

2004년 8월 저장성 당서기 시절,
〈나는 옌안사람이다(我是延安人)〉 다큐를 촬영할 때 인터뷰 中

좀처럼 자신의 속내를 드러내지 않으며 자중하는 난득호도(難得糊塗)의 처세술은 이때 습득된 것이다. 그는 충분히 아버지의 빽을 활용할 수 있었던 위치였음에도 불구하고 지방(허베이성 · 푸젠성)에서 조용히 인맥을 쌓으며 기회를 기다렸다. 중앙정계에서 크게 두각을 드러내지도 않았고 권력을 장악하기 위해 인위적인 노력을 기울인 흔적도 없었으니, 2007년 이전까지는 국민가수 '펑리위엔(彭麗媛)의 남편' 정도로만 알려져 있을 뿐이었다. 결국 그의 어부지리 전략은 공청단과 태자당의 치열한 권력투쟁 과정 가운데 99.86%의 지지율로 마무리된다.

〈시진핑의 생애〉(1953~)
- 1953년 베이징 출생(본적은 陝西省 富平縣)
- 9살 아버지 시중쉰이 '소설 류즈단 사건'으로 낙마
- 17~23살(1969~1975년) 샨시성 옌환형 량자허촌으로 하방, 1974년에 중국공산당 입당
- 23살 칭화대학교 화학공업과 입학
- 27살 졸업과 함께 겅빠오 국방장관의 비서로 근무
- 30살 허베이성 정딩현 부서기
- 33~48살 푸젠성 샤먼시 부시장, 푸젠성 부서기, 푸젠성장
- 50살 저장성 부성장, 저장성 당서기
- 55살 상하이시 당서기
- 58살 중국공산당 중앙군사위원회 부주석
- 60살(2012년) 중국공산당 총서기
- 61살(2013년) 국가주석, 중국공산당 중앙군사위원회 주석

하방시절의 혹독했던 경험은 또한 보통 사람들의 삶에 대한 이해로 이어졌으니, 청나라 화가이자 문인이었던 정섭(鄭燮)의 「죽석(竹石)」을 패러디한 시에서도 잘 드러나고 있다.

나는 기층에 깊이 들어가 놓지 않으니
군중 속에 뿌리를 내렸네.
천 번을 깎이고 만 번을 때려도 여전히 굳세거늘
동서남북 바람아! 어디 마음대로 한 번 불어봐라!
深入基層不放鬆
入根原在群衆中
千磨萬擊還堅勁
任爾東西南北風

시진핑이 7년 동안 살았던 량자허촌 토굴의 내부
(ⓒ연합뉴스)

인민을 위한 정치는 그의 수많은 말과 글을 통해 이미 충분히 드러나 있으니 여기서는 생략하기로 하고, 무엇보다 사람들이 가장 관심을 기울이는 '삼시세끼' 측면(民以食爲天)에서 한 가지만 더 언급하고자 한다. 그동안 백성들이 풀떼기를 먹을 때 대부분의 리더와 관리들은 고기를 먹었다. 시진핑은 이 점을 간파하여 하방 시절 거친 잡곡과 쏸차이로 단련된 경험을 살려 취임 초기부터 반부패 운동과 함께 '먹거리 정치(小吃政治)'를 펼치니, 칭펑 만두집의 21위안짜리 주석세트가 대표적이다. 물론 여기에 대해서는 '정치쇼'라고 비판하는 목소리도 있지만, 사실 매일 먹고 마시는 음식 속에 그 사람이 평소에 가진 철학이 흘러나오는 법이다.

시진핑은 2012년 11월 중국공산당총서기에 선출되자마자 푸근한 인상 뒤에 숨겨진 승부사로서의 진면목을 발휘하기 시작한다. 먼저 국내적으로는 '부패와의 전쟁'을 선포하며 경제가 아닌 의법치국(依法治國)과 종엄치당(從嚴治黨)에 먼저 주목하면서 태자당 · 상하이방 · 공청단을 향한 숙청의 칼을 휘둘렀으니, 아무도 예측하지 못했던 반전이었다. 우리가 피부로 느끼는 대외적인 반전으로는 바로 얼마 전까지 겪었던 '사드 보복'이 대표적이라 하겠다.

2013년 12월 28일, 베이징 시내에 위치한 칭펑 만두집에서 시민들과 함께 줄을 서며 주문 중인 시진핑 (ⓒ 한겨레 2013.12.29.)

지난 1기의 5년 동안 정적들을 제거한 후 2기를 여는 시점에서 시진핑은 장장 3시간 반에 걸쳐서 '초심을 잃지 말자(不忘初心)'는 말로 시작해 '위대한 중화 민족의 부흥을 꿈꾸자'는 말로 끝을 맺었다. 전임지도자들도 3만 자가 넘는 마라톤 보고를 꼼짝없이 앉아서 들어야만 했으니, 적어도 이전의 장쩌민이나 후진타오보다 압도적인 우위에 있음은 분명하다.

그는 남은 5년의 시간 동안 더욱 빠른 속도로 청나라 강옹건성세 시기를 재현하며 미국을 앞지르는 '제국'을 구축할 것이다. 다만 바로 옆에 있는 우리로서는 속내를 알 수 없는 시황제나 편협한 민족주의에 휩싸인 시틀러의 모습이 아닌, 그 자신이 평소에 자주 언급하는 친근한 옆집 아저씨 같은, 평화를 사랑하는 운명공동체의 주도자이길 바랄 뿐이다.

[조발표] 수업 시간에 다루지 않은 중국의 역대 황제 및 현대중국의 지도자(ex. 저우언라이, 리커창, 원자바오 등) 중 한 명을 선택하여 그 생애와 업적을 발표하도록 한다.

# 제3부

# 길 위에서 길을 찾다

나가면 고생인 걸 알면서도 집에 있으면 늘 어디론가 떠나고 싶고, 또 막상 집을 나서면 길 위에서의 갖가지 고생으로 인해 돌아가고픈 생각이 간절하다. 영어의 '트래블(travel)'은 나무 막대기로 사람을 땡볕아래 묶어두는 고문기구인 라틴어의 '트라팔리움(tripalium)'에서, 한자의 '려(旅)' 또한 500명 규모의 군사 편제에서 유래되었으니, 서양이나 동양이나 여행의 본질이 괴롭고 힘든 것이었음은 매한가지라 하겠다. 그럼에도 불구하고 사람들은 왜 끊임없이 길로 나설까.

폴 모랑(Paul Morand)은 지금 여기에 굴복하기를 거부하는 반사회적 행동에서 비롯된 것이라고 했고, 카트린 지타(Katrin Zita)는 새로운 존재로 다시 태어나고 싶은 소망에서 끊임없이 길 위로 나서는 것이라고 정리한 바 있다. 결국 '현실에 대한 불만'과 '재탄생의 욕구'가 '여행하는 인간(Homo Viator)'을 만든다는 것이다. 생각해보면 모든 사람들의 인생은 혼자 떠나는 여행이다. 누구든 길 위에서는 삶의 가치에 대해 깊이 생각해 볼 시간들을 갖게 되며, 스스로를 성찰하는 고된 훈련을 통해 한층 더 성숙해 질 수밖에 없다.

그 옛날 중국에서도 황제의 칙명을 받들어, 종교적 열정에 의해, 체험학습의 일환으로, 혹은 자신의 주체적인 결정에 따라 길을 나섰던 사람들이 있었다. 이들은 길이 없는 곳에서 길을 만들어내는 고난을 자처했으며, 모두가 안 될 것이라고 부정하는 상황 속에서도 묵묵히 앞으로 걸어갔다. 그리고 끝내 살아 돌아와 흔적을 남겼다.

## 진리를 구함에는 경계가 없다, 현장

한나라 · 당나라 등 고대 13개 왕조의 수도였던 장안(長安)은 한나라 고조 유방이 지은 이름대로 오래오래 평안함을 구가했다. 우리의 경주처럼 옛 정취가 가득한 지금의 시안시, 그 남쪽 외곽에 당나라 고종이 어머니인 문덕황후(文德皇后)를 기리기 위해 지은 자은사(慈恩寺)라는 절이 있는데, 이 절의 하이라이트는 벽돌을 촘촘하게 쌓아 올려 만든 7층 높이(약 64m)의 '대안탑(大雁塔)'이다. 대안탑 안에는 당나라 태종시기 현장법사가 인도에서 가지고 온 불상과 경전이 모셔져 있기 때문에, 이 절의 진짜 주인공은 문덕황후가 아닌 현장법사가 되어버린 느낌이다.

자연스럽게 자은사 입구에 서 있는 커다란 현장법사의 동상에 눈길이 간다. 동상으로 재현된 현장법사의 모습은 어린 시절에 봤던 애니메이션 〈날아라 슈퍼보드〉의 겁 많고 귀 얇은 나약한 할아버지가 아니라[1], 오른손에 육환장(六環杖: 스님들이 짚고 다니는 고리가 여섯 개 달린 지팡이)

1) 이는 오승은의 소설 『서유기』에서 비롯된 것인데, 이로 인해 현장법사는 무능하고 유약한 '고름주머니(膿包)', '허수아비(傀儡)', '물 같은 사람(一頭水)' 등으로 폄하되어 왔다. 서정희, 「서유기의 당삼장 연구」, 한국중어중문학회, 『중어중문학』 38, 2006.

을 단단히 움켜쥔 채, 다부진 표정에 굳게 다문 입술로 전방을 주시하고 있는 젊은 학승의 모습이다.

수나라 초기, 하남성 낙양에서 태어난 현장스님은 둘째형(陳捷)의 영향으로 11살의 어린 나이에 낙양 정토사(淨土寺)에 들어갔으며, 13살에 정식으로 '현장'이라는 법명을 받았다. 현장법사는 19살에 이미 경장(經藏)+율장(律藏)+논장(論藏)에 모두 능하여 '삼장(三藏)'이라고 불렸으며, 23살 구족계(具足戒: 정식 승려가 될 때 받는 계율)를 받을 무렵에는 이미 명성이 자자했다. 그러나 불경의 오역으로 인해 온갖 해석이 난무하는 당시의 상황에서 공부를 하면 할수록 현장법사의 의문은 더욱 커질 뿐이었다.

그도 그럴 것이 후한시대 중국에 불교가 전래된 이래 인도나 중앙아시아 출신의 승려들이 경전을 번역하긴 했으나, 이들은 모두 중국인이 아니었기에 한계가 있었기 때문이다. 이에 23살의 현장법사는 장안의 대각사(大覺寺)에 머물 무렵, 직접 현지어를 습득하여 체계적으로 교리를 이해하기 위해 천축국으로 떠나기를 여러 차례 신청했다. 그러나 당나라 태종은 쿠데타에 가까운 '현무문의 변(玄武門之變)'으로 제위에 오르자마자 이에 대한 불만을 돌궐(突厥)을 제압하는 쪽으로 돌리고자 했고, 이로 인해 국경지역의 통행이 엄격하게 금지한 상태였다. 다른 동료들이 하나 둘씩 천축행을 포기했던 것과 달리, 현장법사는 끝내 위험한 국경탈출을 감행하니 이것이 기나긴 여정의 시작이었다.

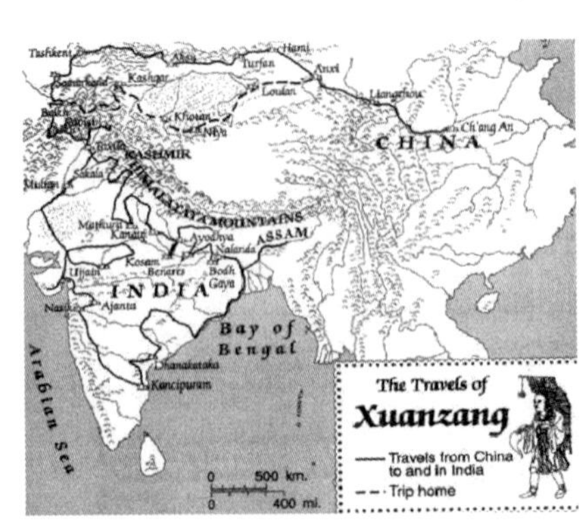


629년(27살) 현장법사는 국법을 어기고 옥문관(玉門關)을 넘어, 고창국(高昌國: 지금의 신장위구르자치구 투르판)

과 구자국(龜玆國: 지금의 신장위구르자치구 쿠차)을 지나, 지금의 키르기스스탄 토크막→카자흐스탄 잠불→우즈베키스탄 사마르칸트→아프가니스탄 바미안을 거쳐 파키스탄을 넘어 인도에 이르기까지의 25,000km 험난한 여정을 이어나갔다. 이 중 불교연구가 김규현 선생님이 백미로 꼽은 막하연(莫賀延: 지금의 고비사막)을 건너는 부분을 잠시 보도록 한다.

> 아무리 주위를 둘러보아도 인적은 물론 하늘을 나는 날짐승도 없는 망망한 천지가 펼쳐지고 있을 뿐이다. 밤에는 귀신불이 별처럼 휘황하고 낮에는 모래바람이 소나기처럼 퍼부었다. 이런 일이 일어나도 두려운 줄 몰랐다. 물이 없어 심한 갈증이 나고 걸을 수조차 없는 것이 안타까울 뿐이다. 5일 동안 물을 한 방울도 먹지 못해 입과 배가 말라붙고 당장 숨이 끊어질 것 같았다. 그리고 한 걸음도 더 나갈 수 없었다. 법사는 마침내 모래 위에 엎드려 수 없이 '관세음보살'을 외웠다
> 從此以去, 即莫賀延磧, 長八百餘裏, 古曰沙河, 上無飛鳥, 下無走獸, 複無水草. 是時顧影唯一, 心但念觀音菩薩及般若心經.
>
> 김규현 번역, 「대자은사삼장법사전(大慈恩寺三藏法師傳)」 中

제자 혜립(慧立)과 언종(彦悰)이 지은 현장법사의 자서전이라 할 수 있는 「대자은사삼장법사전」에서는 짐승 한 마리, 풀 한 포기 보이지 않는 뜨거운 고비사막에서의 사투를 위와 같이 기록하고 있다. 현장법사는 갈증으로 인한 환청과 환영에 시달리면서 오직 관세음보살만을 되뇌며 초인적인 힘으로 사막을 건너갔다.

고난의 여정 가운데 어디 거칠고 황량한 자연의 위협만 있었겠는가. 언어가 통하지 않는 이역만리에서의 단절감, 도적과 원주민으로부터 받은 생명의 위협 등도 그가 겪었던 어려움의 지극히 작은 일부분이었을 것이다. 소설 『서유기』와는 달리, 현장법사는 혈혈단신 '발길을 돌리느니 차라리 길을 가다 죽겠다'는 각오로 걸음을 내디디며 천신만고 끝에

〈현장의 생애〉(602~664)
- 602년 하남성 낙양 출생, 속명은 진위(陳禕)
- 11살 아버지가 돌아가시자, 둘째형을 따라 낙양 정토사에서 사미승으로 수행
- 13살 '현장'이라는 법명을 받고 정식승려가 됨
- 27살(629년) 천축국으로 출발
- 32살(633년) 천축국에 도착
- 43살(645년) 장안으로 돌아옴
- 44살(646년) 당나라 태종의 명으로 홍복사에서 『대당서역기』를 완성, 이후 자은사에 거처하며 불경번역작업에 힘씀
- 62살(664년) 입적

인도에 도착한다. 그리고 곧장 당시 불교문화의 중심지였던 나란다 사원(Nalanda monastery)에서 5년 동안 유식학(唯識學)의 대가인 실라바드라 스님(戒賢, Silabhadra)을 스승으로 모시며 수학했다. 또한 인도 각 지역을 순례하며 견문을 넓히는 동안 27살의 청년은 어느덧 40살이 훌쩍 넘어 있었다.

출발부터 귀국까지 현장법사의 구법 여행은 무려 15년이나 걸렸다. 떠날 때는 범법자였으나, 다행히 그가 돌아올 무렵 안정기에 접어들었던 당나라는 국제화를 꿈꾸며 서역에 대한 정보에 목말라 있던 참이었기에 태종은 그를 융숭하게 맞이한다. 태종은 현장법사의 정확한 설명과 답변에 감탄하며 환속하여 국정에 참여하길 원했으나, 현장법사의 입장에서 이는 받아들일 수 없는 제안이었다. 이에 양측 모두 만족할 수 있는 타협점을 찾은 것이 바로 『대당서역기』의 집필이었으니, 태종은 이를 통해 제국확장을 위한 결정적인 정보를 얻을 수 있었고, 현장법사는 향후 이어질 불경번역작업 후원의 토대를 마련했다. 1년 만에 『대당서역기』를 완성한 후 현장법사는 입적하기 전까지 불경번역작업에만 몰두한다. 산스크리트어 원전을 정밀하게 분석하여 중국어로 번역한 그의 노력은 1,338권의 결실로 나타났으니, 닷새에 한 권씩 번역을 마친 셈이다. 당연히 불교번역사에서는 현장법사의 번역서들을 기준으로 구역과 신역을 나눈다.

그렇다면 현장법사 이전에는 구법여행을 다녀온 스님들이 없었을까.

당연히 현장법사가 최초는 아니다. 양계초(梁啓超)의 연구에 따르면 4세기부터 8세기까지 천축국에 다녀온 승려들 가운데 후대에 이름을 전하는 사람만 해도 169명에 달하며, 특히 동진시대 65살의 나이로 히말라야를 넘은 법현(法顯, 생몰연대 미상) 스님의 여행기는 후배들에게 결정적인 동기를 부여했다. 법현의 자극으로 완성된 현장법사의 모험은 또 다시 시공간을 넘어 후대에 영향을 주었으니, 신라시대 혜초(慧超, 704~787)와 헤이안시대 엔닌(圓仁, 794~864)도 그 중 하나라 하겠다.

소수이지만 구법승들 중에는 자신의 여행이야기를 글로 기록한 이들도 있었다. 이 가운데 현장의 『대당서역기(大唐西域記)』는 그 방대한 양과 내용의 상세함에 있어서 단연코 타의 추종을 불허한다. 12권 10만 여자의 분량 속에는 불교사적 의의 이외에도, 현장법사가 직 · 간접적으로 체험한 138개 나라의 풍속이 고스란히 담겨있으니, 이것이 바로 태종이 원하던 자료로서의 가치라 하겠다.

그러나 무엇보다 중요한 『대당서역기』의 의의는 훗날 명나라 오승은의 판타지소설 『서유기』가 탄생하는데 있어서 결정적인 영향을 주었다는 사실이다. 138개 나라 곳곳에서 전래되던 민담과 설화의 기록은 오승은을 포함하여 문학가들의 상상력을 자극하기에 충분했으며, 『서유기』는 바로 그 중의 걸작이다. 그리고 『서유기』는 다시 시공간과 장르를 넘어 다른 작품들의 원천이 되었으니, 일본의 만화가 토리야마 아키라(鳥山明)의 〈드래곤 볼〉, 한국의 만화가 허영만의 〈날아라 슈퍼보드〉, 한국의 예능PD 나영석의 〈신서유기〉 시리즈 등 지금까지도 그 변형이 자유롭게 시도되고 있는 중이다. 중국 내에서보다 오히려 고전의 틀에서 자유롭게 벗어날 수 있는 외국에서 실험이 더욱 두드러진다.

손오공 · 저팔계 · 사오정은 그가 길에서 잠깐 만나 함께 걸어갔던 상인들 중 기억에 남는 몇몇 일수도 있고, 여행의 길목마다 유혹하고 괴롭혔던 81난의 요괴들은 여정의 고단함과 위험을 상징한다고 볼 수도 있다. 그렇다고 여행이 마냥 고생으로 점철된 것은 아니었다. 현장이 걸어갔던 길 위에는 악명 높은 고비사막과 타클라마칸사막도 있었지만, 고창국(高昌國) 국왕 국문태(麴文泰)의 넉넉한 후원도 있었다. 이는 인생의 여정에 있어서도 이러한 양면이 항상 함께 존재함을 보여준다.

또한 현장법사가 불교의 본고장인 인도에서 전혀 기죽지 않고 오히려 논쟁과 토론을 즐기는 모습도 주목할 만하다. 현장법사는 인도의 하르샤왕(戒日王)이 주관한 18일 동안의 무차대회(無遮大會: 누구나 참여할 수 있는 대법회)에서 최종우승을 차지하면서, 대승불교와 소승불교 양쪽에서 각각 '마하야나데바(大乘天)' · '모크차데바(解脫天)'라는 존칭을 받으며 인도불교계를 평정하기도 했다.

귀국 후에는 태종이 끊임없는 러브콜을 보냈음에도 눈길조차 주지 않은 채 입적하기 직전까지 학승으로서 연구와 번역에만 몰두했으니, 오늘날의 폴리페서(polifessor)들은 한번쯤 연구를 향한 현장법사의 열정에 자신을 비춰봐야 할 것이다.

아직도 외국어에 능숙하지 못하다고, 잠자리가 불편하다고, 깨끗하게 씻을 수 없다고, 음식이 입에 맞지 않는다고, 듣도 보지도 못한 벌레들이 가득하다고 방구석에 앉아서 불평만 하고 있을 것인가. 현장법사의 여행은 이 모든 불편과 위험을 뛰어넘어 진리를 알고자 과감히 길 위로 뛰어들었던 '도전에 대한 응전(challenge and response)'이라 하겠다.

## 만권의 책을 읽고 만리를 여행하라, 서하객讀萬卷書, 行萬里路

가끔 〈세계테마기행〉이나 〈걸어서 세계속으로〉같은 여행 다큐를 볼 때마다 부러운 직업이 있다. 바로 '여행가'이다. 타고난 체력으로 날다람쥐처럼 산과 들을 뛰어다니는 것도 부럽고, 무엇보다 여행의 경비를 어떻게 마련해서 저렇게 부지런히 구석구석 다니는 것인지 궁금하기도 하다.

먼 옛날 중국에서도 법현이나 현장처럼 종교적 열정에 의해, 장건이나 정화같이 황제의 칙명을 받들고 긴 여행을 떠났던 이들이 있었다. 그러나 '평생' 자비를 들여가면서 순수한 호기심에서 우러나온 여행 그 자체를 즐겼던 이를 꼽자면 아마도 서하객이 유일무이한 존재일 것이다. 서하객은 매일 밤 잠들기 전 일기장에 그날 자신이 보고 느낀 점을 기록했으니 이것이 바로 『서하객유기(徐霞客遊記)』이다. 요즘 사람으로 치자면, 화려한 인맥을 지녔던 금수저 집안의 '여행전문블로거' 쯤 될 것이다.

> 동쪽으로는 바다를 건너 낙가산(落迦山: 지금의 저장성 닝보)에 이르고, 서쪽으로는 등중(騰冲: 지금의 윈난성 서부 텅충)에 미쳤으며, 남쪽으로는 광동의 나부산(羅浮山)을 돌아보고, 북쪽으로는 반산(盤山: 지금의 톈진 서북쪽)에 다다랐다. 그는 평생 지금의 북경 · 남경 등지의 도시를 유람했으며, 태산(泰山) · 황산(黃山) · 여산(廬山) · 숭산(嵩山) · 오대산(五臺山) 등의 각지 명산을 유람했다. 그가 유람한 성(省)은 강소 · 산동 … 운남 등 16곳에 이른다.
>
> 김은희 · 이주노 번역, 『서하객유기』 해제 中

사실 서하객 이전에도, 중국 명문가 집안의 자제들은 18세기 영국의 그랜드투어(Grand Tour)처럼, 여행을 통해 뜻을 키우고(廣志), 견문을 넓히며(增聞), 배움을 더하는(益學) 체험학습의 전통이 있었으니, 대표적으로 한나라 무제시기의 '사마천'을 꼽을 수 있다. 그러나 사마천의 여행은 20대 초반 2~3년 동안의 배낭여행과 이후 황제를 모시면서 다녀왔던 간헐적인 몇 차례이지, 서하객처럼 30년 내리 여행가로 산 것은 아니었다.

환관 위충현(魏忠賢)의 득세로 명나라가 기울어가던 1586년, 서하객은 강소성 강음(江陰)의 대대로 부유한 집안에서 태어났다. 막대한 유산과 함께 과거시험에 연연하지 않는 가풍을 물려준 할아버지(徐洽)와 아버지

(徐有勉) 덕분에, 서하객은 어린 시절부터 집안의 개인도서관(萬卷樓)에서 역사와 지리를 섭렵할 수 있었다. 그러나 그의 나이 18살, 집안의 노비들이 일으킨 폭동으로 아버지가 심한 부상을 입고 결국 세상을 떠나자 서하객은 정신적으로 큰 충격을 받게 되는데, 이때 어머니 왕씨가 권한 마음치유법이 바로 명산대천 유람, 곧 '여행'이었다.

> 사나이로 태어났으면 마땅히 천하유람에 뜻을 두어야 하느니라. 비록 공자께서 '부모가 살아 계시거든 멀리 길을 떠나지 말며 부득이 먼 길을 떠날 때에는 반드시 가는 곳을 알려야 한다'고 말씀하셨지만, 멀고 가까움을 고려하고 날짜를 헤아려 떠났다가 약속한 날짜에 돌아오면 될 것을, 내 어찌 너를 울타리 속의 꿩 · 끌채 아래의 망아지처럼 가둬 둘 수 있겠느냐!

서하객의 어머니는 이와 같이 말하며 아들이 여행할 때 쓰고 다닐 모자(遠行冠)까지 직접 만들어 씌워주며, 유산을 모두 여비로 바꿔 준비해 두는 등 그의 여행을 완성시킨 절대적인 조력자였다. 또한 환관에게 농락당하는 나라를 걱정하던 동림당(東林黨: 명나라 말기 학자와 관리들이 조직한 정치단체) 친구들도 여비를 보태주었던 든든한 후원자였다.

남자라면 유명한 산에 한번쯤 올라가 봐야 한다는 일념으로 서하객은 21살(1607년) 태호(太湖) 유람을 떠난다. 그리고 54살(1640년) 운남성에서 발병(足疾) 때문에 여행을 중단하고 고향에 돌아오기 직전까지, 무려 33년 동안 그의 여행은 지속되었다. 가장 널리

알려진 유명한 여행은 '오악을 보고 나면 다른 산이 보이지 않고, 황산을 보고나면 오악이 눈에 차지 않는다(五岳歸來不看山, 黃山歸來不看岳)'는 구절로 유명한 중국의 명산 유람(천태산 · 안탕산 · 무이산 · 황산 · 여산 · 숭산 · 항산 · 태산 등)이지만, 개인적으로 가장 눈길이 가는 부분은 그의 마지막 여행이었던 중국 서남부 오지 탐험이다.

〈서하객의 생애〉(1586~1641)
- 1586년 강소성 강음(江陰) 출생, 본명은 서굉조(徐宏祖), '노을 속 나그네(霞客)'는 그의 별호
- 21살(1607년) 결혼과 함께 어머니의 왕씨의 격려로 태호 유람을 시작, 이후 30년 동안 중국 곳곳을 여행
- 50~54살 중국 서남부 오지 탐험
- 55살(1641년) 운남성 여행 중 발생한 발병(足疾)으로 세상을 떠남

광서좡족자치구 → 귀주성 → 운남성으로 이어진 서하객의 마지막 여행은 지질학적으로 카르스트 지형에 대한 꼼꼼한 묘사와 함께, 야오족 · 좡족 · 먀오족 · 부이족 · 이족 · 나시족 등 소수민족의 생활상을 소개하고 널리 알린 점에서 가치가 크다.

아무리 평생 여비 걱정이 없었다한들 여행의 변수마저 없었을까. 유람기 속의 서하객은 맛집을 찾아다니며 예쁜 음식 사진을 찍고, 전망 좋은 안락한 숙소에서 머물다가, 편안하게 가마를 타고 이동한 것이 아니었다. 추위 · 더위 · 폭우 등의 중국 서남부의 변덕스러운 날씨는 기본이고, 낙상 · 배앓이 · 궤양 · 풍토병으로 몸져눕기도 수차례였으며, 하인이기 이전에 여행 동료로 믿고 의지했던 고씨가 여비를 훔치고 도망가는 바람에 실의에 빠지기도 하고, 여관주인의 횡포로 인해 마음고생을 겪기도 했다. 무엇보다 명나라 말기는 여행하기에 적합하지 않았던 흉흉한 시기였기에, 도적떼에게 잡혀 생명의 위협을 당했던 적도 여러 차례 있었다. 이러한 상황에서 오직 두 다리에만 의지하여 오지를 밟으며 직접 보고 겪은 바를 매일 밤 기록한 것은 각종 교통의 발달과 문명의 이기로 무장한 요즘의 '디지털 노마드'들도 선뜻 시도하기 망설여지는 도전일 것이다.

> 세상에 많은 봉우리가 있지만, 이곳의 봉우리는 숲을 이루고 있구나!
> 天下山峰何其多, 唯有此处峰成林.

4억 년 전의 바다 속 지각이 융기되어 땅이 낙타모양으로 솟아나면서 장관을 이루는 귀주성 만봉림(萬峰林)을 비롯하여, 천태만상 종유석과 석순으로 유명한 계림의 칠성암(七星岩), '푸르른 옥과 같은 세계(碧蓮玉荀世界)'라고 극찬했던 양삭의 풍광 등 지질학적 측면에서 카르스트 지형에 대한 서하객의 관찰은 세르비아의 지리학자 요반 치비예치(Jovan Cvijic, 1865~1927)보다도 훨씬 앞선 세계 최초의 연구라 할 수 있다.

역사학적으로도 왕조 말기의 혼란스러운 상황(환관의 발호+후금의 침략+이자성의 난 등) 가운데 창궐하던 도적떼의 만행, 토사들의 횡포, 그리고 이에 신음하던 백성들의 삶이 고스란히 담겨있다.

또한 지금도 접근하기 어려운 소수민족 지역의 신화 · 전설 · 풍속 · 생활을 빠짐없이 기록했으니, 배영신 선생님은 '서하객의 여행이 진정 높이 평가되는 이유는 서남변경지역의 기이한 풍광뿐만 아니라, 화이와 존왕양이에 얽매이지 않고 소수민족의 생활상을 사실 그대로 차별 없이 기록하려 애쓴 점에 있다'고 정리한 바 있다.[2)]

> 길 왼편에 허공에 매달린 시내 한 줄기가 짓쳐 내려오니, 만 갈래 흰 비단이 허공에 나는 듯하다. 시내 위의 바위는 연꽃 잎사귀처럼 내리 덮여 있고, 가운데에는 도려낸 듯 세 개의 문이 있다. 물은 잎사귀 같은 바위 위의 꼭대기까지 적시고서 흘러내리니, 마치 얇고 가벼운 비단 만 폭이 동굴 밖을 가로 뒤덮고 있는 듯하다.
> 아래로 곧바로 흘러내린 물은 몇 길인지 헤아릴 수 없는데, <u>부딪치는 진주와 부서지는 옥처럼 날리는 물방울이 튕겨 솟아올라, 자욱한 안</u>

2) 배영신, 「서하객의 여행기를 통해 본 명청 교체기 한족 지식인의 서남변경의식」, 동양사학회 『동양사학연구』 107, 2009.

개처럼 허공에 날아오른다. (중략)
대체로 내가 보았던 폭포 가운데, 이보다 몇 배나 높고 가파른 폭포는 있으나, 이처럼 넓고도 커다란 폭포는 이제껏 본 적이 없었다.
水由葉上漫頂而下, 如鮫綃萬幅, 橫罩門外, 直下者不可以丈數計, 搗珠崩玉, 飛沫反湧, 如煙霧騰空, 勢甚雄厲. (중략)
蓋余所見瀑布, 高峻數倍者有之, 而從無此闊而大者.

김은희 · 이주노 번역, 『서하객유기』 中

이날 느닷없이 비가 한 바탕 쏟아졌다.
누각에서 북쪽의 설산을 바라보니, 희미해졌다 나타났다 한다.
남쪽의 하천과 들판을 살펴보니, 복숭아꽃과 버드나무가 어지럽다.
이 때문에 한 잔 가득 술을 들이켰다.
是日雨陣時作,
從樓北眺雪山, 隱現不定,
南窺川甸, 桃柳繽紛, 爲之引滿.

김은희 · 이주노 번역, 『서하객유기』 中

첫 번째 구절은 오늘날에도 정말 큰 맘 먹고 가야하는 귀주성 안순의 황과수폭포를, 두 번째 구절은 운남성 여강의 옥룡설산를 기록한 것이다. 세계 4대 폭포 중 하나이자 아시아 최대 규모의 폭포를 마주하고 서하객은 진주알과 깨진 옥조각이 쏟아져 내리는 것 같다고 묘사했는데, 실제로 이 폭포를 보면 그의 표현이 딱 들어맞는다는 걸 실감할 수 있다. 또한 비오는 봄날, 연두빛과 분홍빛으로 물든 여강의 옥룡설산을 바라보며 술 한 잔 드는 감성도 놓치지 않았으니, 어렵고 힘들어도 여행길에는 반드시 낭만이 숨어있는 법이다.

생각해보면 내 인생 최고의 여행지 또한 귀주성과 운남성인데, 두 번 겪고 싶지 않았던 고생들 가운데 알알이 박혀있는 아름다운 풍광, 좋은 사람들, 행복한 기억들 때문일 것이다.

서하객이 남긴 기록은 후대로 내려오면서 점차 '천고의 기서(千古奇書)'로 인정을 받았지만, 안타깝게도 명나라 말기 전란으로 집이 전소되면서 상당부분 사라졌으며, 그의 막내아들(李奇)이 각고의 노력으로 찾아다니며 원본의 1/6 정도를 모았다. 상당부분이 유실되었음에도 일기의 양이 워낙 방대했던지라 무려 60만자 분량에 달하며, 한글 번역본만 7권 분량이다.

모두가 팔고문에 맞춰 주희의 해석만 따르며 과거시험에 몰두하던 시절, 사람들은 한량이라고 손가락질 했지만 결국 역사가 기억한 인물은 과거시험 장원급제자가 아닌 여행가 서하객이었다. 그는 공자의 표현대로 알고 좋아하는 단계를 뛰어넘어 지리학과 여행 그 자체를 즐길 줄 알았다. 훌륭한 성적과 안정된 직장만이 인생의 정답은 아니다. 여행에 미쳐도 '일가(一家)'를 이룰 수 있다.

## 장건과 정화의 길 위에 재현되는 '신실크로드' 프로젝트

중국은 개혁개방이후 30여 년 동안의 고도성장을 끝내고 2010년을 기점으로(2010년 10.4%) 중고속 성장(7~8%)의 시대로 접어들었으니 이를 '신창타이(新常態)'라고 한다. 전 세계가 중국경제의 경착륙(Hard Landing)을 우려하고 있는 가운데 중국 정부는 이를 극복하기 위해 먼저 국내의 징진지(京津冀) 프로젝트 · 장강 경제벨트(長江經濟帶) · 슝안신구(雄安新區) 메가시티 건설 등과 더불어, 해외로 시야를 넓혀 일대일로(一帶一路, One Belt One Road) 프로젝트 등의 전략을 펼치고 있는 중이다. 특히 향후 35년 동안 육 · 해상 신실크로드 경제권을 형성하고자하는 비전인 일대일로는 미국과의 마찰을 피해 서쪽으로 뻗어나가고자 바둑을 본뜬 중국식 포위 전략으로, 2013년 9월 카자흐스탄과 10월 인도네시아에서 처음 제기되었으며, 2015년 3월 보아오포럼에서 공식적으로 선포된 이래 전방위적으로 펼쳐지고 있는 중이다. 그리고 이제는 더 이상 하나의 길과 벨트 안에 담을 수도 없어서 그 명칭마저 은근슬쩍 'B&R(Belt and Road)'로 바뀐 상황인 가운데, 중국의 운명은 물론 이에 참여하는 동아시아 · 동남아시아 · 중앙아시아 · 유럽 · 아프리카 대륙의 국가들의 앞날까지도 좌우되고 있는 실정이다. 물론 우리나라도 신북방 · 신남방 정책, 동아시아철도공동체 제안 (2018년 광복절 경축사) 등을 동시에 펼치며 이에 탑승하기 위해 노력 중이다.

일대일로 전략(ⓒ연합뉴스)

물론 이 프로젝트의 설계자는 시진핑이 아닌 장쩌민 · 후진타오 · 시진핑까지 3대에 걸쳐 통치이론을 디자인하고 있는 왕후닝(王滬寧) 중앙정치국상무위원이다. 역사학자 민두기 선생님의 지적대로 과거의 역사를 기반으로 새로운 것을 만들어내는 중국의 전통을 생각해 볼 때, 그 밑그림은 한나라 무제시기 장건의 서역원정(육상 실크로드)과 명나라 영락제

〈장건출사서역도〉(ⓒ敦煌莫高窟網)

시기 정화의 대항해(해상 실크로드)에서 찾아볼 수 있으니, 왕후닝의 작업은 이를 뼈대로 삼아 살을 덧붙인 것이다.

왕후닝의 거대한 초국경 프로젝트에 영감을 준 첫 번째 뮤즈 장건을 만나보도록 하자. 중국 간쑤성 둔황 막고굴 323굴 북벽에는 당나라 초기 작품으로 알려진 〈장건출사서역도(張騫出使西域圖)〉라는 유명한 벽화가 그려져 있다. 이 벽화에는 한나라 무제가 말 위에서 손을 들어 장건에게 어명을 내리고(그림 하단 오른쪽) 장건이 무릎을 꿇을 채 이를 받들고 있는(그림 하단 왼쪽) 순간이 묘사되어 있는데, 장건의 여행이 완결된 지 이미 800여 년 뒤의 기록이지만 그 명성이 시공을 초월하여 당시까지 자자했음을 보여준다. 이때 무제가 내렸던 명령은 무엇이었을까, 좀 더 구체적으로 장건은 무슨 연유로 고된 서역 길로 나서야만 했을까, 그의 목적지는 어디였을까. 사마천은 이에 대해 『사기 - 대완열전(大宛列傳)』에서 다음과 같이 기록하고 있다.

> 대완의 사적은 장건으로부터 시작된다.
> 장건은 한중사람(지금의 陝西省 漢中市 城固縣)으로 건원 연간에 낭중이 되었다. 그 무렵 천자는 투항해 온 흉노들을 심문했는데, 한결같이 이렇게 말했다.
> "흉노는 월지 왕의 두개골로 술잔을 만들었습니다. 월지는 살던 곳을 뒤로 하고 달아난 뒤로 언제나 흉노에게 원한을 품고 복수하려 하지만, 함께 흉노를 칠 만한 사람이 없습니다."
> 한나라는 때마침 흉노를 칠 계획이었으므로, 이 말을 듣고 사신을 보

> 내려 했다. 그러나 월지로 가려면 반드시 흉노 땅을 지나야만 했으므로, 사신으로 갈 만한 사람이 없었다. 이때 장건이 자원하여 월지로 가는 사신으로 뽑혔으니 당읍씨 집안의 노비였던 흉노사람 '감보'와 함께 출발했다. (후략)
>
> 大宛之跡, 見自張騫.
>
> 張騫, 漢中人, 建元中爲郎. 是時天子問匈奴降者, 皆言"匈奴破月氏王, 以其頭爲飲器. 月氏遁逃而常怨仇匈奴, 無與共擊之"
>
> 漢方欲事滅胡, 聞此言, 因欲通使. 道必更匈奴中, 乃募能使者. 騫以郎應募, 使月氏, 與堂邑氏胡奴甘父俱出隴西. (후략)
>
> 사마천, 『사기 - 대완열전』 中

흉노는 기원전 4세기부터 기원후 1세기 무렵까지 지금의 몽골 및 투르키스탄 일대 초원을 누비던 유목민족이다.[3] 주지하다시피 이들의 침입을 막기 위해 연결한 방어막이 그 유명한 진시황제의 만리장성이며, 흉노는 이에 아랑곳하지 않고 중원의 물자를 서쪽으로 유통시키며 막대한 부를 축적하며 제국의 크기를 늘리고 있던 중이었다. 중국은 '강력한 한나라(强漢)'라고 자랑스럽게 말하지만 한나라 역사 400여 년은 대체로 흉노보다 열세에 놓여 있던 상황이었다. 오죽하면 여자를 바쳐 평화를 얻은 왕소군(王昭君)의 슬픈 이야기가 중국의 4대 전설 중 하나로 내려오며, 흉노를 제압하는 모습의 마답흉노상(馬踏匈奴象)과 월마상(越馬象) 등을 만들어 두려움을 떨쳐버리고자 했겠는가.

한나라는 무제시기에 이르러 잠깐 최대 숙적인 흉노를 제압할 결심을 하는데, 이는 흉노 포로로부터 전해들은 정보에서 출발한 것이다. '월지의 왕이 흉노의 선우에게 죽임을 당해 그 두개골이 술잔이 되었고, 그

---

3) 흉노에 대한 기록은 사와다 이사오의 『흉노』(김숙경 옮김, 아이필드, 2007), 장진퀘이의 『흉노제국 이야기』(남은숙 옮김, 아이필드, 2010), 중앙문화재연구원의 『흉노』(진인진, 2017) 등 국내에도 다수 소개되어 있다.

〈장건의 생애〉(?~B.C.114)
- B.C.139년(25살 무렵으로 추정) 100명의 사절단을 이끌고 월지로 향하는 1차 원정 출발
- B.C.126년 13년 만에 귀국(38살로 추정) 이후 신독(身毒: 인도)으로 가고자 했던 2차 원정 실패
- 흉노 정벌 전쟁에 참여
- B.C.119년 300명의 사절단을 이끌고 오손으로 향한 3차 원정 출발 기원전 115년 귀국
- B.C.114년 외국사신을 접대하는 대행령을 역임, 세상을 떠남

백성들은 서쪽으로 도망가 흉노를 원망하면서 함께 흉노를 공격할 나라를 찾고 있다'는 정보가 사실이라면 월지는 복수심에 불타고 있을 것이고, 그렇다면 한나라와 월지가 힘을 합쳐 흉노를 공격하면 될 것이 아닌가. 이를 위해 자의반 타의반 선발된 사신이 바로 '장건'이었다.

『한서(漢書) - 장건이광리열전(張騫李廣利傳)』에 따르면 '장건은 그 사람됨이 의지가 강하고 마음이 너그러우며 믿음직스러웠다(爲人强力寬大信人)'고 기록되어 있는데, 이러한 성품이야말로 세 차례의 원정 가운데 잡초같이 살아 돌아와 다시 길을 나섰던 저력이라 하겠다.

첫 번째 원정은 가장 유명한 월지(月氏: 지금의 우즈베키스탄과 타지키스탄 일대에 있었던 나라)와의 연합을 위한 것이었다. 출발 직후 흉노에 포로로 잡혀 10년 동안 억류되어 있다가 감시가 느슨해 진 틈을 타서 결국 월지에 도착하지만, 이미 월지의 새로운 왕은 한나라와 연합할 마음이 없는 상태였다. 결국 월지와의 동맹을 이루지 못한 채 13년 만에 돌아온 1차 원정의 결과이다.

2004년 CCTV에서 제작된 58부작 드라마 〈한무대제(漢武大帝)〉의 하이라이트도 바로 13년 만에 장안으로 돌아오던 장면인데, 무제가 버선발로 어전 아래로 뛰어 내려가 거지꼴로 돌아온 장건을 부둥켜안으며 눈물을 흘리고, 이를 지켜보던 문무백관들이 모두 흐느껴 우는 모습으로 연출되었다.

이후에도 장건은 기회가 주어질 때마다 길을 떠났으니, 일찌감치 남방

민족들에 의해 가로막혔던 2차 원정, 오손(烏孫: 지금의 신장위구르자치구 일리 강 일대에 있던 나라)과의 동맹을 이루지 못하고 돌아왔던 3차 원정에 이르기까지 실패의 연속이었다. 국고를 낭비한다는 지탄 속에서 의기소침할 만도 한데, 그는 생명이 허락하는 한 끊임없이 도전했고 무제도 목적보다는 과정 가운데 얻은 그의 경험과 식견을 높이 샀다. 결국 장건으로 인해 한나라는 자신들의 정보로 무장한 채 공식적으로 실크로드에 첫 걸음을 디딜 수 있었으니, 사마천은 장건의 업적에 대해 깔끔하게 '길을 뚫었다(鑿空)'고 평가하고 있다.

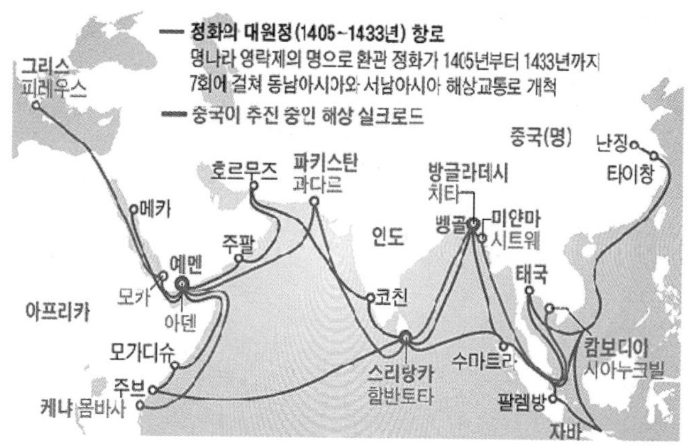


그러나 이에 비해 바다는 중국인의 세계관에서 그다지 주목받지 못했다. 인류 최초로 나침반을 발명하고, 당~송 시대에 이를 항해에 활용했으며, 명나라 초기에 이르러 유럽보다 몇 세기나 앞선 항해술과 조선술을 지니고 있었음에도, 중국은 바다에 주목할 필요성을 느끼지 못했다. 특히 정화의 대항해를 마지막으로 중국이 해금정책(海禁政策)을 실시한 것에 대해 이유진 선생님은 다음과 같이 설명하고 있다.

> 온 세상이 자신의 것이라고 생각했던 중국으로서는 막대한 재정을 낭비해가며 굳이 계속해서 원정을 감행할 이유가 없었다. 명나라 때 이뤄진 해외 원정의 목적은 천자의 권위를 온 세상에 알리고 확인받는 데 있었다. 지극히 상징적 차원의 목적을 지닌 중화사상에서 비롯된 정화의 해외 원정은, 영토 확장이라는 실질적 목적을 지닌 유럽의 해양 진출과는 그 출발점부터가 달랐다.[4)]

바다로의 진출을 금지한 결정적인 오판으로 인해 아편전쟁 이후 중국이 '굴욕의 100년'을 겪었음은 이미 KBS 다큐 〈바다의 제국(2015)〉을 통해서도 잘 알 수 있다. 8,500톤급 모함을 중심으로 200척의 배가 동시에 7차례나 원정을 떠났을 정도의 대규모, 방글라데시를 지나 → 인도를 거쳐 → 동아프리카 소말리아까지 이르는 엄청난 거리, 콜럼버스보다도 87년이나 먼저 임무를 완수한 시점 등을 고려해 볼 때, 역사학자 게빈 맨지스(Gavin Menzies)의 지적대로 당시 중국은 유럽보다 모든 면에서 압도적인 위치에 있었다.[5)]

그렇다면 대항해를 진두지휘했던 정화는 어떤 사람이었으며, 왜 7차례나 먼 원정을 떠나야 했을까.

> 정화는 운남사람으로 세간에서는 '삼보태감(三寶太監)'이라고 불렀다. 처음에 연왕(燕王)의 왕부에서 일하다가 '기병(起兵)의 공'을 세워 태감으로 승진했다. (후략)
>
> 鄭和, 雲南人, 世所謂三保太監者也.初事燕王于藩邸, 從起兵有功. 累擢太監. (후략)
>
> 『명사(明史) - 정화전(鄭和傳)』 中

---

4) 이유진, 『상식과 교양으로 읽는 중국의 역사』, 웅진지식하우스, 2013.
5) 게빈 맨지스, 조행복 옮김, 『1421-중국, 세계를 발견하다』, 사계절, 2004.

〈정화의 생애〉(1371~1433)
- 1371년 운남성 곤양(쿤밍) 출생, 회족, 본명은 마화
- 10살 주원장의 운남성 정복 때 포로로 잡힘, 12살에 환관이 되어 연왕 주체(영락제)에게 보내짐
- 28~31살 정난의 변(靖難之變)에서 큰 공을 세우고 '정화'라는 이름을 하사받음
- 34~62살(1405~1433년) 1차 대항해 시작, 이후 28년 동안 총7차례 원정을 진두지휘함
- 62살 7차 원정을 마치고 돌아오던 중, 호르무즈 해협을 지나던 중 병으로 세상을 떠남

명나라 초기 운남성에는 여전히 원나라의 잔존 세력이 남아 있었으며, 회족이었던 마화(馬和)의 집안은 당연히 원나라 세력과 연합하여 명나라 군대와 싸우다가 전사했다. 마화는 역적 집안의 남자아이였기에 포로로 잡혀 거세를 당했으나, 연왕(燕王) 주체(朱棣)는 그 총명함을 기특하게 여겨 자신의 신변을 정리하는 일을 맡기며 지켜본다. 이후 4년 동안 이어진 '정난의 변(靖難之變)'에서 당시 20대 후반의 마화는 큰 공을 세우게 된다. 마화가 정확하게 어떤 공로를 세웠는지는 알 수 없으나, 중앙정부의 환관들을 매수하여 군사기밀을 유출해 낸 것일 수도 있고, 재능+체격+나이 등으로 미루어 보건데 직접 연왕과 함께 전투를 진두지휘했을 수도 있다. 중요한 것은 그 공로를 인정받아 '정(鄭)'씨 성을 하사받고, 환관으로서는 최고의 벼슬인 '태감(太監)'까지 올랐으며, 결국 대항해를 총괄하는 제독에 임명된 것이다.

정화가 28년 동안 37개국을 누비며 대항해를 한 이유에 대해서는 영락제의 칙명을 받들어 ① 사라진 건문제(建文帝)를 찾기 위해서라는 설, ② 해외에서 영락제의 정통성을 인정받기 위해서였다는 설, ③ 이국적인 것을 좋아했던 영락제의 취향을 충족시키기 위해서라는 설, ④ 티무르 제국을 견제하기 위한 동맹국을 찾았다는 설, ⑤ 해외 시장을 개척하기 위해서라는 설 등 이미 정리가 잘 되어 있기에 여기서는 더 이상 언급하지 않겠다.

중요한 것은 선덕제(宣德帝: 영락제의 손자)에 이르자마자, 천문학적

인 경비에 비해 수확은 신기한 동물이나 물건밖에 없었던 대항해를 달가워하지 않으면서 '널빤지 한 조각도 바다에 들어가서는 안 된다'고 선포하며 해금정책을 실시한 것이다. 중국이 보여준 마지막 대항해는 결국 정화의 죽음과 함께 종결되었다.

정화의 업적은 무엇보다 무력으로 제압하거나 강요한 것이 아니라 물자를 교역하며 평화적이면서도 자연스럽게 외교관계를 구축한 것이다. 지금의 중국정부도 이 점에 주목하여 해양강국으로 발돋움하려는 시점에서 '정화가 600여 년 전 이미 보여주었던 평화'를 수시로 강조하고 있는 상황이다.

장건과 정화를 여행을 합친 신실크로드 프로젝트는 현재 시진핑 정부 최대의 국정과제로 진행 중이다. 지난 2017년 5월의 '일대일로 국제협력 정상포럼'에서는 68개 국가와 국제기구가 협력서를 체결했다. 뜨거운 관심은 2018년에도 어김없이 이어져 영국의 메이 총리가 베이징을 방문하여(2018.1.31.) 시진핑 주석과 함께 '일대일로의 프레임 안에서 양국관계의 황금시대를 만들자'고 다짐하는가 하면, 프랑스의 마크롱 대통령은 검정색 말을 싣고 육상 실크로드의 출발점인 시안을 방문하여(2018.1.18.) 중국어로 구호('讓地球再次偉大!')까지 외치며 중국인들의 자존심을 한껏 세워주기도 했다. 그러나 다른 한편으로는 '우리는 일대일로에 참여하지 않겠다(스페인 산체스 총리)', '경제적인 문제가 정치적인 문제와 연결된다면 더 이상 자유무역이 아니다(독일 메르켈 총리)', '일대일로는 속국을 만들기 위한 새로운 헤게모니가 되어서는 안 된다(프랑스 마크롱 대통령)'라는 발언 등이 합쳐지면서 유럽연합(EU)은 결국 신실크로드에 대한 실질적인 대항안인 '유러피언 웨이(European Way)' 구상을 발표했으며(2018년 9월), 파키스탄 · 몰디브 · 스리랑카 등의 몇몇 나라들은 중국으로부터 빌린 부채로 인해 현재 심각한 재정위기에 처해있는 상황(2018년 11월)이기도 하다.

그렇다면 바로 옆에 있는 우리는 어떤 액션을 취해야 할까. 중국의 반응에 일희일비하며 이리저리 휩쓸리기보다, 북한의 반응에 노심초사하기보다, 먼 옛날 용기있게 미지의 세계를 향해 발을 디디고 배를 탔던 선배 그랜드투어리스트들에게 물어보는 것은 어떨까. 장건과 정화의 여행이 왕후닝에게 큰 영감을 주었듯이, 혜초와 함께 길을 걷고, 장보고와 함께 바닷바람을 쐬다 보면 우리도 지혜의 한 자락을 얻을 수 있을지도 모를 일이다.

## [함께보기] 중국, 어디까지 가봤니?

### 마르코 폴로, 이븐 바투타, 마테오 리치

여기 먼 옛날 중국에 발을 디뎠던 세 명의 이방인 여행가를 소개하려 한다. 이들은 각각 상인, 탐험가, 선교사이다. 이들은 각기 다른 목적으로 긴 여행 끝에 중국에 도착하여, 놀라운 적응력과 왕성한 호기심으로, 선배 그랜드투어리스트로서 발자취를 남겼다.

세 사람 중 가장 먼저 중국 땅을 밟은 이는 이탈리아 베네치아 공국 출신의 마르코 폴로(Marco Polo, 1254~ 1324)였다.

마르코 폴로는 15살(1271년)의 아직은 어린 나이에 보석 상인이었던 아버지(니콜로 폴로, Niccolo Polo)와 삼촌(마페오 폴로, Mafeu Polo)을 따라 중앙아시아를 횡단하는 먼 길을 떠났다. 이들은 페르시아 호르무즈 항구에서 바닷길로 가려 했으나 인도양의 폭풍우로 배가 좌초될 것을 염려

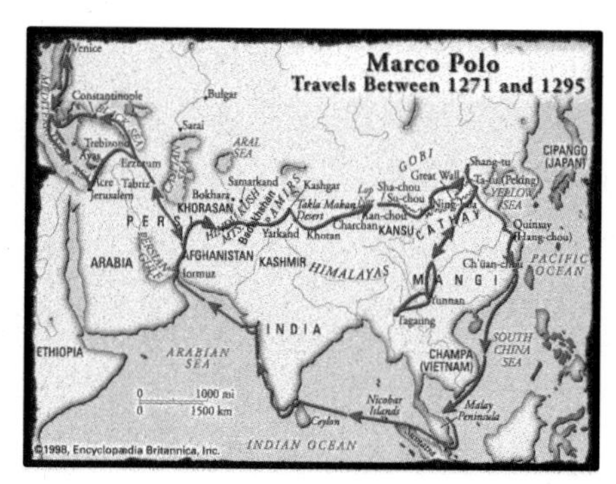

하여 이란으로 방향을 틀었고, 아프가니스탄을 지나 신장 카슈가르를 거쳐 4년 만에 감주(甘肅省 甘州)에 도착했다. 이곳에서 1년 동안 체류하며 한 숨 돌린 후 이듬해 상도(上都: 샨두, 원나라 때 여름 수도, 지금의 내몽골자치구 正藍旗에 위치)에 도착하여 원나라 세조 쿠빌라이를 알현하니, 넷플릭스(Netflix)에서 제작한 미드 〈마르코 폴로〉(2014, 2016)는 바로 이 시점을 배경으로 한다. 마르코 폴로는 '베니스(베네치아의 영어식 발음) 상인' 특유의 순발력과 판단력으로 적응해 나가는 한편, 색목인 우대정책에 의거한 쿠빌라이의 총애를 받아 17년 동안이나 중국 대륙에 머무른다. 그 자신의 주장에 따르면 쿠빌라이로부터 '현명함'을 인정받아 양주총독(揚州總督)을 지내기도 했으며, 베트남 · 자바 · 수마트라에 사신으로 파견되기도 하는 등 중요한 임무를 수행했다고 하나, 동시대 중국측 자료에는 아무런 기록이 남아 있지 않아 여전히 의문으로 남는다. 마르코 폴로는 여러 차례 쿠빌라이에게 고향으로 돌아갈 것을 청했으나 허락을 받지 못하고 있다가, 1292년(38살) 일한국의 아르군 칸에게 코카친 공주를 시집보내는 원정대의 안내자로 선발되어 원나라를 떠나게 되니 이미 마흔이 훌쩍 넘어 있었다. 그야말로 인생의 황금기를 전부 중국에서 보낸 셈이니, 유럽 사람들이 『성경』 다음으로 많이 읽은 『동방견문록』은 곧 그의 17년 리즈시절에 대한 회고이다.

귀국 후 마르코 폴로는 제노바(Genova)의 감옥에 수감되는데, 이에 대해서는 지중해의 이권을 둘러싸고 베네치아와 제노바 사이에 벌어진 해전에 참가했다가 포로로 잡혔다는 설(1298년 쿠르졸라 해전), 베네치아와 제노바 선박들 사이의 싸움에 연루되어 투옥되었다는 설(1296년 라이아스 해전) 등 분명치 않다. 중요한 것은 수감 당시 감방동기였던 피사 출신의 소설가 루스티켈로가 그의 이야기를 받아 적어 『동방견문록』을 완성한 것이다. 마르코 폴로는 어린 시절 어머니를 여의고 아버지와 삼촌마저 장사를 하느라 멀리 떠나 있던 탓에 자신의 생각을 글로 적을만

한 교육을 받지 못했기에 스스로 집필할 수가 없었다. 『동방견문록』은 이미 흐릿해진 기억을 더듬으며 타인의 손을 빌려 기록한 것이기에 분명치 않은 부분이 많고, 과장과 허풍이 많다고 여겨졌기 때문에 출간 당시부터 불신과 의심이 끊이지 않았지만, 그러한 논란 자체가 오히려 호기심을 더욱 증폭시키고 이후 대항해시대를 열었음은 부정할 수 없는 사실이다.

> 치핑구(일본)는 육지에서 동쪽으로 해상 1,500마일 떨어진 곳에 있는 섬이다. 매우 큰 섬이고 주민들은 피부가 희고 깨끗하며 잘생겼다. 그곳에는 헤아릴 수도 없이 많은 금이 나며, 섬 군주의 궁궐도 온통 순금으로 덮여 있다.
>
> 마르코 폴로 지음, 김호동 역주, 『동방견문록』 中

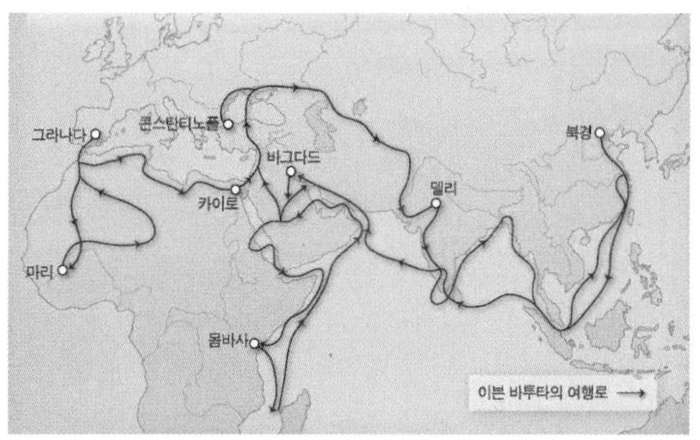


이에 비해, 이븐 바투타(Ibn Battutah, 1304~1377)는 북아프리카 대륙 모로코 탕헤르(Tanger)의 법학자 집안에서 출생하여 정통 이슬람 교육을 받았다. 21살, 이집트와 시리아를 거쳐 메카(사우디아라비아 서쪽의 도시)로 향하는 성지순례를 마친 후 그는 고향으로 돌아가지 않은 채, 씰란(실론, 지금의 스리랑카) → 인도네시아 → 필리핀을 거쳐, 중국의 천주에

도착한다. 이후 광주→항주→대도를 둘러본 뒤, 원명교체기의 혼란기를 피해 다시 인도의 캘리컷(지금의 케랄라주 북부 코지코드, Kozhikode)으로 건너갔으니, 비록 중국에서 체류했던 시간은 3년 남짓으로 마르코 폴로에 비해 짧지만, 자료 · 문장 · 신뢰도 등 모든 면에서 그가 직접 쓴 『여행기』가 더욱 높은 평가를 받는다.

> 17일이 걸려서 한싸(항주)시에 도착했다. 이 이름은 아랍의 여류시인 '한싸'와 동명인데, 아랍어에서 따온 것인지 아니면 아랍어와 우연한 일치인지 나로서는 도무지 가늠할 수가 없다. 이 도시는 지구상에서 내가 본 가장 큰 도시로 길이만 해도 3일 거리이다.
>
> 이븐 바투타, 정수일 옮김, 『이븐 바투타 여행기(2)』 中

> 창안시를 떠나 사흘거리를 가면 아주 멋진 도시에 당도하게 되는데, '천상의 도시'라는 뜻의 킨사이로 불린다. 세계에서 가장 당당한 최고의 도시이다. 킨사이에는 12,000개의 돌다리가 있고, 이 다리들은 모두 대부분 아치 아래로 배들이 쉽게 통과하게 되어 있으며, 나머지 다리들도 작은 배들은 지나다닐 수 있다. (중략) 거리에는 기녀들이 살고 있는데 그 수가 얼마나 많은지 내가 말하기도 힘들 정도이다. 이들은 고급진 옷에 향수를 뿌리며 여러 하인들을 거느리면서 호화스러운 생활을 하고 있다. 이들은 영리하고 노련해서 사람들의 비위를 잘 맞추며 그 애교와 매력에 정신을 잃어 외지인들이 돌아간 후 '천상의 도시에 있었다'고 말하면서 다시 가볼 날을 손꼽아 기다린다.
>
> 마르코 폴로, 김호동 역주, 『동방견문록』 中

'항주(杭州)' 부분은 『동방견문록』의 백미로 13세기 후반 원나라 시절 항주의 화려한 풍광을 눈앞에 생생하게 재현하는 듯하다. 인간세상의 천국으로 비유되는 항주라는 동일한 도시에 대해서도, 마르코 폴로는 '12,000개의 수많은 돌다리가 있다'고 언급하면서 시작하고 있지만, 이는 특유의 과장된 표현으로 고증에 따르면 당시 117개의 돌다리가 있었다고 한다. 학술적인 지식에 근거한 기록이라기보다는 눈길 가는대로 '감각'에 의지한 것이 많으니, 이점이 이븐 바투타의 『여행기』와 가장 다른 부분이라 하겠다. 동일한 도시에 대한 이븐 바투타의 접근을 살펴보자면, 그는 항주라는 명칭에서 아랍권의 유명한 여류시인 '알 한사(al-Khansa, 630년 이후 사망)'를 떠올리며 학술적으로 다가가고 있다. 이븐 바투타가 중국에 머물렀던 시기는 길지 않았지만, 지리 · 지형에서부터 정치 · 경제 · 문화 · 풍속에 이르기까지 꼼꼼하게 기록하고 있기 때문에 혹자는 『여행기』와 『동방견문록』을 동일선상에 두고 비교하는 것 자체가 어불성설이라고 말하기도 한다.

무엇보다 이븐 바투타야말로 미지의 세계에 대한 호기심 때문에 30년 동안 쉬지 않고 움직이면서 여행 자체를 즐긴 '순수한 여행가'라 말할 수 있을 것이다. 물론 그가 이토록 긴 시간 동안 여행을 즐길 수 있었던 배경으로는 그 자신의 종교적 열정과 지적 호기심 이외에도, 선배 무슬림들이 축적해 둔 지식 및 이슬람교 특유의 형재애에 기반한 끊임없는 격려와 후원이 뒷받침되었기 때문이다.

아랍에미리트 두바이의 '이븐바투타 쇼핑몰'에는 당시 그가 중국에서 나올 때 탔었던 대형 정크선이 그대로 재현되어 있는데[6], 이를 통해 조금이나마 원나라 말기 항해 여정을 짐작해 볼 수도 있겠다. 곧 마르코 폴로에 의해 지펴진 미지의 세계에 대한 동경은 이븐 바투타에 의해 더욱 신뢰를 얻으면서, 유럽의 대항해시대가 열린 결정적인 계기가 된 셈이다.

---

6) 두바이에는 고온의 기온 탓에 실내에서 활동하는 쇼핑몰이 많은데 '이븐 바투타 몰'은 이븐 바투타가 여행했던 지역 중 이집트 · 인도 · 중국 · 안달루시아 · 페르시아 · 튀니지의 6개 나라를 테마로 형상화했다.

두 사람이 열어놓은 대항해시대의 혜택을 제대로 누린 이는 바로 예수회 출신 신부였던 마테오 리치(Matteo Ricci, 1552~1610)였다. 이탈리아 중부 마체라타(Macerata)에서 태어난 마테오 리치는 기억력이 뛰어났던 총명한 소년이었기 때문에 아버지는 내심 아들이 법관이 되길 바랐다. 그러나 그는 부모님의 기대를 저버리고 그는 예수회에 입회했으며(19살), 해외선교를 최고의 미덕으로 여겼던 예수회의 기치에 따라 사제서품을 받자마자(29살), 포르투갈 리스본을 출발 → 인도를 거쳐 → 중국 마카오에 도착(30살)했다. 그는 광둥성 자오칭(肇慶)에서 6년 동안 중국어 · 한자 · 중국문화를 집중적으로 공부하면서, 예수회 신학교 시절 익혔던 철학 · 신학 · 수학 · 천문학 · 역법 및 시계 · 지구의 · 천체관측기구 제작법 등의 학문을 접목시켰으니, 포르투갈 - 중국어 사전 편찬을 시작으로 『교우론(交友論)』 · 『기하원본(幾何原本)』 · 『기인십편(畸人十篇)』 · 『25언(25言)』 · 『천주실의(天主實義)』 등 한자로 집필한 그의 저작은 총명함과 노력이 합해진 결과물이다. '이성에 바탕을 둔 상이한 문화 간의 만남과 대화의 모범(라이프니츠)', '서로 다른 사상과 문명을 만나게 한 인물(제르네)', '최초의 세계인(히라카와 스케히로)' 등의 평가가 결코 과장된 것이 아님을 알 수 있으며, 대부분의 저서를 한자로 집필했다는 사실만으로도 전대미문의 인물이라 하겠다.

무엇보다 그는 서양의 우월한 시각으로 동양의 문화를 얕보는 것이 아닌, 철저하게 현지문화를 존중하는 태도를 중요한 덕목으로 여겼다.

1602년 이지조(李之藻)와 함께 편찬한 세계지도 〈곤여만국전도(坤輿萬國全圖)〉는 중국을 중심에 두는 중화사상을 수용하면서도 중국 이외의 다른 세계가 있음을 넌지시 전함으로써 명나라를 넘어 조선의 지식인들(실학자들)에게까지 큰 충격을 안겨주었다.

> 나의 벗은 타인이 아니라 바로 나의 반쪽이니
> 두 번째 나라고 할 수 있다.
> 그러므로 마땅히 벗을 자기 자신처럼 여겨야 한다.
> 벗과 나는 비록 두 개의 몸이지만
> 두 몸 안의 그 마음은 하나일 따름이다.
>
> 마테오 리치, 송영배 옮김, 『교우론, 스물다섯 마디 잠언, 기인십편』 中

마테오 리치는 중국을 단순한 호기심으로 잠깐 구경하다가 떠날 곳으로 여기지 않았으며, 중국인들을 진정한 자신의 친구로 여겼다. 그리고 끝내 고향으로 돌아가지 못한 채 58살의 나이에 북경에서 과로사로 눈을 감았다. 다른 문화에 대한 적응력과 개방성, 다방면에 걸친 학식에서 우러나오는 교양, 다정하고 친절한 성품으로 인해 중국인들은 그를 마테오 리치가 아닌 '이마두(利瑪竇)'로 기억하고 있다.

# 제4부
# 예술가의 초상

우리는 시가 예뻐서 시를 읽고 쓰는 것이 아니란다.
인류의 일원이기 때문에 시를 읽고 쓰는 것이고,
인류는 열정으로 가득 차 있는 존재이거든.
의학 · 법학 · 상업 · 공학 같은 것들은 훌륭한 목적을 가지고 있고 삶을 유지하기 위해 필요한 것들이지만,
시, 아름다움, 낭만, 사랑이야말로 우리 삶의 목적이지!
We don't read and write poetry because it's cute. We read and write poetry because we are members of the human race. And the human race is filled with passion. Medicine, law, business, engineering, these are all noble pursuits, and necessary to sustain life. But poetry, beauty, romance, love, these are what we stay alive for.

영화 〈죽은 시인의 사회(1989)〉 中

세상은 의학 · 법학 · 경영학 등을 선택하여 안정된 일자리 속에 편안하게 사는 것이 성공이라고 말하지만, 사실 우리의 삶에 끊임없이 생기를 불어넣는 것은 '예술'이 아닐까 한다. 아름다운 그림 앞에 서 있을 때, 좋아하는 오페라의 한 소절을 들을 때, 섬세한 감정의 문학작품을 읽었을 때, 마음 한가운데 이런 아름다움과 함께 하고 있다는 사실만으로도 희열 · 감동 · 기쁨이 차오른다.

오랜 중국의 역사 속에서도 문학 · 미술 · 음악 · 공연 등의 다양한 형식으로 아름다움을 표현하고자했던 작가들은 셀 수 없이 많다. 이번 장에서는 전통과 현대를 대표하는 문학가 이백과 루쉰, 다방면에서 자취를 남긴 팔방미인 소식, 그리고 중국문화의 3대 정수(경극 · 중국화 · 중의학) 중 하나로 꼽히는 중국화의 거장 치바이스의 생애를 선택했다.

## 언젠가 큰 바람 높은 파도 일어날 때, 이백

長風破浪會有時，直挂雲帆濟滄海

중국문학을 전공하는 학생들에게 애증의 인물이 누구인지 물어본다면, 이백은 단연코 상위권을 차지할 것이다. 사실 이백과 두보가 쌍벽을 이루는데, 노력하는 시인이었던 두보의 시는 그나마 이해가 되는 편이지만, 천재적인 시인이었던 이백의 시는 도저히 어디로 튈지 모르는 럭비공 같기 때문이다. 그래서 이백은 누구나 알고 있지만 아무도 모르는(또는 알고 싶지 않은) 인물이지 않을까 싶다.

이백은 약 990수의 시를 남겼는데, 이 작품들이야말로 그를 중국문학을 대표하는 작가로 만들어 준 바탕이 되었다. 여기서는 그의 파란만장했던 생애를 대표할만한 3개의 작품을 중심으로 살펴보도록 하겠다. 그의 생애와 관련된 연표는 이해원 선생님의 『이백의 삶과 문학』(고려대출판부, 2002)을 참고했음을 밝힌다.

이백의 자(字)는 '태백(太白)'이다. 이는 그 어머니가 '금성(太白星)이 품 안에 들어오는 태몽'을 꾼 것에서 기인하는데, 그래서인지 벼슬운은 지독하게 풀리지 않았지만 문학적인 명성은 이미 널리 퍼져 '집집마다 그의 시집이 있을 정도'였다.

누구나 어릴 때는 큰 꿈을 꾸는 법! 이백도 어린 시절에는 학문과 검술을 연마하며 '관중'이나 '제갈량'같이 황제를 보필하면서 천하를 평안하게 만들고픈 포부를 지니고 있었다. 그리고 24살에 인맥을 넓히기 위해 사천성 강유를 떠나 삼협 → 호북&호남(동정호) → 금릉(남경), 양주, 소흥 등지로 유람을 떠나는데, 이를 '만유(漫遊)'라고 한다. 당나라 초기만 해도 아직 과거제도가 완비되지 않은 상태였기에, 관리가 되는 방법으로 시험과 추천이 병행되었는데, 스스로 자신의 천재성을 감지했던 이백은 후자를 선택한 듯하다. 26살에 지은 「여산폭포를 바라보며(望廬山瀑布)」

라는 시 속의 이백은 아직 세상을 향한 자신감으로 충만하다.

향로봉에 해 비치니 자줏빛 안개 피어오르고
아득히 폭포수 바라보니 긴 강이 하늘에 걸려 있네
나는 듯이 곧게 떨어지는 물줄기 삼천 척에 달하는데
하늘에서 은하수가 쏟아지는 건 아닐까
日照香爐生紫煙
遙看瀑布掛前川
飛流直下三千尺
疑是銀河落九天

이백, 「여산폭포를 바라보며」 제2수

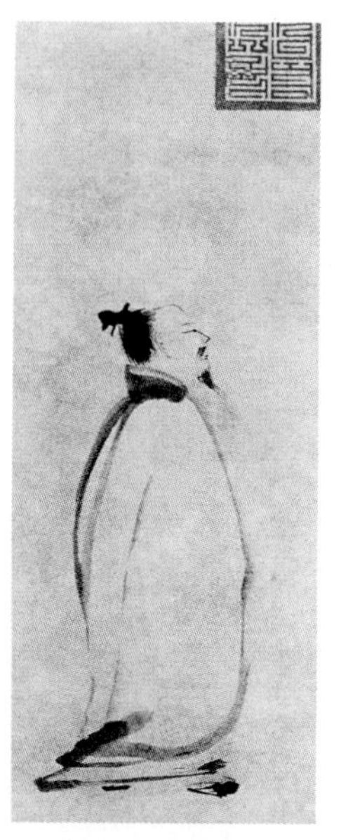

남송의 화가 양해(梁楷)가 그린〈이백행음도(李白行吟圖)〉
(ⓒ 東京國立博物館)

자욱한 폭포의 물보라 가운데 번지는 자줏빛 아침 햇살, 원근의 폭포에서 느껴지는 속도감, 폭포수의 웅장한 기세를 은하수에 비유한 상상력과 낭만성이 돋보이는 가운데 '과연 시의 신선(詩仙)으로 불릴만하다!'는 탄성이 절로 나온다. 그로부터 10년 후 「한 잔 하세(將進酒)」를 지을 때에도 여전히 등용되지 않았던 상황이지만, 그는 좌절하거나 낙담하지 않은 채 오히려 현실을 즐기는 호탕한 모습을 보인다.

그대는 보지 못했는가.
황하의 저 물 하늘에서 내려와
세차게 흘러 바다에 이르면 다시 돌아오지 못함을
그대는 보지 못했는가.
고관대작 저택의 거울을 마주보면서 백발을 슬퍼함을

아침에 검었던 머리 저녁에 하얗게 세는 법이니
인생 득의양양할 때 즐겨야 하리
황금 술통을 달빛 아래 그냥 두지 말게나
하늘이 나에게 재주를 주었음은 반드시 쓰임이 있기 때문이고
천금의 돈은 다 써버려도 또 다시 돌아오게 마련
양 삶고 소 잡아 마음껏 즐겨보세
한 번에 삼백잔은 마셔야지.
잠부자! 단구생!
그대들에게 술 권하노니 멈추지 말고
노래 한 곡조 부르리니
귀 기울여 들어주시게
고상한 음악 맛있는 음식 귀하지 않고
다만 영원히 취하여 깨어나지 않기를
옛 성인들 모두 사라져 흔적이 없지만
오직 술꾼만은 이름을 남겼지
그 옛날 조식도 평락관에서 연회를 베풀며
말술 천 잔으로 질펀하게 즐기지 않았던가
주인양반은 어찌 돈이 모자란다 하시오
당장 술 가져 와 다시 대작하세
오화마, 천금 가죽옷
아이 불러 좋은 술과 바꿔오게나
내 그대들과 함께 만고의 시름을 잊어보리라
君不見
黃河之水天上來
奔流到海不復回
君不見
高堂明鏡悲白髮
朝如靑絲暮成雪
人生得意須盡歡
莫使金樽空對月
天生我材必有用
千金散盡還復來

烹羊宰牛且爲樂
會須一飮三百杯
岑夫子丹丘生
將進酒杯莫停
與君歌一曲
請君爲我側耳聽
鐘鼓饌玉不足貴
但願長醉不願醒
古來聖賢皆寂寞
惟有飮者留其名
陳王昔時宴平樂
斗酒十千恣歡謔
主人何爲言少錢
徑須沽取對君酌
五花馬千金裘
呼兒將出換美酒
與爾同銷萬古愁

이백, 「한 잔 하세(將進酒)」

얼핏 보면 친구들(元丹丘와 岑勛)과 거나하게 술판을 벌이며 '짧은 인생 미루지 말고 젊어서 노세'라고 외치는 것 같지만, 사실 이 시에서 가장 중요한 단어는 마지막에 등장하는 '만고의 시름(萬古愁)'이다. 비싼 옷과 말을 판 돈으로 전부 술을 사 마시면서까지 그가 잊고자 했던 것은 아직도 벼슬길에 나가지 못했다는 사실에 대한 두려움이었을 것이다. 그래도 이백은 그 속에 갇히지 않고 '하늘이 나 같은 사람을 그냥 두지는 않겠지!'라는 자신감으로 부정적인 정서를 떨쳐버리고자 한다. 이 시가 많은 사람들에게 사랑받는 이유는 시를 읽는 우리들 역시 여전히 때를 만나지 못한 채 아등바등 하루하루를 살아내고 있기 때문일 것이다. 이백은 마치 '기운 내! 이거 마시고 잊어버려! 너의 재주는 하늘이 준 것이니 반드시 잘 풀릴 날이 올 거야!'라고 위로하는 듯하다.

그로부터 6년 뒤, 이백은 결국 40살이 넘은 나이에 도사 오균(吳筠)을 통해 태자빈객 하지장(賀知章)을 알게 되고, 결국 하지장의 추천을 받아 현종에게 천거되어 '한림공봉(翰林供奉)'이라는 벼슬을 받게 된다. 「신당서(新唐書) - 이백전(李白傳)」에서는 이때의 만남을 다음과 같이 기록하고 있다.

> 천보 초, 이백은 남쪽 회계(지금의 浙江省 紹興 일대) 지역으로 유람을 떠났다. 당시 도사 오균과 친하게 지냈는데, 오균이 현종의 부름을 받아 장안에 들어갔다. 이로 인해 이백도 장안으로 가서 현종을 알현할 기회를 얻게 되었다. 이백이 하지장을 만났는데, 하지장은 이백의 시(「蜀道難」)를 읽고, '하늘에서 귀양 온 신선'이라고 칭찬하며 현종에게 천거했다. 현종은 이백을 불러 금난전(金鑾殿)에서 세상사를 논하며 현종의 치세를 칭송하는 글을 지어 올렸다. 현종은 이백에게 맛있는 음식을 하사했으며 친히 그를 위해 국을 끓여주었다. 그리고 그에게 한림공봉이라는 벼슬을 내렸다.
> 天寶初, 南入會稽, 與吳筠善, 筠被召, 故白亦至長安. 往見贺知章, 知章見其文, 歎曰 '子, 謫仙人也!' 言于玄宗, 召見金銮殿, 論當世事, 奏頌一篇. 帝賜賜食, 親爲調羹, 有詔供奉翰林.
>
> 「신당서 - 이백전」 中

현종이 직접 끓여 준 국을 받을 때만해도 이백의 마음은 벅차올랐을 것이다. 그러나 한림공봉은 그가 꿈꿨던 관중과 제갈량처럼 황제를 보필하며 세상을 바꿀 수 있는 직위가 아니었다. 그저 연회의 흥을 돋우기 위해 시를 지으며 황제를 즐겁게 해주는 이름뿐인 관직이었기에, 이백은 술로 허탈한 마음을 달래고자 했다. 결국 이백의 벼슬살이는 '고력사에게 신발을 벗기게 한 사건(李白脫靴事)'으로 인해 고력사 · 장계 · 양귀비의 참소를 받아 2년 만에 끝나게 된다. 당나라 초기의 자잘한 역사적 사실을 기록한 이조(李肇)의 『당국사보(唐國史補)』에는 이를 다음과 같이 기록하고 있다.

> 이백이 한림공봉 벼슬을 지낼 때 늘 술독에 빠져 있었다. (하루는) 현종이 이백에게 노래가사를 지어오라고 했는데, 이백은 술에 취해 있는 상태였으며 시종들은 술이 깨기를 마냥 기다릴 수도 없어서 그의 얼굴에 물을 뿌렸다. 이백은 그제야 술에서 조금씩 깨어나기 시작하더니 바로 붓을 잡고 단숨에 수십 줄을 휘갈겨 쓰고는 전혀 고치지 않았다고 한다. 훗날의 이야기이긴 하나 한번은 이백이 현종의 면전에서 발을 내밀어 고력사에게 자신의 신발을 벗기도록 했는데, 현종은 환관들에게 명하여 그를 밖으로 데리고 나가게 했다고 한다.
> 李白在翰林多沉飮, 玄宗令撰樂詞, 醉不可待, 以水沃之, 白稍能動, 索筆一揮十數章, 文不加点. 後對御引足令高力士脫靴, 上命小閹排出之.
>
> 이조, 이상천 옮김, 『당국사보』 中

이 무렵 장안을 떠나면서 지은 시가 그 유명한 「인생살이 어렵구나(行路難)」이다. 지금은 조직의 리더가 구성원들을 격려하거나 국가지도자가 다른 나라와의 외교관계를 증진시키자는 메시지를 전하고 싶을 때 등 좋은 의미로 사용되지만, 사실 이는 이백의 인생 가운데 최악의 순간에 지어진 시라고 할 수 있다.

> 금 항아리의 맑은 술은 한 말에 만냥이요
> 옥쟁반의 귀한 안주는 한 그릇에 만냥이어라
> 술잔 멈추고 젓가락 내던지며 더 이상 먹지 못하고
> 칼 뽑아들고 사방을 둘러보는데 막막하고 답답하네
> 황하를 건너려는데 얼음이 얼어버리고
> 태행산에 오르려는데 눈이 가득 내렸네
> 하릴없이 돌아와 개울물에 낚시대 드리우다가
> 다시금 배에 올라 하루아침의 변화를 꿈꾸네

인생살이 어렵구나, 어려워!
수없이 많은 갈림길 가운데, 난 지금 어디인가?
큰 바람 불어 높은 파도 일어나는 때
구름 같은 돛 높이 달고 바다를 건너리라!
金樽淸酒斗十千
玉盤珍羞値萬錢
停杯投箸不能食
拔劍四顧心茫然
欲渡黃河冰塞川
將登太行雪滿山
閑來垂釣碧溪上
忽復乘舟夢日邊
行路難, 行路難
多歧路, 今安在
長風破浪會有時
直挂雲帆濟滄海

이백, 「인생살이 어렵구나」 제1수

천하의 낙천적인 이백도 인생이 너무 뜻대로 안 풀리자 젓가락을 내던지고 칼을 뽑아들며 세상을 향해 악을 쓴다. 한바탕 소리를 지르고 나니 속이 좀 후련한 것 같기도 하다. 그 후 마음 가운데 들리는 세미한 음성. '주나라 문왕을 도와 천하를 바로잡았던 강태공도 80살에 이르러서야 자기를 알아주는 사람을 만났으니, 때를 기다려라, 넌 아직 젊어!'

어떠한 인생도 녹록치 않다. 분명한 사실은 주저앉아 낙담할 것인지 다시 떨치고 일어날 것인지는 스스로 선택할 수 있다는 것이다. 이백은 다시 일어나 세상을 향해 '대운이 반드시 온다, 나는 그때를 기다릴 것이다!'라고 단호하게 선포하고 있다.

그러나 이후로도 이백의 삶은 풀리지 않았다. 그는 여전히 중국 전역

> 〈이백의 생애〉(701~762)
> - 701년 중앙아시아 쇄엽(碎葉: 지금의 키르기스스탄), 4살 때 사천성 강유(江油)로 이사
> - 5~24살 학문과 검술 수련에 정진하며 촉지역의 명승지 유람
> - 24~42살 1차 만유시기
> - 42~44살 한림공봉을 지냄
> - 44~55살 2차 만유시기
> - 755년 안사의 난 시작
> - 55~62살(755~762년) '이린의 난'에 연루되어 야랑(夜郎: 오늘날 귀주성 서쪽지역)으로 유배
> - 62살(762년) 11월, 늑막염으로 사망

을 떠돌아다녔고(2차 만유), 온 나라가 혼돈에 휩싸였던 '안사의 난(安史之亂)' 가운데 영왕(永王) 이린(李麟)에게 등용되었다가 '이린의 반란 사건'에 연루되어 감옥에 갇히기도 하고, 이린을 도운 죄로 결국 유배형을 받아 야랑(夜郎: 지금의 구이저우성 서북부)으로 가던 중 사면을 받는 등 파란만장한 시간들을 보낸다. 그리고 결국 친척 이양빙(李陽氷)의 집에서 늑막염으로 세상을 떠난다.

이백은 신선(謫仙)으로 불렸지만 속세에 초연한 채 마냥 유유자적하며 노닐지 못했다. 다른 평범한 선비들과 마찬가지로 황제를 보필하면서 세상을 한 번 멋지게 바꿔보고 싶은 바람이 가득했지만 하늘은 끝내 이를 허락하지 않았다.

그의 삶을 찬찬히 정리해보기 전까지 나에게 이백은 그냥 자기 멋에 취해 살다 간, 이해하기 어려운 수많은 작품을 남기고 간, 중국문학사 시험 볼 때 외울 거리만 잔뜩 안겨줬던 술주정뱅이 아저씨일 뿐이었다. 그러나 이제는 그가 어떤 마음으로 시와 글을 썼는지 조금 이해할 수 있을 것 같다. 마치 오랜 시간이 흐른 후에야 진심을 알고 화해한 한 친구를 만난 듯하다.

## 내 평생의 공적은 황주 혜주 담주, 소식余平生功業, 黃州惠州儋州

마음은 이미 다 타버린 나무토막
몸은 매어놓지 않은 배
평생 너의 업적이 무엇이냐고 묻는다면
황주, 혜주, 담주라 답하리라
心似已灰之木
身如不繫之舟
問汝平生功業
黃州惠州儋州

「금산사의 초상화 앞에서(自題金山畵像)」

소식이 어떠한 흔적을 남겼는지는 한 마디로 정리할 수가 없다. 그는 왕안석의 신법에 반대하며 합리적인 개혁을 주장했던 정치가이자, 유교·불교·도교를 넘나들었던 철학자였으며, 담백한 서체의 서예가이자, 붉은 대나무(赤竹)와 겨울 소나무(偃松)를 잘 그렸던 화가였다. 또한 뚝딱뚝딱 백성들을 위해 다리와 집을 지었던 건축가였고, 동파육(東坡肉)·동파병(東坡餠) 등의 레시피를 개발하여 직접 요리하기를 즐기던 셰프이기도 했으며, 가난한 백성들을 치료할 목적으로 사설병원 안락방(安樂房)을 운영하며 치료에 나섰던 약사이자 의사이기도 했다.

그래서일까. 중국에서는 말할 것도 없고 바다 건너 고려와 조선, 일본의 선비들까지도 소식의 다채로운 매력이 흠뻑 빠진 채 적벽에서의 유람을 재현하기도 하고(赤壁船遊), 소동파를 숭배하는 모임(拜坡會)을 만들기도 하는 등 '소동파 열기'는 식을 줄 몰랐다. 그렇다면 다채로운 재주만큼이나 화려한 삶을 살았을까.

소식은 사천성 미산(眉山) 출신의 중산층 집안에서 태어났다. 동생 소철(蘇轍)은 매사에 차분하면서도 조심스러웠던 반면, 소식은 밝고 낙천적이고 호기심이 많은 성격을 지녔기에 아버지 소순은 이 점을 늘 걱정하면서 다음과 같이 당부하기도 했다.

> 수레바퀴, 바퀴살, 수레뒤가로막이나무는 수레의 중요한 일부분이지만, 수레앞가로막이나무(軾)만은 홀로 하는 일이 없어 보인다. 비록 그렇기는 하지만 수레앞가로막이나무를 없앤다면 온전한 수레라고 볼 수 없다. 식아, 나는 네가 겉을 꾸미지 않을까봐 걱정이구나.
> 천하의 모든 수레는 땅 위에 바퀴 자국(轍)을 남기지 않는 것이 없다. 그런데도 수레의 공덕을 논할 때면 한 번도 바퀴 자국을 들먹이는 것을 들은 적이 없고, 또 수레가 엎어지고 말이 죽는 등 사고가 나도 그 화가 바퀴자국에까지는 미치지 않는다. 이처럼 바퀴 자국은, 복을 입는 일도 없지만 화를 입는 일도 없으니, 이는 화와 복의 중간에 있기 때문이다. 철아, 너는 깊이 헤아릴 수 있으니 그 이름처럼 화를 면하리라 믿는다.
> 輪輻蓋軫, 皆有職乎車, 而軾獨若無所爲者, 雖然去軾, 則吾未見其爲完車也. 軾乎, 吾懼汝之不外飾也.
> 天下之車, 莫不由轍, 而言車之功, 轍不與焉. 雖然車仆馬斃, 而患不及轍, 是轍者禍福之間. 轍乎, 吾知免矣.
>
> 소순, 「두 아들의 이름을 지으며(名二子說)」

사람들은 모두들 자기 자식이 총명하길 바란다지만
나는 총명함 때문에 평생 힘들었으니
부디 이 아이는 둔하고 어리석어
별 탈 없이 벼슬생활 하기를.
人皆養子望聰明, 我被聰明誤一生
惟願孩兒愚且魯, 無災無難到公卿

소식, 「아이를 씻기며 장난치다가 짓다(洗兒戲作)」

원대 화가 조맹부(趙盟頫)가 그린 〈동파소상(東坡小像)〉 (ⓒ臺北古宮博物院)

옛날에는 유아사망률이 높았기 때문에 아기였을 때는 무병장수를 기원하며 아명(兒名)으로 부르다가 어느 정도 위험한 시기를 지나고 나서 본명(本名)을 지었으니, 아마 소순은 어느 정도 두 아들의 성격을 파악한 상태에서 위의 글을 지었을 것이다. 세상의 모든 부모는 자녀의 이름을 그냥 짓지 않는 법. 소순도 큰 아들의 이름을 지을 때 제발 남 앞에서 속내를 드러내지 말고 적당히 꾸밀 것을 당부한다. 그러나 소식은 하고 싶은 말이 있으면 꼭 내뱉어야만 직성이 풀리는 성격이었고, 순진하게 다른 사람도 자신과 같으리라고 생각했다. 소식의 첫 번째 아내 왕불(王佛)이 손님이 올 때마다 휘장 뒤에서 그 대화를 엿들은 후 어떤 사람을 가까이하고 어떤 사람을 멀리할지 알려줘야 했던 에피소드(幕後聽言 - 「亡妻王氏墓誌銘」)는 이러한 연유에 기인한다.

시첩 왕조운(王朝雲)이 낳은 넷째 아들을 위해 지은 아래의 시를 보면, 장난삼아 지은 시라고는 하지만 제발 자신처럼 살지말고 세상사 둥글둥글 어리석고(愚) 미련하기(魯)를 바라는 간절한 바람이 담겨져 있으니, 그 옛날 아버지가 자신의 이름을 지었을 때와 같은 마음이다.

소식은 21살에 동생과 함께 진사시험에 2등으로, 26살에 특별시험인 제과(制科)에 수석으로 급제했음에도 불구하고, 벼슬길이 순조롭게 풀리지 않았다. 합리적인 보수를 지향했던 소식은 당시 실세였던 왕안석의 신법에 반대하는 상소문을 세 차례나 올리며 미움을 샀기 때문에, 자의 반 타의반으로 지방직을 전전해야만 했다. 항주통판, 밀주태수(지금의

山東省), 서주태수(지금의 江蘇省), 호주태수(지금의 浙江省) 등이 모두 이 시절 지냈던 벼슬이다.

그러나 이는 시작에 불과했다. 본격적인 유배는 1079년 8월 신법당의 참소로 인해 '오대시안(烏臺詩案)' 사건이 터지면서 시작된다. 이는 그동안 소식이 지었던 시와 글들이 조정을 비난하고 황제를 조롱하는 내용이었다는 다소 어이없는 정치적 모함으로, 53수의 시와 18편의 글이 어사대의 조사를 받았다.[1] 이 가운데는 스스로 풍자가 있다고 진술한 것도 있고 풍자가 없다고 진술한 것도 있다. 오대시안은 분명 '조작된 사건'이었지만 그는 5개월 동안 수감된 채 판결을 기다려야 했으며, 그의 재주를 아꼈던 주변사람들의 만류로 겨우 사형을 면할 수 있었다. 그리고 매서운 겨울바람이 불던 12월 26일, 이 사건은 호북성 황주 유배령으로 마무리된다.

소식은 이때의 충격으로 한동안 붓을 놓는다. 근처 절을 찾아가 향을 피우며 묵상하고, 불교서적과 함께 유종원과 도연명의 작품을 읽으며 마음을 추슬렀다. 그리고 동쪽 산비탈(東坡)을 빌려 가족들과 함께 경작하는 시간들 속에서 그의 속사람은 점점 단단해져 갔다.

> 그대는 저 물과 달을 아는가?
> 흘러가는 것이 이와 같지만 영영 다 흘러가 버리는 것은 아니며,
> 차고 기우는 것이 저와 같지만 끝내 줄어들거나 늘어나지도 않지.
> 변화의 관점에서 살펴보면
> 천지라는 것은 일찍이 한순간도 변하지 않은 것이 없고,
> 불변의 관점에서 살펴보면
> 만물과 인생이 무궁무진하다고도 볼 수 있으니

---

1) 정세진, 「오대시안의 사회문화적 함의 연구」, 서울대학교 박사학위논문, 2012.

무엇을 또 부러워하겠는가?
게다가 천지의 모든 사물은 각각 주인이 있으니
진실로 내 것이 아니라면 털끝 하나라도 가질 수 없는 것이지.
하지만 오직 강물 위의 맑은 바람과 산 위의 밝은 달만은
귀로 들으면 음악이 되고
눈으로 보면 아름다운 경치가 된다네.
이를 가져가도 금지하는 사람이 없고
아무리 써도 없어지지 않는 것으로
조물주가 끝없이 저장하고 있는 것이니,
나와 그대가 함께 누릴 수 있는 것이라네.
客亦知夫水與月乎?
逝者如斯, 而未嘗往也, 盈虛者如彼, 而卒莫消長也.
蓋將自其變者而觀之, 則天地不能以一瞬
自其不變者而觀之, 則物與我皆無盡也, 而又何羨乎?
且夫天地之間, 物各有主, 苟非吾之所有, 雖一毫而莫取
惟江上之淸風, 與山間之明月,
耳得之而爲聲, 目寓之而成色, 取之無禁, 用之不竭,
是造物者之無盡藏也, 而吾與子之所共樂.

소식, 「전적벽부」 中

소식의 대표작인 두 편의 「적벽부」도 이 시기의 작품이다. 친구 양세창(楊世昌)과 함께 초가을 휘영청 달 밝은 밤, 적벽 근처 강물 위에서 배를 띄우고 노닐며 '이제 모든 인연의 오고 감을 그대로 받아들이고 자연 가운데 나를 편안히 내맡길 수 있게 되었다'고 담담하게 고백하고 있다. 4년 동안의 황주 유배가 끝나고도 소식의 정치적 부침은 계속 이어졌지만, 그는 잘 나간다고 즐거워하지 않았고 더 멀리 유배가게 되었다고 낙담하지도 않았다. 이미 황주에서 단련이 되었기에 그는 멀리 광동성 중부 혜주로 유배를 가게 되었어도, 더 멀리 해남도 담주로 좌천되었어도 그곳에서의 생활을 즐길 줄 알았다.

내가 처음 황주에 이르렀을 때 녹봉은 이미 끊겼는데 식구가 적지 않으니(......)
매달 초하루에 곧 4천5백 냥을 취하여 이를 30개의 덩어리로 나누어 대들보 위에 걸어놓았다가, 매일 새벽에 그림을 거는 장대를 사용해서 이 가운데 한 덩어리를 들어 내리고 곧바로 장대를 감춰버렸으며, 이어서 큰 대통에다가 쓰고 남은 돈을 따로 저장하여 손님들을 대접하는 비용을 대비했으니, 이것은 가운로에게서 배운 방법이라네.
初到黃, 廩入既絶, 人口不少, (…) 每月朔, 便取四千五百錢, 斷爲三十块, 挂屋梁上, 平旦, 用畵叉挑取一块, 即藏去叉, 仍以大竹筒别貯用不盡者, 以待賓客, 此贾耘老法也.

소식, 산문「진관에게 보내는 답장(答秦太虛書)」中

나부산 아래에는 사철이 다 봄이라
비파와 양매가 차례대로 난다네,
날마다 리쯔를 삼백 개씩 먹으니
길이길이 영남사람 되는 것도 괜찮겠지
羅浮山下四時春
盧橘楊梅次第新
日啖荔枝三百顆
不辭長作岭南人

소식, 시「리쯔를 먹으며(食荔枝)」

붉은 꽃 지고 살구가 푸르스름 익어가는
제비가 날아다니는 이 계절,
초록빛 강물은 마을을 휘감아 흐르네.
가지 위의 버들 솜은 바람에 날려 더욱 적어지는데,
하늘가 어느 곳인들 향기 나는 꽃이 없으랴.
花褪殘紅青杏小,
燕子飛時,
綠水人家繞.

枝上柳綿吹又少,
天涯何處無芳草.

소식, 사「접련화(蝶戀花)」中

이렇듯 인생 최악의 상황 속에서도 소식은 유머를 잃지 않았다.

제자 진관(秦觀, 字는 太虛)이 걱정하는 내용의 편지를 보내오자, 그는 매달 초 최저생계비를 일일이 봉지에 나눠 담은 후 대들보 위에 걸어두고서는 하루에 한 봉지씩 꺼내 쓰면서 이제야 친구 가운로(賈耘老)에게 전수받은 비법을 제대로 써먹을 수 있게 되었다며 너스레를 떨고 있다.

또한 소식은 천연덕스럽게 혜주 리쯔의 맛을 즐길 줄 알았고, 삿갓을 쓰고 나막신을 신으며 담주 곳곳을 누비면서 아름다운 풍경에 취할 줄도 알았다. 그러나 리쯔가 아무리 달짝지근 알싸하게 맛있다한들 그것을 먹는 재미로 영원히 광동성에서 살고 싶지는 않았을 것이며, 버들솜이 난분분 흩날리는 해남의 경치가 아무리 빼어난들 평생 섬에서 살고 싶지는 않았을 것이다.

정적들의 목적은 하늘 끝으로 보낸 후 그의 마음을 절망의 나락에 빠뜨리려고 한 것이었으리라. 여행으로 2박3일, 3박4일, 한 달 정도 머물 때야 아름다운 바다이지, 섬에서의 생활은 결코 녹록치 않다. 특히 습기를 잔뜩 머금은 끈적끈적한 바람, 먹구름으로 가득한 잿빛 하늘, 세상을 집어 삼킬 듯한 거친 파도를 보고 있노라면 우울함과 슬픔이 한꺼번에 몰려올

〈소식의 생애〉(1036~1102)
- 1036년 사천성 미산 출생
- 21살 동생 소철과 함께 진사시험에 2등으로 합격
- 26살 제과시험에 1등으로 합격한 후, '봉상부참판'으로 벼슬생활 시작
- 39살 왕안석의 신법 반대(1079년) 오대시안 필화사건으로 수감되어 '황주'로 유배
- 50살 한림학사지제고
- 59살 장돈의 모함으로 '혜주'로 유배
- 62살 장돈의 모함으로 '담주'로 유배(3년)
- 66살(1102년) 사면받아 올라오던 중, 여독으로 남경에서 세상을 떠남

때도 있다.

그런데 소식은 오히려 '만 리 해남도가 진정한 내 고향이로구나(海南萬里眞吾鄕) - 「吾謫海南, 子由雷州, 被命即行, 了不相知, 至梧乃聞其尚在藤也, 旦夕當追及, 作此詩示之」)'라고 고백했다. 물론 타고난 성격이 해맑고 낙천적이었기 때문이기도 하지만, 이렇게 초탈하기까지 얼마나 많은 나날들 가운데 마음을 다잡아야 했을까. 소식은 리족(黎族) 주민들과도 스스럼없이 어울려 지내면서 해남을 고향삼아 또 씩씩하게 3년을 견뎌냈다. 그리고 마침내 악명 높은 해남 유배에서 풀려나 바다를 건너 올라오며 금산사(金山寺: 지금의 江蘇省 鎭江市)를 지나던 날, 그는 화가 이공린(李公麟)이 그려 준 자신의 초상화를 보며 상념에 잠긴다.

'내 평생의 기억은 유배뿐이로구나'

「금산사의 초상화 앞에서」라는 맨 앞의 시는 세상을 떠나기 두 달 전의 고백이자, 자신의 인생을 24글자로 정리한 총평이라 하겠다. 베이징사범대학의 캉전(康震) 선생님은 〈백가강단〉 강의에서 '살다보면 비오는 날도 있고 맑은 날도 있는데 지나고 보면 다 같은 날이다'라고 소식의 삶을 정리하기도 했다.

후대 사람들이 소식을 좋아했던 이유가 어디 그의 다채로운 재주뿐이랴. 하늘 아래 어디에서 어떤 상황에 처해있던지 낭만과 순수함을 잃지 않고 긍정적이면서도 적극적으로 최선을 다해 살았던, 주어진 삶의 순간순간을 소풍처럼 즐기다 간 그의 태도를 본받고 싶었던 마음이었을 것이다.

## 아이들을 구하라, 루쉰救救孩子

> 청년들아, 나를 딛고 일어서서
> 이 어둠으로부터 중국을 구하라!

신영복 선생님의 글을 통해 알게 된 이 문장은 지금도 반성과 전율을 일으킨다. '나와 함께'도 아니고, '나를 딛고 일어서라'라니!

루쉰의 사진을 보고 있노라면 맹자와 비슷한 느낌도 든다. 짱짱하면서 다부진 체격에 날카로운 눈매, 누구의 눈치도 보지 않은 채 어두운 시대를 향해 거침없이 쓴 소리를 뱉어내지만 끝까지 인간에 대한 희망을 놓지 않았던 시대의 어른이자 멘토.

세상에 수많은 선생님이 있지만 그 누가 나를 딛고 올라서라고 선뜻 말할 수 있으며, 수많은 지식인이 있지만 타인의 시선에 아랑곳하지 않고 자신의 생각을 외칠 수 있는 사람이 몇 명이나 될까. 고미숙 선생님은 이런 루쉰의 삶 대해 간결하게 다음과 같이 평가하기도 했다.

> 루쉰은 고독하고 집요하고 독보적인 게릴라였다,
> 야음을 틈 타 세상에 치명타를 날리는 펜을 든 게릴라![2)]

루쉰은 세상을 떠난 후 '중국혼(中國魂)'으로 불렸으며, 마오쩌둥이 '공자가 봉건시대의 성인이라면, 루쉰은 새로운 중국의 성인이다(孔子是封建社會的聖人, 鲁迅是新中國的聖人 「論魯迅」)'라고 규정지은 후부터는

2) 고미숙 외, 『루쉰, 길 없는 대지』, 북드라망, 2017.

더욱 신격화되어 '위대한 문학가 · 사상가 · 혁명가'로 추앙받았다. 오죽하면 위화(余華)는 『사람의 목소리는 빛보다 멀리 간다』라는 수필집에서 문화대혁명 시절 친구와 사소한 말타둠을 벌이다가 '루쉰이 그렇게 말했어!'라는 한 마디로 친구를 제압할 수 있었다고 말했겠는가. 루쉰의 한 마디 한 마디는 중국인들에게 신뢰이자 권위였다.

그러나 살아생전의 루쉰은 늘 고독하고 외로웠다. 중국을 농단하는 제국주의 세력, 봉건주의 세력, 위선적인 지식인들과의 대립은 물론이려니와, 그는 국민당 정부의 블랙리스트에 올라 있었다. 또한 공산당에게서는 소시민계층(petit bourgeoisie)이라고 공격받았고, 제자 쉬광핑(許廣平)과의 결혼생활 때문에 호사가들의 입방아에 오르내리기도 했다. 두 동생들조차 그의 삶을 이해하지 못한 채 등을 돌렸다.

루쉰은 100개가 넘는 필명 가운데 하나이고, 그의 본명은 '저우장서우(周樟樹: 周樹人은 강남수사학당 시절 개명한 것)'이다. 풍요로운 강남지역 물의 고장 샤오싱(紹興)에서 유복한 집안의 장남으로 태어났지만, 할아버지가 과거시험 부정사건에 연루되어 투옥되면서 집안이 몰락했다. 설상가상으로 아버지마저 복수가 차는 병으로 사망하자 하루아침에 부잣집 도련님에서 소년가장이 되었다. 인정세태의 쓴 맛을 일찍 깨닫게 된 조숙한 소년은 국비유학프로그램에 선발되어 일본으로 건너간 후, 중의학이 아닌 서구의 새로운 의학을 통

〈루쉰의 생애〉(1881~1936)

- 1881년 저장성 샤오싱 출생
- 17~18살 난징 강남수사학당, 광무철로학당에서 수학
- 21살(1902년) 국비유학프로그램에 선발되어 일본 고분학원에 입학
- 23살 센다이의학전문학교에 입학
- 25살 센다이의학전문학교 중퇴, 문학의 길로 들어섬
- 28~31살 항저우, 샤오싱, 난징에서 교편을 잡음
- 31살 베이징에서 교육부 직원으로 일함
- 39살(1918년) 「광인일기」 발표
- 42살(1921년) 「아큐정전」 연재
- 47살 샤먼대학교에서 교편을 잡음
- 48살 중산대학교에서 교편을 잡음
- 55살(1936년) 상하이에서 폐병으로 세상을 떠남

해 아버지처럼 영문도 모른 채 죽어가는 환자들을 치료하고자 센다이의 학전문학교에 입학한다.

그러나 주지하다시피 2년 후 세균학 수업 시간에 본 슬라이드 한 장으로 인해 그의 결심은 의학에서 문학으로 바뀌니, 이를 '의학을 버리고 문학에 뛰어든 사건(棄醫從文)'이라고 한다. 러시아 스파이 노릇을 한 중국인이 일본군에게 체포되어 사형집행을 기다리는 가운데 이를 둘러싼 무기력한 중국인들의 모습을 보며 루쉰은 이렇게 말했다.

'어리석고 약한 국민은 몸이 건장해도 가치가 없다.'

중국민족을 구하기 위해서는 신체가 아닌 '정신'을 바꿔야 하고, 정신을 바꾸는 가장 좋은 방법은 '문학'이라고 생각했기에, 이후 그의 삶은 문학을 통한 국민성 개조라는 험난한 길로 들어서게 된다. 귀국 후 루쉰은 강단에서 화학 · 생리학 · 소설사 · 문학 등을 가르칠 기회를 얻게 되지만, 윗사람들에게 고분고분 고개 숙이지 못하는 성격으로 인해 매번 마찰을 일으키며 오래 머물지 못했다. 시대마저 불안정하여 청나라는 이미 무너진 지 오래였고, 그 사이 제국주의 세력들이 중국을 먹잇감으로 놓고 싸우고 있던 상황 속에서, 그는 최초의 구어체 소설 「광인일기(狂人日記)」를 발표한다. 미치광이의 입을 통해 수 천 년 동안 이어져 내려오던 유교사회를 '식인(食人)'라고 규정짓고 아직 이에 길들여지지 않은 아이들을 빨리 구해야한다 외치고 있다. 사람을 잡아먹는 폭력과 잔인함에 익숙해진 사회는 이에 물들지 않은 아이들만이 바꿀 수 있고, 이 아이들로 인해 식인의 역사가 종결될 것이라는 뜻이다.

> 모든 일이란 연구해 보아야 비로소 알 수 있는 것이다. 옛날부터 사람을 잡아먹어 왔다는 것은 나도 기억하고 있지만 그렇게 확실하지는 않다. 그래서 역사책을 펼쳐서 조사해 봤더니, 이 역사책엔 연대도 없고 각 페이지마다 비스듬하게 '인의도덕'이라는 글자가 적혀 있었다. 나는 잠을 잘 수 없었기 때문에 오밤중까지 자세히 살펴보다가 비로

> 소 글자와 글자 사이에서 또 다른 글자를 찾아냈다. 책 가득히 적혀 있는 두 개의 글자는 '식인'이라는 것이었다. (중략)
> 사람을 잡아먹어 본 적이 없는 아이들이 아직 있는지 모르겠다.
> 아이들을 구하라…
> 凡事總須研究, 才會明白. 古來時常吃人, 我也還記得, 可是不甚清楚. 我翻開歷史一查, 這歷史沒有年代, 歪歪斜斜的每葉上都寫着'仁義道德'几個字. 我橫竪睡不着, 仔細看了半夜, 才從字縫里看出字來, 满本都寫着兩個字是'吃人'! (중략)
> 沒有吃過人的孩子, 或者還有? 救救孩子……
>
> 루쉰, 「광인일기」 中

그의 날선 목소리는 또 다른 유명한 소설인 「아큐정전(阿Q正傳)」에서도 동일하다. 여기저기 모욕을 당하고 어이없게 도둑으로 몰려 총살을 당하면서도 아무런 저항도 할 줄 모르는 '아큐'는 중국인의 국민성을 압축해 놓은 전형적인 인물이다. 주변 상황이 어떻게 돌아가는지도 전혀 모르고, 무기력하고, 자기만족과 자기합리화로만 가득 차 있었던 당시의 중국 사람들은 「아큐정전」이 던지는 질책에 정신줄을 놓을 정도였다.

사실 루쉰은 소설가로 유명하지만, 장편은 하나도 없고 중편은 「아큐정전」 1편, 나머지는 모두 단편과 잡문이다. 얼마나 창작의 고통에 시달렸는지 '내 글은 용솟은 것이 아니라 쥐어짜낸 것이다(「阿Q正傳的由來」)', '「광인일기」 이후 친구들의 부탁을 거절하기 어려워서 소설 모양의 글(小說模樣的文章)을 몇 편 썼다(「吶喊 - 自序」)'라고 고백하기도 했다. 평범한 독자의 입장에서 더 단도직입적으로 말하자면 무엇보다 루쉰의 소설은 재미가 없다. 그러나 찬찬히 다시 읽어보면 이는 전적으로 내 무지로 인한 것이지, 볼 때마다 구성 · 인물 · 스토리 전개 하나하나에 중국과 중국 사람들의 특징이 꼼꼼하게 녹아있음에 감탄하게 된다. 더욱 놀라운 것은 사실 루쉰이 지적한 그 특징들은 중국 사람들에 국한된 것이 아니라, 시공을 뛰어넘어 바로 나 자신이라는 것이다.

> 내 기억으로는 「아큐정전」의 한 단락 한 단락 연이어 발표되었을 때, 여러 사람들이 그 다음에는 자기가 욕을 당하는 차례가 아닐까 두려워 벌벌 떨었다. 그리고 어느 한 친구는 내 앞에서 「아큐정전」의 어제 어떤 단락은 아무래도 자기를 욕하는 것 같다고 말했다.
>
> 전형준, 『루쉰전』 재인용 (루쉰 「아큐정전의 유래」)

무엇보다 사람들이 가장 좋아하는 루쉰의 작품은 「고향(故鄕)」일 것이다. 20년 만에 고향으로 돌아온 주인공이 어린 시절 친구 룬투와 다시 만나지만, 룬투는 이미 봉건의식에 젖어 의식이 마비된 좀비같은 백성으로 변해있었다. 그럼에도 루쉰은 조카와 룬투의 아들이 친구가 되는 모습을 바라보면서 희망을 꿈꾼다. 겉으로는 거침없이 칼을 휘두르는 냉혈한처럼 보이지만, 사회를 깨우고 사람을 응원하려는 따뜻한 마음이 바탕을 이루고 있음을 알 수 있다.

그는 무쇠로 만든 방안에 잠들어 있는 사람들을 바라보며 췐나리댁 큰도련님처럼 무관심하게 지나치지 않았다. 진심으로 이를 안타까워하면서 그 중 몇몇이라도 깨어난다면 그 방을 부술 희망은 존재하는 것이라고(『吶喊 - 自序』) 생각했다. 이는 「고향」 마지막 부분에서도 강조되고 있는데, 중국의 중학교 교과서에 실려 있을 정도로 유명한 바로 그 구절이다.

> 희망이란 것은 본래 있다고도 할 수 없고 없다고도 할 수 없다.
> 그것은 마치 길 같은 것이다.
> 원래 땅 위에 길은 없었다.
> 걸어가는 사람이 많으면 그게 곧 길이 되는 것이다.
> 我想希望本是無所謂有, 無所謂無的.

> 这正如地上的路.
> 其實地上本没有路, 走的人多了, 也便成了路.
>
> 루쉰, 「고향」 中

이 구절은 드라마 〈미생(2014)〉의 마지막 회에서도 등장했다.

'버텨라. 그리고 이겨라.' 온갖 노력을 쏟았지만 결국 정규직 직원이 되지 못한 장그래에게 오차장은 (그 자신도 회사에서 내쳐진 상태이면서도) 루쉰의 말로 위로를 건넨다.

> 꿈을 잊었다고 꿈이 꿈이 아닌 것은 아니고,
> 길이 보이지 않는다고 길이 길이 아닌 것은 아니라는 것.
> 루쉰이 그런 말을 했지.
> '희망은 본래 있다고도 할 수 없고 없다고도 할 수 없다.
> 그것은 마치 땅 위에 난 길과 같다.
> 지상에는 원래 길이 없었다.
> 가는 사람이 많아지면 길이 되는 것이다'

시공을 초월하여 지금의 대한민국에도 식인의 풍속은 여전히 존재하고, 아큐 · 자오나리 · 첸나리댁 큰도련님 · 경찰 · 소D · 왕털보같은 사람들은 주변에서 쉽게 발견할 수 있는 군상들이다.

그러나 루쉰은 지옥 같은 세상이라고 불평만 하지 말고 그 속에서 희망을 보라고 당부하고 있다. 그래야 단단한 무쇠같은 세상이 조금씩 바뀌는 것이라고.

루쉰이 그렇게 말했으니까.

청년들은 최악의 실업률 속에 'N포세대'라고 불리고, 중년 가장들은 나이가 많다는 이유로 재취업에서 밀린 채 3D업종을 전전하며, 부모님 도움 없이 결혼한 부부들은 숨만 쉬면서 월급을 모아도 집 한 채 마련하기 어렵고, 비정규직은 언제 짤릴지 몰라 숨죽이며 살아야 하는 세상일지라도, 희망은 존재한다고 믿고 싶다.

루쉰이 그렇게 말했으니까.

소년 위화처럼 루쉰의 말은 진리라고 믿고 싶다.

## 새우가 내 발을 찔러서, 치바이스

중의학 · 경극과 더불어 '3대 국수(國粹)'로 불리는 중국화. 오랜 역사의 중국화 중에서도 쉽게 다가갈 수 있는 '근대 중국화'로 범위를 좁혀보려 한다. 근대 중국화의 3대 작가와 대표작을 이야기할 때 흔히들 치바이스의 새우 · 쉬페이훙(徐悲鴻)의 말 · 장다첸(張大千)의 연꽃을 꼽는데, 오늘은 그 중에서도 치바이스에 대한 이야기를 해보려 한다. 프랑스에서 유학한 쉬페이훙, 일본에서 유학한 장다첸과는 다른 스토리텔링이 있기 때문이다.

> 하루 일을 마치고 너무 힘들어서 싱탕 못가에 걸터앉아 발을 씻는데
> 갑자기 누가 족집게로 마구 꼬집는 것처럼 아팠다.
> 재빨리 발을 뺐더니 피가 줄줄 흐르고 있었다.
> 아버지는 '새우들이 우리 아들을 괴롭혔구나'라고 하셨다.
> 그곳에는 새우가 많았다. 다시는 그곳에 발을 담그지 않았다.
>
> 치바이스, 김남희 옮김, 『치바이스가 누구냐: 중국화 거장이 된 시골목수』 中

치바이스 그림의 특징은 무엇보다 소재가 '쉽다'는 점이다. 매난국죽을 즐겨 그리며 군자의 도를 운운했던 다른 화가들과는 달리, 그는 농촌 마을에서 흔히 볼 수 있는 동식물에 주목했는데 이는 그가 후난성 샹탄(湘潭)의 시골 마을에서 태어났기 때문이다.

〈치바이스의 생애〉(1864~1957)
- 1864년 후난성 샹탄현의 가난한 농민의 아들로 출생
- 13살 목수일을 배움
- 25살 후쯔줘와 천쭤린에게서 본격적으로 글과 그림을 배움
- 64살 쉬페이훙의 추천으로 베이징예술학원에서 강의함
- 85살 중앙미술학원의 명예교수로 부임
- 87살 베이징중국화연구회 주석 역임
- 90살 전국인민대표대회 후난성 대표로 선출됨
- 93살(1957년) 베이징중국화원 명예원장으로 추대됨, 이해 9월 세상을 떠남

치바이스의 본명은 치춘즈(齊純芝)이다. 가난한 소작농의 장자로 태어났기에 집안에서는 당연히 농사일을 거들 수 있는 일손이 태어났다고 좋아했지만 어린 시절부터 잔병치레가 많았다. 결국 몸이 허약하여 도저히 농사일을 감당할 수 없다고 판단한 그의 아버지는 그에게 기술을 가르치기로 결심하니, 바로 치바이스가 목수가 된 까닭이다. 목수의 세계는 집의 큰 골조를 만드는 대목수과 섬세한 조각을 하는 소목수로 나뉘는데, 당연히 치바이스에게는 소목수의 일이 맡겨졌다. 찢어지게 가난한 집안의 장남으로써 생계를 위해 목공일을 하면서도 그는 그림에 대한 열망을 놓지 않았다. 혼자서 그림집 〈개자원화전(芥子園畵傳)〉을 모사하면서 독학으로 기법을 익혀나가던 중, 그의 그림 실력이 점차 알려지면서 후쯔줘(胡自倬: 湖湘學派의 창시자 胡安國의 후예)과 천쭤신(陳作壎: 샹탄 출신의 화가)의 귀까지 이르게 되니, 결국 이 두 스승에게서 제대로 글과 그림을 배우게 된다. '바이스산런(白石山人)'이라는 유명한 호도 두 스승이 의논하여 지어준 것이다.

타고난 재주와 두 스승의 가르침으로 27살의 늦은 나이에 화가의 길로 들어서지만, 치바이스는 보수적인 화단에서 인정받지 못했다. 화단에서는 '목수 주제에 시 · 서 · 화를 논한다', '개구리나 새우로 종이를 더럽히고 병아리까지 등장시키니 속되고 천박하다'로 말하면서 무시하기 일쑤였다. 아무리 후쯔줘와 천쭤신에게서 글과 그림을 배웠다한들, 그들 또

한 작은 시골마을에서나 알려진 인물들일 뿐이었다. 무명의 노화가로 남을 뻔한 치바이스가 유명해진 계기는 미술계의 거장 쉬페이홍을 만나면서 부터이다. 쉬페이홍은 1928년 전시회에서 본 치바이스의 그림에 8위안 가격이 매겨진 것을 보고 뒤에 0을 하나 더 써 넣은 후, 70위안짜리 자신의 그림 옆으로 옮겼다. 그리고 치바이스의 작품에 대해 '넓고 큰 뜻에 이르렀으며, 작고 세미한 것에 정성을 다했다(致廣大, 盡精微)'라고 평가하면서 자신이 속해 있던 베이징예술학원의 교수로 초빙하니, 이로 인해 '나를 낳아 준 이는 부모님이지만 나를 알아준 이는 그대이다'라며 32살 나이 차이를 무색하게 하는 우정이 탄생하게 된다.

예순이 훨씬 넘은 늦은 나이에 인정을 받았지만, 다행히 치바이스는 93살까지 오래 살아 그 재능을 마음껏 발휘한다. 그가 평생에 걸쳐 남긴 작품 수는 4만 여 점에 이르며, 세상을 떠나기 3개월 전까지도 붓을 놓지 않았다. 잘은 모르지만 화가의 명성은 그림 값과 비례한다고 하는데, 치바이스의 그림은 현재 한 점에 한국돈으로 평균 20~30억 원 정도에 이른다고 한다. 그의 이름이 중국을 넘어 전 세계로 알려진 것은 82세에 그린 〈소나무와 잣나무가 고고하게 서 있네(松柏高立圖)〉가 714억 원에 낙찰되면서부터인데, 이는 피카소와 클림트를 넘어선 액수이다. 2017년 12월에는 61살에 그린 〈12폭 산수화 병풍(山水十二條屛)〉이 1,532억 원에 낙찰되었으니, 이는 중국미술품 경매 사상 가장 높은 가격이라고 한다.

> 바이스 선생님은 그림을 그리실 때
> 실제 사물을 안 보시고 그림 초본이나 초고도 없이 그리신다.
> 푸른 하늘 아래 흰 종이를 펼쳐놓고 자유자재로 그리신다.
> 그러나 붓이 지나간 자리에는 꽃과 새, 물고기와 벌레, 산과 물, 그리고 나무들이 마치 그의 손 밑에서 자라난 것처럼 생생하고 변화무쌍하게 펼쳐진다.
> 선생은 진정 '가슴에 삼라만상을 품고 손끝으로 조화를 이루는 경지'

에 이르신 분이다.

예술의전당 〈목장에서 거장까지〉 전시 中 중국 현대화가 리커란의 회고

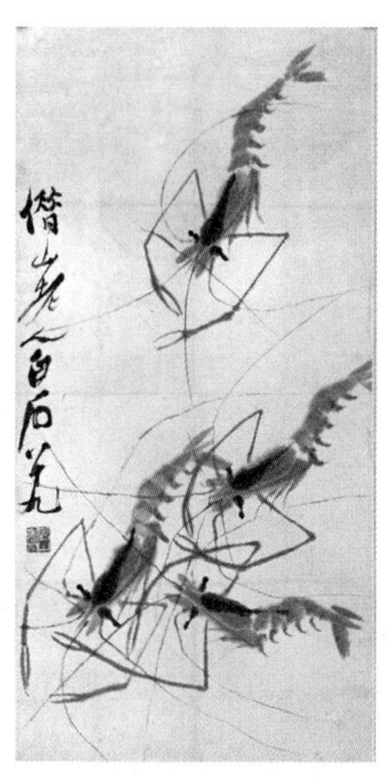

85살(1949년)에 그린 작품
〈물속에서 노니는 새우(遊蝦圖)〉
(ⓒ 齊白石記念館)

치바이스는 그림을 그릴 때 사진처럼 똑같이 그리지 않은 채 과감하게 붓을 움직였으며, 이전 화가들의 틀에서 벗어나기 위해 늘 새로움을 추구했고, 여든이 넘어서야 '이제야 그림다운 그림을 그렸다'라고 말했다. 초본이나 초고도 없이 그렸음은 그가 평소에 사물을 바라볼 때 얼마나 예리하게 그 특징을 간파했는지를 보여준다.

치바이스는 종이가 아니라 물 위에 그리는 것처럼 새우를 그렸다.
그렇게 붓을 휘둘러 맑은 물 위에 새우를 띄웠다.

예술의전당 〈목장에서 거장까지〉 전시 中, 후난성박물관 학예실장 류장

예를 들어 가장 많이 알려진 새우 그림을 보자면, 일단 종이 자체가 새우가 뛰노는 물이다. 어린 시절의 가난과 아픔이 투영된 새우 그림은 몇 번의 붓질로 긴 수염, 마디마디 꺾인 몸통, 활발하게 움직이는 꼬리를 표현하면서 곧바로 튀어오를 듯한 기세를 보인다. 한국의 동양화가 사석원은 '동양화에서 먹색을 자유롭게 내려면 40년이 걸리는데 치바이스 선생님의 새우 그림은 400년이 걸려도 낼 수 없을 것 같다'고 고백하기도 했으니, 여간해서는 도달하기 어려운 경지임이 틀림없다. 새우 그림 중에서도 가장 유명한 〈새우들이 바다로 들어가다(群龍入海圖)〉는 123마

리의 새우들이 무리를 지어 바다로 들어가는 모습을 표현하고 있는데 한국돈으로 202억 원에 팔렸다고 하니, 새우 한 마리 당 1억인 셈이다.

> 가난한 집 아이가 잘 자라 어른이 되어 세상에서 출세하기란 진정 하늘에 오르는 것만큼 어렵고도 어려운 일이다. 나는 가난한 집안에서 태어나 자랐으나, 늘그막에는 그래도 자그마한 명성을 얻을 수 있었다.
>
> 치바이스, 김남희 옮김, 위의 책 中

중화인민공화국의 수립과 함께 치바이스의 명성은 더욱 높아졌다. 가난한 농민의 아들이라는 사실과 이를 숨기지 않고 당당히 밝혔던 자신감, 항일전쟁 시기 일본인들의 끈질긴 요구에도 문을 걸어 잠근 채 그림을 팔지 않은 당당함은 그를 인민예술가의 반열에 올리기에 충분했다.3)

복잡한 시대와 국가적 배경을 떠나서, 사람들이 치바이스와 그의 작품을 좋아하는 이유는 무엇일까? 이는 분명 권세 · 돈 · 명예 등 어떠한 상황에서도 흔들리지 않고 자신이 좋아하는 것에 집중했던 열정에 있을 것이다. 그래서 그의 그림은 보면 볼수록 착하고 따뜻하다.

[미션] 수업 시간에 다루지 않은 예술가(문학 · 음악 · 미술 · 공연예술 등) 중 한 명을 선택하여 그 생애를 발표하도록 한다.

---

3) '내가 아무리 힘없는 늙은이라 할지라도 애국심이 있는 사람인데, 그들의 바람대로 호락호락 따를 수는 없었다. 칠십 평생을 헛되이 할 수 없어 궁리 끝에 대문을 굳게 닫아걸고 문 안쪽에 커다란 자물쇠를 달았다.' 치바이스, 김남희 옮김, 같은 책 재인용.

[발표] **나를 '중국의 세계'로 인도한 인물들**

당신을 '중국의 세계'로 이끈 인물이 있는가?

그들의 어떤 매력에 매료되어 이 길을 걸어가기로 결심했는가?

내 경우에는 두 명의 인물이 있는데, 하나는 중국역사상 유일무이한 여황제로 알려진 '측천무후'이고, 다른 하나는 홍콩영화계에 전성기를 이끌며 액션코미디 장르를 개척한 '성룡'이다.

## 일대여황, 무측천

중국에서는 주로 '무측천'이라고 부르는 측천무후는 중국 역사 가운데 스스로 황제의 지위에 오른 유일무이한 여황제로 알려져 있다. 궁녀(才人)의 신분으로 입궁하여 당나라 고종(高宗)의 황후가 되고 결국 스스로 황제의 자리까지 올라 거대한 제국을 통치했던 입지전적의 인물이다.

나를 중국으로 이끈 첫 번째 인물은 정확히 말하자면 1985년 타이완에서 제작된 〈일대여황(一代女皇)〉의 판잉쯔(潘迎紫)가 연기한 측천무후이다. 측천무후를 소재로 한 많은 영화와 드라마가 있었지만, 무조건 '판잉쯔의 측천무후'만 진짜라고 생각되니 각인효과란 실로 엄청난 것이다. 나름 얼리어답터(early adopter)였던 아버지는 비디오가 처음 출시되자마자 구입한 후 테이프를 한 아름 빌려오셨는데, 아마도 명절 무렵이었던 것 같다. 전체 40부작의 꽤 긴 분량임에도 불구하고 온 가족이 제사는 뒷전으로 미룬 채 명절 내내 정주행을 했을 정도로 엄청난 몰입력을 자랑하는 작품이다.

> 아름다운 눈썹은 치솟아있고
> 고운 뺨에는 광채로 가득한데

비범한 기개를 타고 났으니
당나라 여황제 무측천이로세!
아름다운 관을 쓰고 단장하니
삼천궁녀에게 갈 총애를 한 몸에 받네
지혜와 모략이 뛰어나고 깊은 뜻 품었으니
웅대한 뜻으로 인해 비구니가 될 수 없었네
천하를 군림하며 위풍당당
그녀의 근심 누가 이해할 수 있을까
이 마음 어찌할까 붉은 치마에 눈물 떨구니
가슴 속 어리석은 감정 끝이 없네
천하를 다스린 지 어언 20년
구중궁궐 알 수 없어 덧붙여지니
세상에는 두 가지 평가가 엇갈린다네
여인 중의 호걸이로다, 무측천!
蛾眉聳參天
豊頰滿光華
氣宇非凡是慧根
唐朝女皇武則天
美冠六宮粉黛
身系三千寵愛
善于計謀城府深
萬丈雄心難爲尼
君臨天下威風凜凜
憔悴心事有誰知怜
問情何寄淚濕石榴裙
看朱成碧痴情無時盡
縱横天下二十年
深宮迷離任平添
兩面評價在人間
女中豪杰武則天

드라마 〈일대여황〉 주제곡의 가사

드라마 〈일대여황(1985)〉에서
측천무후 역할을 맡은 판잉쯔

너무 어린 시절이라 정확히 몇 살 때인지조차 기억나지 않지만, 아직도 오프닝의 이 주제곡을 들으면 몸이 먼저 반응하면서 가슴이 뛴다. 중국어를 몰랐지만 회차가 거듭될수록 '일어나시오(起来吧)!'라는 중국어를 중얼거리면서 어린 나이였지만 '꼭 무미랑(武媚娘: 측천무후의 兒名)이 하는 저 말을 배우고 싶다!'는 욕망이 불타올랐다.

그런데 판잉쯔(潘迎紫)의 측천무후가 미친 영향력은 한 두 사람에 그치지 않았나보다. '대륙의 여신' 판빙빙(范冰冰)도 드라마 〈영천하(赢天下, 2017)〉 제작발표회에서 판잉쯔를 만나 감격스러워하며 '나를 영화계로 이끈 이는 판선생님이셨다. 판선생님의 출연작 〈일대여황〉을 보고 배우가 되기로 결심했다'라고 고백했으니 말이다. 판빙빙이 주연 및 제작을 맡으며 〈무미랑전기(2014)〉 75부작을 완성시킨 것은 판잉쯔의 측천무후에 대한 오마쥬(hommage)였을 것이다.

〈일대여황〉이 강렬한 인상을 주는 것은 당시 40살의 나이에 14살부터 83살까지의 측천무후를 연기한 판잉쯔의 연기력이 큰 부분을 차지하겠지만, 사실 측천무후의 삶 자체가 충분히 매력적이다. 때문에 주제곡 가사에서도 '세상에는 두 가지 평가가 엇갈린다네'라고 언급하고 있다.

측천무후의 본명은 '무조(武照: 황제에 오른 후 武曌로 개명)'이다. 아버지 무사확(武士彠)은 태종을 도운 개국공신이었지만 신분이 미천한 까닭에 출세하지 못했다. 무사확이 일찍 세상을 떠나면서 가세마저 기울자 둘째딸이었던 무조는 태종의 재인(才人)으로 입궁을 했다. 태종으로부터 무미랑이라는 이름도 하사받기도 하지만 별다른 총애를 얻지는 못했으며

〈측천무후의 생애〉(624~705)
- 624년 사천성 광원(廣元) 출생
- 12살(636년) 태종의 후궁으로 입궁하여, 재인(才人)에 봉해짐
- 25살 태종이 붕어하자, 출가하여 비구니가 되었다가, 고종의 황후 왕씨의 부름으로 재입궁
- 31살 황후의 자리에 오름
- 66살(690년) 아들 중종과 예종을 차례로 폐위시키고 스스로 황제의 자리에 오름, 나라 이름을 주(周)로 바꿈
- 81살(705년) 세상을 떠남

태종이 붕어한 후 감업사(感業寺)로 출가하여 잠시 비구니 생활을 하기도 했다. 이후 황후 왕씨의 부름을 받고 다시 입궐하니 이때부터 그 유명한 피비린내 나는 궁궐의 암투가 펼쳐지게 된다.

그녀는 황후 왕씨 · 숙비 소씨 · 황태자 이충(李忠)을 차례로 제거하고, 자신이 낳은 세 아들마저 죽이거나 유배를 보내거나 폐위시켰으며, 결국 스스로 황제의 자리에 오르니 이로 인해 역사가들은 그녀를 여태후 · 서태후와 더불어 3대 악녀로 꼽는다. 유교사상에 젖어있던 역사가들은 그녀의 야망 · 욕심 · 잔혹함에 질타를 가했지만, 고종시기 섭정기 → 태후시기 집정기 → 황제시기 직접통치기까지 46년 동안 안정적인 정치를 펼쳤던 재능만큼은 인정하지 않을 수 없었다.

과거제도의 재정비와 출신을 가리지 않은 인재등용, 신진세력의 양성, 부패한 귀족과 관리에 대한 엄벌, 국력을 소진시키는 전쟁 불허 등 측천무후의 통치 시기는 '정관의 치세'와 '개원의 성세'를 이어주는 튼튼한 다리 역할을 하면서 '무주의 치세(武周之治)'로 불린다. 때문에 사마광(司馬光)조차 『자치통감(資治通鑑)』에서 '상벌을 병행하면서 천하를 다스렸고, 모든 정책이 그 스스로에게 나온 것이며, 명철하게 판단을 잘 내렸으니, 유능한 인재들이 앞 다투어 나와 쓰임을 받았다(加刑賞之柄以駕御天下, 政由己出, 明察善斷 , 故當時英賢亦競爲之用)'라고 기록하고 있다. 또한 여성을 존중했던 명나라 말기의 파격적인 사상가 이지는 『장서(藏書)』에서 아예 대놓고 '남편 고종보다 열 배나 낫고, 아들 중종과 예종보다는

백 배 낫다!(勝高宗十倍, 勝中宗睿宗百倍矣!)'라고 극찬했으니, 이는 오늘날과 비슷한 관점이다.

측천무후에 대한 상반된 평가는 오히려 그녀의 삶에 대한 풍부한 상상력을 가져오면서 한국의 장희빈만큼이나 자주 변주되었다. 먼저 판잉쯔 주연의 〈일대여황〉은 순진무구했던 한 소녀가 궁중암투에게 살아남기 위해 서서히 변하는 전 과정을 보여주고 있으며, 결국 범접하기 어려운 차가운 카리스마를 지닌 측천무후의 형상을 구축했다.

이에 반해 류샤오칭(劉曉慶) 주연의 드라마 〈무측천(武則天, 1994)〉은 백성을 품어주는 어버이같은 지도자의 모습을 부각시켰으며, 제작기간 내내 화제가 되었던 판빙빙의 〈무미랑전기〉는 오히려 사랑에 목숨을 거는 여인의 모습에만 집중하여 개인적으로 아쉬움이 컸다.

소설 역시 다양한 형태로 그녀의 삶을 해석하고 있는데, 린위탕(林語堂)은 『무측천정전(武則天正傳)』에서 '스탈린같은 폭군'이라고 평가했으며, 쑤퉁(蘇童)의 『측천무후』 역시 그녀의 잔인함과 권력욕에 초점을 맞췄으니 이는 봉건시대 역사가들과 크게 다르지 않은 관점이다. 샨사(山颯)의 『측천무후』는 중국인이 프랑스어로 소설을 썼다는 사실 만으로 일단 그 대단한 노력 앞에 경의를 표할 수밖에 없지만, 역사소설과는 다소 어울리지 않는 시적인 문체나 페미니즘에 기운 시각에 한계를 느꼈다.

개인적으로 측천무후라는 한 인간을 가장 잘 해석한 작품으로는 하라 모모요(原百代)의 소설 『측천무후』를 꼽고 싶다. 하라 모모요는 남존여비의 유교적 가치관에 통렬한 도전장을 던진 한 인간으로서의 '무조'를 조명했으며, 역사가들이 질타를 가했던 목표를 향해 흔들림 없이 전진하는 모습에 대해, 천명을 받아들인 후 스스로를 채찍질하고 단련시켜나가는 과정이라고 풀이했다. 특히 수수께끼로 남았던 몇 가지 사건들(ex. 안정공주 살해사건)에 대해서도 대체적으로 수긍이 가도록 설명한 점이 돋보인다.

측천무후는 현재 시안 외곽에 위치한 건릉(乾陵)에 고종과 함께 잠들어 있다. 특이한 점은 세상을 떠나기 전 자신의 업적이 너무 많아서 비석에 다 기록할 수 없으니 아무것도 새기지 말라는 유언을 남겼고, 이로 인해 그녀의 무덤 앞에는 정말로 아무것도 적혀 있지 않은 '무자비(無字碑)'가 세워졌다는 것이다. 소설가 샤사는 이 무자비 앞에서 소설 『측천무후』의 구상을 시작했다고 고백한 바 있다.

당신이 드라마 · 영화 제작자라면, 또는 작가라면 어떻게 이 매력적인 삶을 재현하고 싶은가. 아무 말도 남아있지 않기에 오히려 많은 말을 할 수 있는 법이다.

## 그 시절 우리가 좋아했던 따거, 성룡

성룡의 본명은 방사룡(房仕龍, 또는 陳港生)이다. 성룡이라는 이름은 뤄웨이(羅維) 감독이 이소룡을 뛰어넘는 큰 용이 되라고 지어준 예명이다. '청룽(成龍)'이라고 표기하는 것이 맞겠지만, 성룡은 무조건 '성룡'이다. 그래야만 어린 시절 처음 비디오를 통해 만났던 그 시절 성룡의 느낌이 살아나기 때문이다.

1980년대에서 1990년대로 넘어가던 시기는 비디오 보급과 더불어 그야말로 홍콩영화의 전성기였다. 오늘날 한류(韓流)에 세계인들이 열광하듯이 당시 어린이들과 청소년들은 홍콩영화의 영향을 크게 받았으며 내 또래 중어중문학과에 입학한 학생들 중 열에 아홉은 이에 대한 추억으로 가득할 것이다. 약간 다른 점이라면 대부분의 친구들은 멋있는 4대천황(유덕화 · 곽부성 · 여명 · 장학우)을 좋아했지만, 나는 키도 크지 않고 웃기게 생긴 성룡에게 매료되었다. 앞에서 설명한 바 있는 초등학생 때 봤던 비디오의 영향이다. 얼마나 많이 봤는지 지금도 전성기 시절 영화의 전 장면을 다 외우고 있을 정도이다.

영화 〈프로젝트A〉의 시계탑 장면

성룡 영화의 백미는 특히 마지막 엔딩크래딧의 NG 모음이다. 때로는 대역을 쓰기도 했다지만 그의 원칙은 모든 액션을 직접 소화해 내는 것이다. 몇 번이고 높은 시계탑 위에서 떨어지고(〈프로젝트A1〉), 유리 파편에 찔려가면서 백화점 샹들리에를 타고 내려오며(〈폴리스스토리1〉), 달리는 기차 위에서 혈투를 벌이는 등(〈폴리스스토리4〉) 위험천만한 장면이 그의 트레이드 마크이다. 당시 어린 초등학생이었지만 그 열정과 진심만큼은 고스란히 느낄 수 있었으며 이는 자연스럽게 중국 관련 전공을 선택하게 만들었다.

성룡은 1954년 홍콩의 프랑스 영사관에서 요리사로 일하던 아버지와 가정부로 일하던 어머니 사이에서 태어났다. 부모님이 돈을 벌기 위해 호주로 이민을 떠난 상황에서 7살에 홀로 경극학교(于占元戲劇學校: 지금의 中國戲劇研究學院)에 남겨졌으며, 이곳에서 10년 동안 연기와 무술의 기본기를 다지게 된다. 졸업 후에는 이소룡 영화(〈정무문(1972)〉 · 〈용쟁호투(1973)〉)의 단역(스턴트맨)으로 출연하면서 본격적으로 영화계에 입문한다.

1973년 이소룡이 갑자기 세상을 떠났을 때 많은 사람들이 이제 홍콩의

〈성룡의 생애〉(1954~)
- 1954년 영국령 홍콩 출생
- 7살 우점원경극학교 입학, 10년 동안 무술과 연기를 익히고, 졸업 후 스턴트맨으로 영화계 입문
- 24살(1978년) 〈사형도수〉 〈취권〉으로 스타덤에 오름
- 26살 첫 번째 헐리우드 진출 실패
- 30살 처음으로 감독과 주연을 동시에 맡은 〈프로젝트A〉 성공, 홍콩영화의 전성기를 이끔
- 35살 대영제국 훈장(MBE) 수상
- 42살 두 번째 헐리우드 진출
- 62살(2016년) 아카데미공로상 수상

무술영화는 끝났다고 말했다. 그러나 성룡은 이를 무시한 채 꿋꿋하게 무술영화를 고집하지만 결과는 8편 연속 흥행 실패. 결국 이소룡의 진중한 액션과는 다른 자신만의 친근한 액션으로 방향을 바꾸면서 〈사형도수(1978)〉·〈취권(1978)〉의 성공으로 일약 스타덤에 오른다.

또한 당시 급하게 찍어내던 영화제작시스템에 문제를 느껴왔던 성룡은 장면 하나하나에 공을 들이면서 직접 영화를 만들기로 결심했는데, 감독과 주연을 동시에 맡아 자기만의 스타일로 완성한 최초의 영화가 바로 〈프로젝트A(1984)〉이다.

이후 골든트리오(嘉禾三寶: 골든 하베스트 사의 세 보물 - 성룡·홍금보·원표 - 을 일컬음)와 함께 〈쾌찬차(1894)〉·〈칠복성(1985)〉·〈복성고조(1985)〉·〈비룡맹장(1988)〉 등을 찍으며 홍콩영화의 황금기를 이끈다.

그는 여기에 만족하지 않고 1996년부터는 할리우드로 진출하여 홍콩영화의 저력을 보여줬으며 〈러시아워(1998)〉·〈턱시도(2002)〉·〈차이니즈 조디악(2012)〉 및 최근의 〈더 포리너(2017)〉에 이르기까지 지금까지도 왕성한 활동을 펼치고 있는 중이다.

그렇다면 성룡의 영화와 삶은 나에게 어떤 영향을 미쳤을까.

다시금 그의 생애를 정리해보니 그는 1962년 아역으로 영화계에 발을 디디던 그 해부터 2018년 지금까지 한 해도 거르지 않고 매년 작품을 찍으며 온 힘을 쏟았다. 50여 년 동안 무려 120편이 넘는 영화에 출연했으니 일단 양적으로 압도적이다. 또한 마음에 드는 한 장면을 얻기 위해

무한반복 촬영을 고집했는데, 예를 들어 〈용소야(1982)〉의 배드민턴 게임씬의 경우 2,900번 재촬영을 한 것으로 기네스북(최다 반복촬영 부문)에 오르기도 했다. 이제는 예순을 훌쩍 넘겨 몸을 사릴 법도 하고, 나이 든 모습을 대중들에게 보이기 싫을 때도 있을 텐데, 그는 아랑곳하지 않고 자신이 좋아하는 일에 몰두한다.

무엇보다 그의 영화에는 눈속임이 없다. 그는 영화를 찍으면서 206번 골절상을 입었으며 '온 몸에 있는 뼈 중에서 한 번도 부러지지 않은 뼈가 없을 것이다'라고 말하기도 했다. 척추 골절에서부터 두개골 함몰, 뇌출혈로 인한 의식불명, 오른쪽 귀 청력상실 등 그의 부상 이력을 일일이 열거하자면 끝이 없다.

> 무섭지 않을 리가 있을까.
> 하지만 액션씬을 직접 연기하는 것은 내게 이미 몸에 밴 습관과도 같다. 겁은 났지만 "Rolling! Action!"이라는 외침이 들리자마자 반사적으로 차 밑으로 기어들어갔다. 촬영을 마친 뒤에야 오싹한 한기를 느끼며 속으로 중얼거렸다.
> '하마터면 손발이 잘릴 뻔했어.'
> 하지만 영화는 나의 꿈이자 약속이다.
> 나는 관객들에게 그 약속을 책임져야 할 의무가 있다.
>
> 성룡 · 주묵, 허유영 옮김, 『철들기도 전에 늙었노라』 中

물론 그의 개인사에 대해서는 비판의 목소리도 있다. 친중(親中) 성향의 발언부터 다채로운 여성편력, 아들의 마약 복용, 딸의 동성애 커밍아웃에 이르기까지 특히 가정사에 있어서 바람 잘 날이 없다. 신은 인간을 겸손하게 만들기 위해 주로 재정문제와 자식문제로 연단을 시킨다던데, 천하의 성룡도 예외는 아니었나보다. 그러나 수많은 잘잘못에도 불구하고 그는 여전히 내 마음 속의 '따거(大哥)'이다. 그가 영화를 통해 보여준 수많은 피와 땀이 이 모든 것을 덮어버릴 수 있기 때문이다.

2015년 성룡의 〈프로젝트A〉가 30년 만에 재개봉했다.

영화 시작 전에 묵직하게 둥둥 울리는 골든하베스트 영화사의 로고 음악에서부터 벌써 가슴이 뛴다. 100번도 넘게 본 영화라서 줄줄 외울 수 있는데도, 마치 처음 보는 듯 여전히 웃겼고 여전히 감동적이었다. 아무리 서른 살의 젊은 나이였다지만 20m 높이에서 몇 번이고 뛰어내리는 것이 말처럼 쉬웠을까. 배우 이병헌의 헌사처럼, 그와 동시대를 살고 있다는 것이 내게는 더 없이 큰 행운이다.

> 거의 모든 장면들이 디지털로 완성되는 이 시대에 아날로그 미학의 쾌감을 보여주는 그 무수한 명장면들은, 세계 영화의 역사에 있어 그에게 단순한 액션스타 그 이상의 숭고한 의미와 가치를 부여한다. 특히 〈프로젝트A〉 즈음부터 관례처럼 자리 잡기 시작한 그의 전매특허와도 같은, 마지막 엔딩 크레딧과 함께 올라가는 NG 장면 모음은 재미와 함께 묘한 감동을 자아냈다. 그가 갖은 위험과 부상을 무릅쓰는 가운데 얻어진 이 장면들은, 이제는 사라져버린 영화적 순수 그 자체였다.
>
> 주성철(〈씨네21〉 편집장),
> 「영화를 향한 한 인간의 숭고한 의지」 中 (위의 책 재인용)

## [개인과제] 나를 중국의 세계로 이끈 인물

### 〈조조〉

가천대학교 동양어문학과 임성환

**1. 영향을 받은 계기**

8살 때 아버지가 만화책을 사오셨습니다. 바로 5권짜리 만화 삼국지였습니다. 지금 생각해보면 내용 구성이 정말 엉망이었는데 어렸던 저에게는 참 재밌었습니다. 그러던 어느 날 동네 친구의 집에 요코야마 미츠테루의 60권이나 되는 전략 삼국지가 있는 걸 보고 저는 매일 그 집에 가서 책을 빌려 집에서 읽었습니다. 어린 나이에 만화책은 뭐든 재미있었습니다. 중학교에 진학했을 무렵 당시 소설가 황석영씨가 번역한 삼국지연의가 서점에 나왔습니다. 그 전에 요코야마 미츠테루의 60권짜리 전략 삼국지를 읽었던 저에게 이 소식은 새로운 자극으로 다가왔고 저는 당장 책을 샀습니다. 망해가는 한 황실에 충성을 다하고 백성을 구하기 위해 고군분투하는 유비 삼형제와 조조의 대군을 지략으로 상대하는 제갈량 등의 이야기들은 사춘기 소년의 마음을 휘어잡았습니다. 중간 중간 삼국지를 몇 번 더 읽었던 것 같습니다. 두세 번 삼국지를 반복해 읽으면서 처음에는 유비와 촉나라에만 몰입을 했었는데 어느 순간부터 조조에 몰입해있는 저를 발견했습니다. 그렇습니다. 저를 중국의 세계에 끌어들인 인물은 바로 조조입니다.

**2. 좋았던 이유**

저는 왜 조조가 좋았을까요? 소설을 읽으면서 조조의 자유분방함에 끌렸던 것 같습니다. 읽는 내내 조조는 본인이 하고 싶은 바를 모두 이뤘던 사람입니다. 당대의 모든 군웅들이 하고 싶은 대로 하며 살았던 것은 같지만 그 중에도 조조는 특별했습니다. 문인의 감수성을 가지고 있던 조조는 삼국지의 그 누구보다도 감정을 다양하게 드러냈습니다. 아버지가 살해당한 원수를 갚는 과정에서 자신의 분노를 학살이라는 지금 봐도 잘못된 방식으로 표현하거나 자신을 대신해 죽은 조앙과 전위를 생각하면서 우는 장면, 자신에게 대항했던 장료나 방덕 등을 맞아들이면서 드러내는 환한 미소와 적벽대전에서 화공에 당하고 패주하는 장면에서 유비를 비웃다가도 허겁지겁 도망치는 장면 등은 조조란 사람을 굉장히 매력적으로 받아들이게 해줬습니다.

저는 얽매이는 것을 참 싫어합니다. 세상의 많은 법도는 제 행동을 억압하고 발상을 제한시킵니다. 늘 체제에서 벗어나고 싶고 아무 것에도 구애받지 않는 나로서 살고 싶습니다. 그런 제게 조조는 참 닮고 싶은 존재였습니다. 유비와 함께 영웅에 대해 논하고 배 위에서 본인이 지은 시를 읊고 동작대에서 이교를 노래하는 장면들은 예술가를 자처하는 제가 좋아하는 장면들입니다.

**3. 조조의 영향으로 만난 세계**

제게 있어 유비로 시작해서 조조로 끝난 삼국지는 또 다른 소설들을 읽을 수 있는 길잡이가 돼 주었습니다. 병원에서 물리치료를 받다 우연히 열국지를 읽었고 삼국지만을 반복해서 읽다가 어느 정도 질려 있던 저는 독서의 범위를 열국지로 넓혀갔습니다. 열국지를 다 읽을 무렵 저는 고등학교에 진학했습니다. 고등학교에 진학하면서 학교 도서관 사용법을 배웠고 저는 책을 읽는 재미에 푸욱 빠졌습니다. 김용 작가의 무협소설들, 시내암이 쓴 수호지, 이월하 작가의 강희황제와 옹정황제 등을 읽으면서 동양 고전들과 장길산, 임꺽정, 상도 등 국내 작가들의 소설들도 읽었습니다. 대신 그 부작용으로 제 말투가 약간 옛날 사람 말투가 되었고 그 덕분에 고등학교 시절 제 별명은 아저씨였습니다.

**4. 아직도 조조는 내게 영향을 주는가?**

요즘도 조조는 제게 큰 영향을 미치고 있습니다. 선과 악의 구별은 도대체 무얼 기준으로 삼는 것이며 자신의 뜻과 시대의 부름 중 어떤 것을 지키면서 살아가야하는가 많이 고민이 되는 나날들을 보내고 있습니다. 집안의 여력이 좋았던 탓도 있지만 조조는 그 자신의 능력이 매우 출중한 사람이었습니다. 황제가 아니면서도 그보다 높은 권력을 누렸고, 그러면서도 황제의 자리를 자신이 굳이 필요로 하지 않았기 때문에(이 부분은 제 의견입니다.) 당장의 위치에서도 만족할 수 있었던 사람입니다. 그런 조조였기에 무언가 행할 때 그가 보여주는 과감함은 오늘날을 살아가는 저에게 많은 바를 가르쳐줍니다. 내가 무언가를 하고 싶을 때 틀에서 벗어난 생각을 하고 주위의 편견 따위 두려워하지 않는 모습이야말로 제가 지금도 배우고 닮고 싶은 조조의 모습입니다.

# 제5부

# 상인의 후예들

오늘날 상인은 장사하는 사람들을 일컫는 일반명사이지만, 그 옛날 상나라 말기~주나라 초기에는 말 그대로 '상나라 사람들'을 지칭하는 고유명사였다. 이들은 주나라의 건국으로 인해 망국의 유민이 되자, 수도를 여러 차례 옮겨 다녔던 경험을 살려 각 지역의 물자를 팔면서 생계를 위한 호구지책으로 삼았으니, 이때부터 상나라 사람들이 하는 일을 '상업(商業)', 장사하는 사람들을 '상인(商人)'이라고 일컫게 되었다.

그래서일까. 이들의 후예인 오늘날의 중국인들은 세계 최초로 화폐경제를 발전시켰으며, 끊임없이 이어진 억상정책의 역사 속에서도 수없이 많은 거상들이 출현했다. 오늘날 세계경제를 좌우하는 차이나 머니의 위력에 대해서는 바로 옆에 있는 우리가 가장 가깝게 느끼고 있는 중이니 더 길게 언급할 필요가 없을 것이다. 재물신(財神)을 섬기는 것이 전혀 흠이 되지 않는 나라, 창업으로 돈을 많이 버는 것이 꿈인 중국인들 곁에서 우리는 긴장하지 않을 수 없다.

중국을 대표하는 상인들을 열거하자면 끝도 없겠지만, 이번 장에서는 그 중에서도 '장사의 신(商聖)'으로 칭송되는 청나라 말기의 호설암(胡雪巖), '호설암의 부활'로 일컬어지는 마윈(馬雲)을, 그리고 '여자 호설암 및 여자 마윈'으로 불리는 청나라 말기의 주영(周瑩)을 선택했다.

## 선을 쌓은 집안에는 넉넉한 남음이 있으리라, 호설암
積善之家, 必有餘慶

> 선을 쌓은 집안에는 반드시 넉넉한 남음이 있고
> 선을 쌓지 않는 집안에는 반드시 커다란 재앙이 있으리라
> 積善之家, 必有餘慶
> 積不善之家, 必有餘殃
>
> 『주역(周易) - 곤괘(坤卦) - 문언전(文言傳)』 中

5,000년 역사 속 중국의 수많은 거상들 중에서도 으뜸으로 평가되는 호설암은 생전에는 '살아있는 재물신(活財神)'으로, 죽어서는 '장사의 신(商神)'으로 일컬어졌다. 그는 어떤 점으로 인해 중국 역사상 가장 위대한 상인으로 평가되는 것일까. 이는 51살(1874년)에 세운 약국 '호경여당(胡慶餘堂)'으로 인한 것이다. 호경여당의 상호는 『주역 - 곤괘 - 문언전』의 '선을 쌓은 집안에는 넉넉한 남음이 있으리라'라는 구절에서 따왔다. 그는 '뜻을 세웠으면 칼날에 묻은 피도 기꺼이 핥을 줄 알아야한다'라고 말했던 전형적인 정경유착형 상인이었지만, 벌어들인 재물을 기꺼이 나누며 정승같이 쓸 줄도 알았다.

당시 청나라는 아편전쟁(1차 1839~1842, 2차 1856~1960), 태평천국의 난(1850~1864) 등으로 내우외환에 시달리면서 급격한 쇠락의 길을 걷고 있던 중이었다. 이러한 시대적 혼란 속에서 약국을 여는 것은 백성의 고통을 이용하여 높은 이윤을 갈취하거나 백성들의 아픔을 외면하지 않고 돕는 두 가지 극단적인 상황으로 나뉠 수 있는데, 호설암은 후자를 선택했다. 때문에 약국 운영은 거의 자선사업이나 다름없었지만, 결국 사람들이 호설암을 최고의 상인으로 기억하는 것은 바로 호경여당의 정신 때문이니, 상호가 제대로 빛을 발한 셈이다.

〈호설암의 생애〉(1823~1885)
- 1823년 안휘성 휘주 적계현 출생
- 12살 항주 신화전장 입사
- 26살 왕유령에게 전장의 어음 500냥을 투자한 사건으로 신화전장에서 쫓겨남
- 30살 왕유령의 도움으로 '부강전장' 개업
- 31살 좌종당에게 군량미를 공급
- 51살(1874년) 호경여당 개업
- 55살 청나라 정부로부터 정1품 홍정상인 칭호를 하사받음
- 59~60살 생사사업에 뛰어들었다가 파산
- 62살(1885년) 세상을 떠남

봉건시대 전체에 대해 깐깐하게 평가했던 루쉰마저 '중국 봉건시대의 마지막 위대한 상인이다(中國封建社會的最後一位商人)'라고 극찬했던 호설암은 안휘성(黃山市 積溪縣) 출신으로, 본명은 호광용(胡光墉: 雪岩은 字)이다. 안휘성은 지형상 산악지대가 대부분이기에 예로부터 '농부가 셋이면, 장사하는 사람은 일곱이다'라는 말이 있었다. 때문의 안휘성의 남자들은 공부의 길이 아닌 이상 일찍부터 장사에 뜻을 두면서도, 남송시대 성리학의 발원지인 만큼 보통 상인이 아닌 '유학의 정신으로 무장한 상인(儒商)'의 무리를 형성했으니, 휘상은 명청시대 10대 상방(商幇) 중에서도 으뜸으로 여겨졌다. '의가 먼저이고 이익은 나중이다(先義後利)'라는 호설암의 경영철학은 바로 이러한 배경에서 기인한 것이다. 안 그래도 가난했던 가정형편으로 인해 겨우 글만 익혔던 호설암은 아버지마저 세상을 떠나자 생계를 위해 12살의 어린 나이에 항주에 위치한 신화전장(信和錢莊)의 견습사원이 되었다. '전장(錢莊)'이란 남송시기부터 중국 남부지방에 출현하기 시작한 개인이 운영하던 민간금융기관으로, 요즘으로 치면 은행과 비슷한 곳이다. 호설암은 청소와 손님맞이로 일을 시작했지만, 실수와 속임수가 없었기에 3년 만에 정직원이 될 수 있었다. 그는 신화전장에서 돈의 가치와 흐름, 투자의 기본 개념 등을 익히면서 전장의 일개 직원이 아닌 운영에 관심을 갖게 된다.

> 나는 원래 가난하고 비천한 집안 출신으로 선친께서 타개하신 후부터 호구지책으로 신화전장에서 도제로 일하고 있었다. 청소와 주인어른의 차를 준비하는 일부터 시작하여 수금을 담당하는 포가의 자리까지 올랐지만 평생 이렇게 머물러 있고 싶지는 않았다.
> 난 항상 마음속으로 언젠가는 독립해 따로 전장을 열어 사업가의 대열에 뛰어들 거라고 다짐했다. 이런 다짐이 있었기 때문에 내 마음대로 5백 냥의 은자를 왕유령 공에게 주어 경사에 가서 투공(投供: 결원이 생긴 관직을 돈으로 사는 것)을 할 수 있게 했던 것이다.
> 돈의 쓰임보다 중요한 것은 기회와 인물을 잘 선택해야 한다는 점이다.
>
> 스유엔, 김태성 · 정윤철 옮김, 『상경』 中

큰 뜻을 품었던 호설암은 여불위가 자초에게 재산의 절반을 투자했듯이 '사람'에게 투자하는 방법을 선택했는데, 그가 선택한 사람은 바로 '왕유령(王有齡)'과 '좌종당(左宗棠)'이었다. 과거시험을 보러 올라갈 여비조차 없었던 가난한 선비였던 왕유령에게 호설암은 전장의 어음 500냥을 선뜻 빌려준다. 게다가 무슨 배짱에서였는지는 모르겠지만, 이는 호설암 개인의 돈이 아닌 전장에서 발행한 어음이었다. 결국 이 횡령 사건으로 인해 호설암은 신화전장에서 쫓겨나 막노동판을 전전하며 근근이 살아가게 되는데, 그 사이 왕유령은 중앙정계의 실력자 호부시랑 하계청(何桂淸)과 친분을 맺게 되고 결국 절강성 전체의 재정을 관리하는 절강염대사(浙江鹽大使)가 되어 금의환향하게 된다.

이때부터 호설암의 앞길에는 꽃길이 펼쳐지니, 왕유령은 지난날의 은혜를 잊지 않고 호설암에게 군량미 납품 및 운반 독점권, 병기 관리 독점권 등 굵직한 일들을 맡겼다. 호설암은 여기서 생긴 이윤을 다시 비단무역 · 찻집 · 음식점 등에 투자하는 동시에, 오랫동안 염원하던 자신의 전장을 세우게 되니, 이것이 바로 호설암을 10년 만에 중국 최고의 거상으로 만든 '부강전장(阜康錢莊)'이다. 1860년에 개업한 부강전장은 6년 만

홍정을 쓰고 황마궤를 입은 전성기의 호설암

에 전국에 20개의 지점을 내면서 빠른 속도로 성장했으며, 그 사이 호설암은 이전에 일했던 신화전장마저 인수 · 합병하기에 이른다.

그러나 호설암의 든든한 후원자였던 왕유령은 1861년 태평천국군이 항주를 함락했을 때 자살을 하면서 생을 마친다. 당연히 청나라 조정에서는 태평천국군을 진압하기 위한 특사(浙江巡撫)를 파견했고, 이때 파견되어 중앙정부의 명을 받아 상첩군(常捷軍)을 조직한 이가 바로 호설암이 두 번째로 선택한 인물, 좌종당이다. 당시 좌종당에게는 호설암이 지원하는 군량미와 무기가 필요했고, 호설암에게는 좌종당의 든든한 정치적 후원이 절실했으니, 이 또한 물과 물고기의 관계가 아닐 수 없다.

좌종당은 중 · 고등학교 시절 세계사 시간에 배웠던 이홍장(李鴻章) · 증국번(曾國藩)과 함께 청나라 말기 중국의 운명을 좌우했던 바로 그 정치가이다. 당연히 좌종당의 정치적 힘에 비례하여 호설암의 사업규모도 커졌으며, 이제는 서양 상인들과 교류하는 국제무역으로까지 확대되었다. 호설암이 자신의 부를 사회에 환원하기 위해 호경여당 약국을 세운지 1년 후, 좌종당은 태평천국의 난을 진압한 최고 공로자로 호설암을 추천하니, 이로 인해 호설암은 중국 역사상 최초로 상인으로서 정1품 관직에 올라 홍정상인(紅頂商人)의 칭호를 얻게 된다. 이때가 호설암 인생에 있어서 최고의 순간, 화양연화였을 것이다.

무엇보다 호설암의 경영철학이 빛을 발했던 분야는 사업의 기반이었던 전장이 아닌 약국이었다. 호설암은 호경여당을 통해 유학의 인 · 의 · 예 · 지 정신으로 무장한 휘상의 진면목을 총체적으로 보여주었는데, 인술을 베풀 것(是乃仁術『맹자 - 양혜왕』), 가격보다 품질에 집중할 것(眞不二價), 속이지 말 것(戒欺) 등을 직접 편액에 써서 약국 곳곳에 걸어둠으로써 직원들이 늘 이를 상기하도록 만들었다.

> 상인은 결코 간사해서는 안 된다.
> 큰 장사를 하려면 천하를 걱정하는 마음이 있어야 한다.
> 상인의 운명은 국운에 달려있다.
> 작은 장사는 상황에 순응하면 되지만
> 큰 장사를 하려면 먼저 나라를 도와 국면을 전환해야 한다.
>
> 스유엔, 김태성 · 정윤철 옮김, 『상경』 中

가난으로 인해 배움이 깊지는 못했지만, 호설암은 세상과 인간의 본질을 꿰뚫어 볼 줄 알았다. 그의 상도(商道)는 인재를 중시한 점, 시대의 흐름을 살피며 준비한 점, 관계를 중시한 점, 고객들이 즐겁게 소비하도록 만족시킨 점, 정도 경영을 추구한 점 등을 꼽을 수 있으며, 사람들은 특히 나라와 백성을 위해 재물을 제대로 쓸 줄 알았던 점을 칭송했다.

그러나 호설암의 마지막은 어이없게도 파산으로 끝난다.

좌종당과 이홍장의 정치적 대립이 있던 상황에서 그는 서양과의 무역에서 주요거래품이었던 생사(生絲)를 무리하게 사들였다. 마침 베트남에 대한 종주권을 놓고 청나라와 프랑스 사이에 벌어진 전쟁을 지휘하느라 좌종당이 잠시 자리를 비운 사이에, 이홍장은 먼저 좌종당의 자금줄이었던 호설암을 쳤다. 결국 부강전장은 뱅크런(Bank Run) 사태를 맞이하면서, 호설암은 손 쓸 틈도 없이 한순간에 파산하게 되었다. 호설암은 최선을 다해 뒷수습을 했지만, 이미 관직을 박탈당하고 재산을 몰수당했으며 좌종당마저 정치싸움에서 패배한 상태였다. 그리고 좌종당이 세상을 떠난 지 두 달 후, 그 또한 파란만장했던 삶을 마친다.

그러나 '북쪽에는 동인당, 남쪽에는 호경여당'이라는 말이 지금까지 내려오듯, 그 많던 재산도, 화려했던 항주의 대저택도, 전국 곳곳에 있던 전장들도 다 사라지고, 그 자신은 무덤조차 제대로 남기지 못했지만, 호경여당을 통해 실천했던 선행만큼은 지금까지도 넉넉하게 남아있다. 그리고 2006년 '호경여당중약문화(胡慶餘堂中藥文化, Ⅸ - 8)'가 국가급무형문화유산으로 선정되면서 호경여당은 '호경여당중약박물관(胡慶餘堂中葯博物館)'으로 한층 더 새롭게 단장되어, 중국의 전통문화를 대표하는 아이콘으로 우뚝 서게 되었다.

어차피 인생은 빈손으로 왔다가 빈손으로 돌아가는 것 일진데, 나는 과연 무엇을 남길 것인가. 호설암의 일생은 우리의 삶에 진지한 질문을 던지고 있다.

## 꽃 피던 그 해 달빛, 주영那年花開月正圓

서태후: 새롭게 변화하는 것 이외에, 사업을 할 때 또 다른 비결이 있느냐?

주영: 권력을 내려놓는 것입니다.

서태후: 권력을 내려놓다니? 그래서 집안꼴이 제대로 되겠느냐?

주영: 집은 한 사람의 것이 아니라 모두를 위한 것입니다.
저희 오가에서는 시녀도 사환도 점주도 다 주식을 가지고 있습니다.
(중략) 모두가 주인의식으로 한 마음이 되니 성과도 훨씬 좋습니다.
은자 천 냥이 있지만 제가 전부를 갖는다 해도 결국은 은자 천 냥입니다. 그런데 각자가 주식을 소유한 지금 오히려 재산이 배로 늘었습니다. 제 주식은 3할 밖에 안 되도 벌써 만 냥이 넘었으니 걱정하신 것처럼 집안을 말아먹지는 않았습니다.

> 이른바 '민생이 안정되어야 나라가 평안하다'는 말과 일맥상통하는 것 입니다.
>
> 드라마 〈꽃 피던 그해 달빛(那年花開月正圓)〉 73회 주영의 대사 中

한국의 드라마 〈대장금〉과 〈거상 김만덕〉을 합쳐놓은 듯한 주영의 일대기는 2017년 쑨리(孫儷) 주연의 드라마 〈꽃 피던 그 해 달빛〉을 통해 다시 조명되었는데, 최고 시청률이 5.5%에 이를 정도로 중국에서 '주영 신드롬'을 일으켰다. 물론 드라마와 실제 주영의 삶은 다소 차이가 있다. 드라마에서 주영은 어린 시절 양아버지를 따라 기예를 팔며 떠돌다가 노름빚에 팔려간 것으로 묘사되어 있지만, 이는 극적인 효과를 더하기 위한 것이지 사실이 아니다.

실제 주영은 섬서성(陝西省) 함양시(咸陽市) 삼원현(三原縣) 일대의 소금사업 및 도자기사업을 하던 거상 주해조(周海潮)의 딸로 부잣집 규수였다. 주영은 17살이 되던 해 이웃마을 경양현(涇陽縣)의 소금 거상 오울문(吳蔚文)의 아들 오빙(吳聘)과 결혼했는데, 이는 당시 흔히 있었던 정략결혼이었다. 그러나 2년 만에 시아버지와 남편이 잇달아 세상을 떠나면서, 주영은 19살의 나이에 오씨 집안(吳家東院)의 유일한 계승자가 되었다.

집안의 위기와 더불어 시기적으로는 태평천국의 난, 영국 · 프랑스 연합군의 공격 등 내우외환이 끊이질 않았으니, 이러한 상황 가운데 남성들이 주도하던 상단에서 여성의 몸으로 가업을 잇기란 쉽지 않았을 것이다. 그러나 주영은 어려서부

〈주영의 생애〉(1869~1911)
- 1869년 섬서성 삼원 출생
- 17살 소금사업을 하던 섬서성 상인 오빙과 결혼
- 19살 남편과 시아버지가 연이어 세상을 떠나면서, 오씨집안의 유일한 계승자가 됨
- 소금 · 면포 · 약재 · 차로 사업의 규모를 확장시킴
- 31살(1900년) 청나라 정부로부터 '일품고명부인' 지위를 하사받음
- 42살(1911년) 병으로 세상을 떠남

터 익힌 장사에 대한 감각(냉철한 분석과 정확한 판단)을 기반으로 오씨 집안의 소금 사업을 다시 일으킨 뒤, 비단 · 솜 · 면직물 · 약재 · 찻잎 등으로 점차 사업의 규모를 확장시켜 나갔다. 그리고 티베트와 몽골에 이르기까지 전국 각지에 108개의 분점을 낼 정도로 사업이 번창하면서 '섬서 제일의 부자'로 꼽히기에 이른다.

주영의 성공 비결은 첫째, 직원들을 가족처럼 생각하며 아낌없이 그 이익을 나눈 것이다. 그녀는 직원들에게 '여러분은 각 상호를 대표하는 점주이자, 오가의 주주이자, 내 형제입니다(55회)'라고 말하면서 주인이라는 명목으로 직원들의 노동력을 착취하지 않았고, 월급의 일부분을 주식으로 적립하여 병에 걸려도 생계를 유지할 수 있게 돕는 등의 제도적 장치를 마련했으니, 오늘날의 주식배당제 · 인센티브제 · 산재급여 · 유족연금 등이 모두 오가동원에서 이미 시행된 것들이다. 다양한 방식으로 직원들의 사기를 독려하며 수익을 나눈 것은 당연히 성공의 기초적인 발판이 되었다.

둘째, 주영은 벌어들인 재산을 사회와 국가에 환원할 줄 알았다. 마을의 가난한 소작농들에게는 땅을 무상으로 빌려주었고, 재난이 닥쳤을 때에는 곳간을 열어 이재민들을 도왔으며, '남자든 여자든 국가든 지식을 익혀 머리가 깨어야 원하는 삶을 스스로 선택해서 살 수 있습니다(73회)'라고 말하며 여성들을 위한 학당을 세우기도 했다. 그리고 이러한 나눔은 1900년 의화단사건(義和團事件) 때 절정에 이른다. 8개 나라 연합군에게 쫓겨 서태후가 섬서성 서안으로 피난을 오자, 주영은 어려운 나라에 보탬이 되고자 은40만 량을 바쳤는데, 이는 당시 북경시 서성구(西城區)와 동성구(東城區)의 땅을 전부 살 수 있는 액수였다.

주영은 이때의 공로로 서태후의 양녀가 되는 동시에, 호설암의 홍정상인에 버금가는 '호국부인(護國夫人)' 및 '일품고명부인(一品誥命夫人)'의 칭호를 하사받으니, 이른바 '명예만큼 의무를 다한(Noblesse Oblige)' 결과라 할 수 있을 것이다.

그러나 1911년, 주영은 42살의 젊은 나이에 병으로 세상을 떠난다. 이때 자발적으로 그녀의 장례식 행렬을 따르는 사람들의 숫자가 8만 명에 이르렀다고 하니, 그 사람이 어떤 삶을 살았는지는 마지막 가는 길의 모습을 통해 짐작할 수 있을 것이다.

주영은 '여자가 얼굴을 내미는 것은 극악무도한 일이다', '여성은 견식이 짧다'는 여성에 대한 편견과 '상인은 매정하고 이익만 밝힌다'는 상인에 대한 편견을 보란 듯이 깨뜨렸다.

드라마 〈꽃 피던 그 해 달빛〉의 주영과 오가동원의 직원들

무엇보다 벌어들인 재산을 자신과 자기 가족들의 안위를 위해서만 쓰지 않고, 함께 일한 직원 → 사회 → 국가에 나누는 모습이 인상적이었다. 직원의 날 행사에 '어려움은 함께 감당하고 복은 함께 누립시다!(有難同當, 有福同享)'라고 외치며 통 크게 전 직원에게 황금덩어리를 선물하는 주영의 격려는 회사를 위해 열심히 일하고 싶은 의지를 불태우기에 충분하다. 고객과 직원과 국민들에게 존경받는 거상의 비결은 중국이든 한국이든, 예나 지금이나 크게 다르지 않다.

## 전 세계를 향해 '열려라 참깨!', 마윈芝麻開門, 阿里巴巴

맹추위가 이어지던 2018년 1월 중순, 영하 9도의 날씨 속에서 5km의 시골길을 걸어서 등교하다가 머리카락이 하얗게 얼어버린 8살 눈꽃송이 소년의 사연이 대륙의 울렸다. 마침 올해 초등학교에 입학한, 또래 친구들과 함께 아이콘의 '사랑을 했다'를 목청껏 부르는 같은 나이의 남자아이 조카가 있어서 더욱 왕푸만(王福满) 군의 이야기가 안타깝게 느껴졌다. 그래서 왕푸만 군은 어떻게 됐을까. 많은 사람들이 그냥 흘려버리거나 지켜보고만 있을 때, 이러한 고향에 '남겨진 아이들(留守兒童)'의 사연에 즉각적으로 반응하면서 '농촌지역 아이들을 위해 기숙학교를 세워주자'며 기업인들의 참여를 독려한 이가 있었으니, 바로 알리바바그룹의 회장 마윈이다.[1)]

> 이 세상에 돈을 벌 줄 아는 회사는 수없이 많습니다.
> 그렇다고 해서 우리가 이들을 위대한 기업이라고 부르지는 않습니다.
> 위대한 기업이란 사람들의 삶에 영향을 줄 수 있는 기업을 가리킵니다.
>
> 마윈, 아시아포춘포럼과의 인터뷰 中

마윈은 거대 IT기업 알리바바그룹을 이끄는 '기업가'이자, 마윈공익기금회(馬雲公益基金會)를 창시한 '자선가'로 소개되고 있다. 중국의 수많은 기업 중, 유독 알리바바와 마윈이 주목받고 있는 이유는 무엇인가? 단순히 돈을 많이 번 최고의 부자이기 때문만은 아닐 것이다. 이번 장에서는 그의 인생을 통해 알리바바가 전 세계의 주목을 받고 있는 이유를 살펴보고자 한다.

---

1) 「마윈, '눈송이 소년' 위해 농촌 기숙학교 짓자」(연합뉴스 2017.1.22.)

'능력이 많아질수록 큰 책임이 따른다'고 입버릇처럼 말하는 마윈의 출발은 BAT(중국의 거대 IT기업: 바이두+알리바바+텐센트)의 리옌훙(李彦宏)이나 마화텅(馬化騰)과는 다른 독특한 스토리를 지니고 있다. 부모님이 핑탄(評彈: 장쑤성 · 저장성 일대의 강창예술) 배우였기에 가정형편이 넉넉지는 않았지만, 아버지에게서 선물로 받은 라디오와 학창시절 좋아했던 선생님의 영향으로 유독 '영어'에 관심이 많았던 소년이었다. 영어에 대한 호기심으로 마윈은 12살 때부터 8년 동안 매일 자전거로 45분 거리인 항저우호텔을 찾아가 외국인들에게 무료가이드를 자청했으니, 마윈의 최종병기인 '영어실력'은 이 시간들을 통해 다져진 것이다.

> 12살 때부터 영어에 대한 흥미가 생겨 8년간 매일 아침 45분 동안 자전거를 타고 항저우 시후 옆 작은 호텔에 영어를 배우러 다녔습니다. 당시 중국은 대외적으로 개방정책을 실시한 터라 외국인이 항저우를 찾아왔고 저는 이들을 상대로 무료 가이드로 일하면서 영어실습을 했습니다. 그렇게 8년 동안 배운 영어는 제 인생을 바꿔놓았습니다. 외국 관광객들과의 커뮤니케이션은 학교나 책에서 배운 것과는 확실히 틀려서 제가 다른 사람들에 비해 보다 넓은 글로벌 시야를 얻게 된 것입니다.
>
> 마윈, 시나(新浪)와의 인터뷰 中

마윈의 성공 비결을 다룬 많은 책들이 존재하지만 무엇보다 그는 '실패를 대하는 태도'가 남달랐다. 마윈의 여러 강연을 통해서도 수차례 소개되었듯이, 그는 대학시험에도 3번이나 떨어진 후에야 정원미달로 겨우 항저우사범대학 외국어과에 입학할 수 있었으며, 경찰 · 호텔 · KFC 매니저 등에 지원했지만 계속 탈락하면서 한동안 박봉의 영어강사(월급 20달러, 한국돈으로 2만원 남짓)로 일하기도 했다. 그는 통번역회사(海博翻譯社)와 상업정보사이트회사(中國黃頁) 세웠다가 수익이 나지 않아 폐업하기도 했다. 그러나 마윈은 거듭되는 실패 속에서도 주저앉거나 의기소침해 하지 않았으며, 1995년 기업 간 분쟁협상을 위한 통역사 자격으로 미국 땅을 처음 밟는다. 이때 인터넷의 가능성을 간파하여 1999년 가족 및 지인들의 재정적인 도움을 받아 인터넷의 '인'자도 모르면서 새로운 회사를 창업하니 이 회사가 바로 전 세계 누구나 알고 있는 '열려라, 참깨'의 알리바바이다.

〈마윈의 생애〉(1964~)
- 1964년 저장성 항저우 출생
- 24살 항저우사범대학 외국어과 졸업, 항저우전자공업학교에서 영어강사로 일함
- 28살 통번역전문회사 '하이보'를 창업했다가 실패
- 31살 상업정보웹사이트회사 '중국옐로우페이지'를 창업했다가 실패
- 35살(1999년) 알리바바닷컴 창업
- 37살 B2B서비스 개시
- 39살 C2C서비스 개시
- 43살 홍콩 증시에 상장
- 49살 알리바바그룹 CEO 은퇴
- 현재 알리바바그룹 회장

알리바바그룹의 자회사들 중에서도 2001년부터 시작한 알리바바닷컴은 현재 B2B(기업 간 전자상거래) 시장의 70%를, 2003년부터 시작한 타오바오닷컴은 C2C(소비자 간 전자상거래) 시장의 80%를 점유하고 있다. 또한 2003에 시작한 알리페이(支付寶)는 13억 중국의 소비패턴을 완전히 뒤바꿔 놓았을 뿐만 아니라, 현재 한국의 카카오페이와 손잡고 국경을 뛰어넘는 '지갑 없는 사회(Wallet-less Society)'를 구축하고 있는 중이니, 실로 중국 경제를 뛰어넘어 세계 경제의 중심에 마윈이 있다고 해도 과언이 아니다. 2013년에는 CEO(최고경영자)의 자리에서 물러나 물류플랫폼 차이냐오(菜鳥)를 설립하기도 했으며, 시대의 흐름에 맞춰 전기차와 인공지능에도 투자를 아끼지 않는 중이다. 물론 그 과정 속에서 실리콘밸리에 연구소를 설립했다가 투자금을 전부 잃거나, 무리하게 야후차이나를 인수했다가 포기하는 등의 실패도 여전히 존재했다. 그러나 실패를 성공의 직전 단계로 인식하는 절상(浙商) 특유의 도전정신으로 마윈은 아직까지 성공신화를 이어나가고 있는 중이다.

성공의 두 번째 키워드는 마윈의 머릿속에는 자신의 부를 어떻게 나눌지에 대한 고민이 늘 존재한다는 점이다. 그는 '돈은 버는 것보다 쓰는 게 더 어렵다'고 입버릇처럼 말하면서, 자신의 기부경쟁자로 마이크로소프트사의 빌 게이츠를 꼽았다.

> 100만 달러(한국돈으로 약11억) 이하를 벌면 그 돈을 어떻게 써야 할지 압니다. 그러나 10억 달러(한국돈으로 약1조)를 벌면 그건 내 돈이 아닙니다.
> 내가 지금 가지고 있는 돈은 '책임감'입니다.
> 그 돈은 사람들이 나에게 보내는 '신뢰'입니다.
>
> 마윈, 뉴욕 이코노믹클럽에서 연설 中

현재 마윈의 기부는 주로 '교육'과 '환경' 분야에 집중되고 있다. 마윈공익기금회는 2014년 이러한 배경 아래 만들어진 단체이며, 그 첫 번째 사업으로 '농촌 교사상'을 실시하고 있는 중이다. 이는 농촌지역의 교사 100명에게 각각 10만 위안(한국돈으로 1,670만원)의 상금을 시상하는 것인데, 앞의 농촌지역 기숙사 설립 제안은 바로 이 시상식에서 농민공 자녀의 교육을 위해 다른 기업인들의 동참도 필요하다고 호소하는 가운데 시작된 것이다.

이와 더불어 사범대학의 우수학생 100명을 선발 해 5년 동안 지원금을 지급하는 '농촌 교사 프로젝트'를 통해 농촌 교육을 강화시킬 예정이다. 이밖에 도화원생태보호기금회 설립 (2015년), 모교 항저우사범대학과 호주 뉴캐슬대학 장학금 기부(2015년, 2017년), 리틀 마윈 판샤오친(范小勤)에 대한 교육비 지원(2016년), 창업사관학교로 불리는 후판대학(湖畔大學) 설립(2015년) 등으로 지속적으로 이어지고 있다.

우리가 기부한 돈이 큰 변화를 일으키지는 못했겠지만 기부하는 행위는 우리 스스로를 변화시켰습니다. 우리 모두 그렇게 바뀌면 세상도 바뀔 수 있습니다.

마윈, 글로벌지속가능발전포럼에서의 강연 中 (2018.2.7.)

2018년 2월 연세대학교에서 열린 글로벌지속가능발전포럼 강연 중 자신이 직접 만든 한자를 소개하고 있는 마윈 알리바바 그룹 회장(ⓒ 연합뉴스 2018.2.7.)

혹자는 마윈에 대해 체계적인 경영수업을 받지도 못했고, 직관적인 결정을 자주 내리는 알리바바 그룹의 독재자라고도 말하기도 한다. 또한 너무 쇼맨십이 강한 것 아니냐는 비판과 함께, 무조건 '하면 된다'는 식의 강연 내용에 냉소를 보이면서, 지금까지의 성공은 중국정부의 전폭적인 지지 아래 빚어진 결과일 뿐이라고 단정 짓기도 한다. 그러나 돈을 버는 것은 어렵지만 이를 지켜내는 것은 더욱 어려운 법이다. 사회 환원에 대한 고민의 일환으로 그는 직접 친(親)과 심(心)을 합친 새로운 한자 '신(xin)'을 만들기도 했는데, 곧 모든 세상 사람들은 서로 연결되어 있기에 내 가족처럼 바라봐야 한다는 뜻이다. '내 노인을 섬겨서 남의 노인에게 미치고, 내 아이를 사랑하여 남의 아이에게 이른다면, 천하를 손바닥에 놓고 움직일 수가 있다(老吾老, 以及人之老, 幼吾幼, 以及人之幼, 天下可

運於掌『맹자 - 양혜왕』)'는 맹자의 말처럼, 마윈과 알리바바그룹이 자신들이 벌어들인 돈을 어떻게 책임감 있게 쓸지 지속적으로 치열하게 고민해 나간다면, 천하는 그들의 손바닥 위에 있을 것이다.

올해 광군절(光棍節)에는 또 어떤 이벤트로 세계인들을 즐겁게 해주면서 어떤 새로운 이야기들을 써내려 나갈지 기대된다. 마윈과 알리바바가 있어서 매년 11월이 마냥 쓸쓸하지만은 않다.

### [함께 보기] 진상의 후예 리옌훙과 월상의 후예 마화텅

리옌훙과 마화텅은 왜 마윈에 비해 인기가 없을까?

김영하 작가는 이순신 장군을 이야기하는 자리에서(〈알쓸신잡〉 시즌1) 사랑받는 주인공이 되기 위해서는 첫째 충분한 고통, 둘째 분명한 목표, 셋째 적어도 한 번의 기회가 갖춰져야 한다고 언급한 적이 있는데, 이 가운데 가장 중요한 조건은 아무래도 맨 처음의 '충분한 고통'일 것이다. 이는 장기려 박사 편에서도(〈알쓸신잡〉 시즌3) 재차 언급된 적이 있는데 '장기려 박사가 위인이 되지 못한 이유는 그 삶에 드라마틱한 고난이나 역경이 없었기 때문이다'라고 말한 것과 같은 맥락이다. 아울러 역경을 이겨내는 모습은 이를 지켜보는 사람들에게 그 사람을 '안다'는 느낌을 가져다주기 때문에 동질감과 응원으로 이어지는 것이라고도 덧붙였다. 현재 중국을 이끌어 나가고 있는 IT 기업의 선두주자 BAT를 예로 들어보자면, 바이두(百度)나 텐센트(騰訊) 또한 알리바바와 마찬가지로 중요하지만, 이러한 이유로 인해 뒷전으로 밀리는 느낌이다. 솔직히 마윈에 비해 리옌훙이나 마화텅은 평탄하고 담백한 삶을 살고 있기에 무채색의 지루한 느낌마저 든다. 그러나 모든 사람들의 삶에 곡절이 많을 필요는 없는 법이니, 평탄하면 평탄한대로 의미가 있을 것이다.

먼저 바이두의 창업자 리옌훙은 1968년 산시성(山西省) 양취엔(陽泉)

의 보일러수리공이었던 아버지와 가죽제조공장의 노동자였던 어머니 사이에서 태어났다. 평범한 집안에서 자랐지만 리옌훙은 어린 시절부터 두각을 나타냈으며, 대부분의 엘리트들이 그러하듯 베이징대학에서 정보관리학을 전공한 후 미국의 뉴욕주립대학에서 석사학위를 받았다. 졸업 후, 1994년 첫 직장이었던 다우존스(경제뉴스 전문서비스 업체)에서 검색엔진 알고리즘인 '랭크덱스(RankDex)'를 개발하여 미국에서 특허를 받기도 했으며, 1997년에는 구글 산하의 기업 중 하나인 인터넷 검색 업체 인포시크(Infoseek)에서 엔지니어로 일하는 등 사실 리옌훙은 얼마든지 미국에서 편안하게 살 수 있었다. 모두가 꿈꾸는 높은 월급과 안정된 직장이라는 잔잔하면서도 편안한 삶에 돌을 던진 것은 그의 아내 마둥민(馬東敏)의 한 마디였다.

'나는 내 남편이 캘리포니아의 농부처럼 살기를 원하지 않는다'

이 한 마디에 충격을 받은 리옌훙은 1999년 인포시크를 그만두고 창업자금 200만 달러(약 22억원)를 유치한 후, 이듬해인 2000년 베이징 중관촌(中關村: 중국의 실리콘밸리)의 허름한 호텔방에서 베이징대 선배였던 쉬융(徐勇)과 함께 바이두를 창업하니, 이것이 '구글을 이긴 기업' 바이두의 탄생 배경이다. 바이두는 20여 년의 짧은 시간 동안 구글 · 유튜브 · 페이스북에 이어 전 세계에서 가장 많이 접속하는 포털 사이트로 급성장했으며, 현재 음성인식AI · 자율주행차 등

〈리옌훙의 생애〉(1968~ )

- 1968년 산시성(山西) 양취엔 (陽泉) 출생
- 19~23살(1987~1991년) 베이징대학 정보관리학과
- 미국 뉴욕주립대학 컴퓨터공학과 석사
- 26살(1994년) 다우존스에 입사, 검색엔진알고리즘 '랭크덱스(Rank Dex)' 개발
- 29살(1997년) 인포시크에서 엔지니어로 활동하다가 귀국
- 32살(2000년) 베이징 중관촌에서 6명의 직원들과 함께 바이두 창업
- 2005년 미국증시에 바이두 상장
- 현재 바이두의 최고경영자(CEO)
- 자율주행차 · 음성인식AI · 다이렉트은행 등 첨단기술로 영역을 확장 중

으로도 영역을 확대해 나가고 있는 중이다. 바이두의 승승장구는 단순히 중국정부의 보호 아래 애국심 마케팅과 친정부적 성향을 펼쳤기 때문일까? 이와는 다른 두 가지 측면에서 바이두의 지속성을 예측해보자면, 첫 번째는 바이두라는 기업의 이름에서 보이는 인문학적 깊이이고, 두 번째는 2016년 '바이두 게이트' 때 보였던 그의 태도이다.

스티브 잡스는 '소크라테스와 한나절 보낼 수 있다면 애플의 모든 기술을 내놓을 것이다', '애플을 애플답게 한 것은 인문학과 기술의 결합이다'라고 말하며 인문학의 중요성을 강조했지만[2], 오늘날 한국에서 인문학은 거의 고사(枯死) 직전이고 '문송합니다'라고 사과까지 해야 할 정도이다. 그러나 인터넷도 결국 인간을 위한 것이고, 새는 좌우의 날개로 날듯이 인문학과 기술이 함께 가야하지 않을까. 주지하다시피 바이두라는 이름은 남송시대 신기질(辛棄疾)의 사 「청옥안 · 원석(青玉案 · 元夕)」에서 가져온 것이다.

> 봄날 밤 천 그루 나무마다 활짝 꽃이 폈는데
> 바람에 날려 떨어진 별처럼 영롱하구나
> 아름다운 수레 지나가니 길가에 향기 가득하고
> 피리 소리 그윽하게 울리는 가운데
> 옥같이 하얀 달님 서서히 움직이는데
> 밤새도록 어룡들이 춤을 추네
> 東風夜放花千樹
> 更吹落星如雨
> 寶馬雕車香滿路
> 鳳簫聲動
> 玉壺光轉
> 一夜魚龍舞

---

2) 스티브 잡스, 조지 빔 저, 이지윤 역, 『아이 스티브(스티브 잡스 어록)』, 쌤앤파커스, 2011.

황금실로 만든 아아와 설류 머리에 드리운
재잘재잘 웃음소리와 고운향기의 아가씨들
인파 속에서 백 번이고 천 번이고 그녀를 찾다가
문득 고개를 돌리니
그녀는 저쪽
희미한 등불 아래 서 있었네
蛾兒雪柳黃金縷
笑語盈盈暗香去
衆裏尋他千百度
驀然回首
那人却在
燈火闌珊處

정월대보름 등불축제의 인파 속에서 사랑하는 단 한명의 그녀를 찾듯이 기왕이면 바이두에서 끈질기게 원하는 정보를 찾아달라는 당부는 단순히 겉멋 가득한 외국어로 지은 이름과는 깊이가 다르다. 인문학적 소양을 기술로 녹여내는 것, 어떻게 해야 내가 만든 기술로 타인을 편안하고 행복하게 만들어줄지에 대한 고민을 지속하는 한 사람들은 바이두를 계속 찾을 것이다.

또 다른 하나는 일명 '웨이쩌시(魏則西) 사건'으로 잘 알려진 2016년 '바이두 게이트' 때 그가 보여준 태도에 있다. 2010년 구글이 중국에서 철수한 이후, 바이두의 독주는 그야말로 거칠 것이 없었다. 그러나 2016년 시안전자과학기술대에 다니던 21살 대학생 웨이쩌시가 활막육종이라는 희귀암 진단을 받은 후 치료할 병원을 찾기 위해 바이두를 검색했고, 아무런 의심 없이 맨 위에 추천된 '무장경찰제2병원'에 가서 치료를 받던 중 사망하는 사건이 일어났다. 알고 보니 이 병원에서 그토록 자랑했던 스탠포드 대학에서 가져 온 의약품들은 활막육종 치료에는 아무런 효과가 없었던 것으로 밝혀졌으니, 웨이쩌시는 결국 바이두가 자신 있게 추

중국 IT 기업인 중 처음으로 미국 시사주간지 『Time』의 표지모델이 된 리옌훙 바이두 회장 (ⓒ한국일보 2018.3.3.)

천한 병원에서 많은 돈을 들여 엉터리 진료를 받다가 사망한 것이었다.

우리가 무엇인가를 검색할 때 맨 위에 추천되는 곳이 가장 믿음직한가? 물론 당연히 광고비를 높게 내는 업체일 것이다. 그러나 리옌훙은 전 직원에게 '초심을 잊지 말고 꿈을 저버리지 말자(勿忘初心, 不負夢想)'는 내용의 반성문 메일을 보내며 '고객이 최고라는 가치를 잃으면 기업은 한 달 안에 망할 수도 있다'고 말했다.

> 친애하는 바이두 가족 여러분께
> 1월의 게시판 사건, 4월의 웨이쩌시 사건은 바이두에 대한 네티즌들의 극렬한 비판과 질타를 불러왔습니다. 그 분노의 감정은 바이두가 지금까지 겪었던 어떠한 위기보다 큽니다.
> 요즘 들어 깊은 밤, 조용한 때에 저는 항상 생각합니다. 매일 바이두를 사용하는 그 많은 사람들이 왜 다시 우리를 사랑하지 않을까요? 왜 우리는 우리의 서비스에 자부심을 느낄 수 없을까요? 문제는 도대체 어디서 나온 것일까요? (후략)
> 各位百度同學:
> 一月份的貼吧事件, 四月份的魏則西事件引起了網民對百度的廣泛批評和質疑. 其憤怒之情, 超過了以往百度經歷的任何危机.
> 這些天, 每當夜深人静的時候, 我就會想: 爲什麽很多每天都在使用百度的用户不再熱愛我們? 爲什麽为我們不再爲自己的産品感到驕傲了? 問題到底出在哪里?
>
> 리옌훙, 「초심을 잊지 말고, 꿈을 저버리지 말자(勿忘初心, 不負夢想)」 中

만약 우리나라에서 비슷한 사건이 일어났으면, 카카오나 네이버의 대표는 어떻게 반응했을까? 맨 위에 링크된 것은 당연히 광고료를 많이 낸 것이고, 검색자가 그 정도도 알아서 판단하지 못하냐고 왜 책임을 우리에게 묻냐고 회피하지는 말았으면 좋겠다. 리옌훙은 '잎새에 이는 바람'에도 괴로워할 줄 알았고, 결국 독사에 물린 팔뚝을 잘라내는 결단(壯士斷腕)으로 고객우선주의와 재혁신을 다짐하기에 이른다. 그의 몸속에는 신용을 목숨처럼 여겼던 그 옛날 진상(晋商)의 피가 흐르고 있는 것일까. '모든 사람들이 평등하고 편리하게 정보를 얻고 찾을 수 있게 하자(讓人們最平等便捷地獲取信息, 找到所求)'는 기업이념의 기본바탕은 '믿음'이니, 이 마음을 계속 지켜나가기만 한다면 '새로운 진상(新晋商)'으로 불리기에 부족하지 않을 것이다.

다음으로 중국의 '빌 게이츠'로 불리는 마화텅에 대해 살펴보기로 하자.

마화텅의 삶은 리옌훙에 비해 더욱 단조롭고 밋밋하다. 일단 그는 인복이 많았으니, 맹자가 말했던 일을 성공시키는데 있어서 가장 중요한 요소인 '인화(人和)'가 갖춰진 셈이다. 마화텅은 공산당 고위간부이자 선전시 항운총공사(深圳市航運集團) 사장이었던 아버지(馬陳術)의 지원을 받으며 상대적으로 유복한 어린 시절을 보낸 전형적인 '관료2세(官二代)'라 할 수 있다. 천문학을 좋아했지만 시대의 흐름에 맞춰 선전대학교 컴퓨터공학과로 진학했으며, 대학시절 이미 컴퓨터에 대한 모든 것을 섭렵했던 '천재 해커'로 명성이 자자했

〈마화텅의 생애〉(1971~)
- 1971년 하이난(海南省) 둥팡시(東方) 출생(본적은 廣東省 汕頭)
- 13살에 선전으로 이사
- 18~22살(1989~1993년) 선전대학교 컴퓨터공학과
- 22~27살(1993~1998년) 선전룬쉰에서 소프트웨어 엔지니어로 활동
- 27살(1998년) 장즈둥과 텐센트 창업
- 28살(1999년) 메신저서비스 QQ 시작
- 32살(2003년) 온라인게임 산업 시작
- 40살(2011년) 모바일메신저 위챗 시작
- 46살(2016년) 모바일결제 위챗페이 시작
- 현재 선전텐센트유한공사 회장 겸 CEO
- 자율주행차, AI 개발 등으로 영역을 확장 중

다. 스스로의 노력, 어머니(黃慧卿)가 지원해 준 창업자금 위에, 선전대학 동기 장즈둥(張志東)의 기술력을 더해 텐센트를 창업했다. 그리고 곧바로 쩡리칭(曾李青)·쉬천화(許晨曄)·천이단(陳一丹)이 합류하면서 '중국인에게 알맞은 메신저'를 만들자는 목표를 세운다. 텐센트는 국민메신저 QQ, 글로벌메신저 위챗, 모바일 게임을 넘어, 모바일 결제 위챗페이로 알리바바와 함께 '지갑 없는 사회'를 구축하며 영역을 넓혀 나가고 있는 중이다.

마화텅의 천시(天時)와 지리(地利)는 또 어떠한가. 마화텅의 기본 베이스는 광둥성 선전(深圳)이다. 광둥성과 홍콩의 경계에 위치한 선전은 본래 굴을 팔던 작은 어촌이었지만, 주하이·샤먼·산터우와 함께 가장 처음 경제특구로 지정되면서 개혁개방의 교두보가 되었으며, 화웨이(華爲)·완커(萬科)·BYD 등 수많은 기업들의 요람이기도 하다. 1971년 하이난 둥팡(東方)에서 태어난 마화텅은 1984년 선전으로 이사를 한 이래 줄곧 선전을 터전으로 생활해 왔다. 인구 1500만 명 중 110만 명이 창업에 뛰어들고, 인터넷 보급도 빨랐던, 혁신으로 가득한 도시의 분위기는 통신회사 선전룬쉰(深圳潤訊)의 평범한 엔지니어로 있던 마화텅을 자연스럽게 창업의 길로 이끌었다. '겉으로 보이는 조신한 행동에 비해 마음속에는 불타는 열정을 지니고 있다'는 중국의 저널리스트 린쥔(林軍)의 표현대로, 마화텅은 월상(粵商) 특유의 도전정신과 모험심을 지닌 채 인터넷의 바다를 누비고 있는 중이다. 그럼에도 마화텅은 텐센트의 성공비결에 대해 '그저 시대를 잘 만났을 뿐'이라고 말하면서, 후룬연

2017 IT 서밋에 참석한 마화텅(왼쪽), 마윈(가운데), 리옌훙(오른쪽)(© 중앙일보 2017.4.5.)

구원에서 발표하는 기부자로도 늘 상위권(2016년 1위, 2017년 2위)의 자리를 묵묵히 지키고 있다.

마윈처럼 유창한 영어와 넘치는 카리스마로 좌중을 압도하는 것도 아니고, 리옌훙처럼 꽃미소 가득한 엘리트 스타일도 아니지만, 그에게는 조용히 천천히 앞으로 나가는 뚝심과 함께, 천시 · 지리 · 인화를 두루 갖춘 여유마저 보인다. 부디 그 겸손한 마음이 변치 않기를 바랄 뿐이다.

[미션] 역대 중국의 거상 및 오늘날 경제대국을 이끌고 있는 기업가들이 누구인지 찾아보고, 이들 중 한 명을 선택하여 그 생애를 발표하도록 한다.

# 제6부

# 중국에서 세계로

노벨상이 절대적인 것은 아니지만, 매년 연말이면 올해는 어떤 분야의 누가 인류를 위해 공헌했는지 절로 관심이 가곤 한다. 지금까지 수상시점을 기준으로 중국 국적이었던 노벨상 수상자는 총3명인데, 바로 류샤오보(2010년 노벨평화상)와 모옌(2012년 노벨문학상), 그리고 투유유(2015년 노벨생리의학상)이다.

특히 류샤오보와 모옌은 1955년생 동갑내기이지만, 한 사람은 끝까지 체제에 직접적으로 저항하는 삶을, 다른 한 사람은 체제에 순응하면서 문학이라는 수단을 사용하여 완곡하게 비판하는 삶을 선택했다. 마치 이솝우화에 나오는 '올리브나무와 갈대 이야기'같이 대조적인 두 사람의 삶은 혼탁한 이 세상 가운데 어떠한 태도로 살아나가야 할지 생각해보게 만든다.

## 가오미의 넉살좋은 이야기꾼, 모옌

> 모옌의 작품은 민간의 토속적인 소재와 역사, 동시대적 사회상을 한데 엮어내며 환상적 리얼리즘으로 아울렀다.
>
> 스웨덴 한림원의 노벨문학상 선정 평가 中

모옌을 떠올리면 송나라 구란(勾欄)이나 와사(瓦舍) 등의 공연장, 또는 시골의 장터의 한구석에서 사람에게 재미난 이야기를 들려주는 이야기꾼(說書人) 아저씨가 환생한 것만 같다. 사람들은 그의 넉살좋은 입담에 넋을 잃고, 그의 말 한 마디에 탄식하며 울고 웃는 장면이 상상된다. 중국문학에서 소설은 시와 산문에 비해 하찮게 여겨졌지만, 사실 대부분의 인생이라는 것이 그다지 일류가 아닌지라 사람들은 이러한 '잡스러우면서도 자잘한 이야기'에 더욱 매료되었다.

'스토리텔링이 가득한 나라인 중국에서 왜 노벨상 수상자가 나오지 않을까'라는 오랜 질문은 모옌으로 인해 해소되었다. 2012년 노벨문학상 수상 이후 모옌의 소설은 국내에도 30권 넘게 번역되어 소개된 상태이지만, 우리가 가장 잘 아는 작품은 영화 〈붉은 수수밭(1987)〉의 원작인 『홍까오량 가족』 정도일 것이다.

그의 소설은 때로는 격동하는 역사 앞에 선 인간의 강한 의지를 보여주기도 하고, 때로는 환상과 사실의 경계에 선 채 정부의 검열을 요리조리 피하면서 은근한 재치를 드러내기도 하며, 때로는 그저 현실을 있는 그대로 보여줌으로써 묵직한 경종을 울리기도 한다. 무엇보다 그는 '구경꾼'이라는 루쉰의 지적을 정면으로 반박하면서 결코 수동적이거나 몰지각하지 않은 보통사람들의 잡초같은 생명력을 강조했다.

한 작가의 입장에서 말하자면,
가장 훌륭한 말하는 방식은 바로 글쓰기입니다.
對一個作家來說, 最好的說話方式是寫作.

모옌, 2012년 노벨문학상 수상 소감 中

〈모옌의 생애〉(1955~)
- 1955년 산둥성 가오미 출생, 본명은 관모예
- 6살 소학교 입학, 문화대혁명으로 학교를 그만두고 고향에서 농사일을 도움
- 18살 목화씨기름공장에서 노동자로 일함
- 21살(1976년) 인민해방군 입대
- 23살 소설 창작 시작
- 24살 제대
- 26살(1981년) 첫 번째 소설집 『봄밤에 비는 부슬부슬 내리고』 발표. 이후 장편 11편, 중편 27편, 단편소설집 2권 발표
- 40살 장편 『풍유비둔』으로 다자문학상 수상
- 54살 장편 『개구리』로 마오뚠문학상 수상
- 57살(2012년) 노벨문학상 수상
- 현재 중국작가협회부주석

모옌은 1955년 산둥성의 가난한 농촌마을 가오미(高密)에서 태어났다. 본명은 관모예(管謨業)인데, 이름의 가운데 글자를 둘로 나누어 필명으로 삼았다. '말을 하지 않겠다(莫言)'는 그의 필명은 말이 아닌 붓으로 이야기 보따리를 풀어나가겠다는 뜻이다. 그의 자전적 에세이 『모두 변화한다』에 비춰보건데, 말이 많았기에 억울하게 소학교에서 제적당한 사건 이후, 운명의 불운을 줄이기 위해 입을 닫기로 한 결심과도 관련이 있을 것이다.

산둥성의 유명한 도시 칭다오에서 버스나 기차로 1시간 30분 거리인 가오미는 지금도 작고 황량한 시골마을이다. 가난한 농부의 아들로 태어난 모옌은 '굶주림와 고독은 내 창작의 원천'이라고 말할 만큼 힘든 어린 시절을 보냈다. 물론 이 지독한 가난은 모옌 개인만의 경험이 아니라, 당시 중국이 처한 역사적 고난과 궤를 같이 하는 것이었다. 그의 나이 12살에 문화대혁명이 시작되었기에 소학교 5학년을 끝으로 소를 치면

서 간단한 농사일을 돕다가, 목화씨기름공장에서 노동자로 일하기도 했다. 그는 21살에 인민해방군에 입대하는 독특한 이력을 지니고 있는데, 이로 인해 심규호 선생님은 모옌을 '펜을 든 인민해방군'이라고 정의내리기도 했다. 당시 시골의 청소년이 도시로 가는 최선의 방법은 대학에 입학하거나 군대에 입대하는 것이었으며, 모옌은 자신이 처한 상황에서 현실적으로 가능했던 후자를 선택했다.

그는 군대에서 조금 더 부지런히 움직이면서 시간을 쪼개 소설을 쓰기 시작하는데, 이는 1981년 첫 번째 소설집 『봄밤에 비는 부슬부슬 내리고(春夜雨霏霏)』로 발표된다. 그리고 1984년 해방군예술대학(解放軍藝術學院)에 문학과가 개설되면서 그곳에서 본격적인 문학수업을 받으니, 이후 베이징사범대학의 루쉰문학원에서 수학하기도 했지만 처음 습작과 학습의 공간을 제공한 군대야말로 모옌 소설의 요람이라고 말할 수 있을 것이다. 이후 지속적으로 장편 11편, 중편 27편, 단편소설집 2권을 발표했으며, 한국에도 12편이 번역된 상태이다. 상복도 많은 편이어서 중국 내 다자문학상(大家紅河文學賞) · 마오뚠문학상(茅盾文學賞)을 비롯하여, 프랑스의 루얼파타이아문학상, 이탈리아의 노니로문학상, 일본의 후쿠오카아시아문화대상 및 한국의 만해문학상을 수상한 바 있으며, 2012년 10월 11일 노벨문학상 수상으로 그 정점을 찍었다.

> 존경하는 스웨덴아카데미의 신사, 숙녀 여러분
> 텔레비전과 인터넷을 통해 앉아계신 여러분은 이미 먼 가오미 동북향에 대해 많은 적은 이해가 생겼으리라 생각합니다. 여러분은 어쩌면 90세의 늙은 제 부친과 형, 누나, 아내와 딸, 그리고 16개월의 외손녀까지도 보셨을 겁니다.
> 그러나 지금 이 순간 가장 떠오르는 한 분은 여러분이 영원히 볼 방법이 없는 저의 어머니입니다. 수상 후 많은 사람들이 저의 영광을 함께 했으나, 어머니는 그럴 방법이 없었습니다.

> 어머니는 1922년에 태어나셔서 1994년에 돌아가셨습니다. 어머니의 유골은 마을의 동쪽 복숭아밭에 묻혔습니다. 작년 한 철로가 그쪽을 가로질러 저희는 어쩔 수 없이 어머니의 무덤을 마을에서 먼 곳으로 옮겨야 했습니다. 무덤을 파니 관은 이미 썩어 있었고, 어머니의 유골이 진흙과 범벅이 되어 있는 것을 보았습니다. 저희는 할 수 없이 상징적으로나마 일부의 진흙을 파내어, 새로운 무덤의 구덩이에 옮겼습니다.
>
> 그 순간 저는 어머니가 대지의 일부분이며, 제가 대지에 간절히 말하는 것은 어머니를 향해 간절히 말하는 것과 같다고 느꼈습니다.
>
> 尊敬的瑞典學院各位院士, 女士們, 先生們!
>
> 通過電視或者網絡, 我想在座的各位, 對遙遠的高密東北鄉, 已經有了或多或少的了解, 你們也許看到了我的九十歲的老父親, 看到了我的哥哥姐姐我的妻子女兒和我的一歲零四个月的外孫女. 但有一個我此刻最想念的人, 我的母親, 你們永遠無法看到了. 我獲賞後, 很多人分享了我的光榮, 但我的母亲却無法分享了.
>
> 我母親生于1922年, 卒于1994年, 她的骨灰, 埋葬在村子東邊的桃園里. 去年, 一條鐵路要從那兒穿過, 我們不得不將她的坟墓遷移到距離村子更遠的地方. 據開坟墓後, 我們看到, 棺木已經腐朽, 母親的骨殖, 已經與泥土混爲一體. 我們只好象征性地挖起一些泥土, 移到新的墓穴里, 也就是從那一時刻起, 我感到, 我的母親是大地的一部分, 我站在大地上的訴說, 就是對母親的訴說.
>
> 모옌, 2012년 노벨문학상 수상 소감 中

35분 분량의 다소 길게도 느껴질 수 있는 모옌의 노벨문학상 수상 소감은 한 편의 잔잔한 소설과도 같았다. 소설을 전공하지 않은 나로서는 모옌의 작품이 선봉문학(先鋒文學)인지, 향토문학(鄕土文學)인지, 심근문학(尋根文學)인지 잘 모르겠다. 또한 헤르타 뮐러(Herta Muller, 2009년 노벨문학상 수상자)처럼 체제에 순응하며 글을 쓰는 그의 행동에 대해 '모옌의 수상은 재앙이다'라고 비난하며 정치와 연결 짓고 싶지도 않다.

이욱연 선생님은 '중국작가협회에 소속된 것만으로 어용이라고 보는 것은 비약이며 작가는 작품으로 판단해야 한다'라고 말했으며, 장정일 작가도 '루쉰의 문제의식을 계승했으며 어쩌면 루쉰보다 더 치열하다고 할 수 있다'라고 평가하기도 했으니, 체제 안에 둥글둥글 순응하며 동네 아저씨가 자기네 마을 이야기를 소곤소곤 들려주듯 독자들에게 다가가는 것도 하나의 방법일 듯싶다.

무엇보다 루쉰이 본 민중들이 자기합리화에 빠져 있는 무지몽매한 존재들이었다면, 모옌이 본 민중들은 역사의 주체이자 강인한 생명력의 결정체라는 점이다. 이는 그의 유명한 소설 『홍까오량 가족』에서도 드러나고 있는데, 양조장의 여주인 쥬얼(九兒)은 양조장 직원이자 항일게릴라 대원이었던 뤄한(羅漢)의 처참한 죽음(피부를 벗겨 죽이는 형벌을 당함)을 목격한 후 '당신들이 사내라면 이 술을 마시고 가서 뤄한의 복수를 하라!'고 외친다.

결국 모옌이 본 중국의 민초들은 국가도 사회도 제대로 그들을 지켜주지 못하는 역사의 소용돌이 속에서 스스로를 지켜냈으며, 태풍에 쓰러졌다가도 잡초처럼 다시 일어났다. 마치 드라마 〈미스터 션샤인(2018)〉의 김은숙 작가의 말처럼, 지체 높은 임금 · 관리 · 양반들만이 나라를 위해 애쓴 것이 아니라, 노비 · 백정 · 도공 · 포수 · 주모 등 이름도 얼굴도 남기지 못한 수많은 아무개들 역시 각자의 방법으로 동분서주한 결과 지금 우리가 여기까지 이르렀다는 것과 같은 맥락이다.

무엇보다 모옌의 장점은 잡문(雜文)에 치중한 루쉰보다 소설 그 자체에 집중하는 정면승부의 방법을 택했다는 점이다. 정치인들의 심기를 건드리지 않고 요리조리 피하면서 이야기를 풀어나가는 능력이 특히 뛰어나다. 비유하자면 마치 김건모가 별로 힘들이지 않고 설렁설렁 노래는 부르는 모습과 같다고 할까.

그렇다고 마냥 가볍기만 한 것도 아니다. 그의 묵직한 문제의식은

2009년 발표되어 2011년 마오뚠문학상을 수상한 『개구리』를 통해서도 잘 드러난다. 글은 한 번 써서 세상에 나오면 고칠 수 없기 때문에 책임이 막중하다는 것을 누구보다도 잘 알고 있을 터인데, 그는 산부인과 의사(주인공 커더우의 고모)의 삶을 통해 중국정부의 산아제한정책을 직접적으로 비판하고 있다. 정부의 정책으로 인해 한순간에 생명을 탄생시키는 조력자에서 생명을 죽이는 살인자로 전락한 고모의 운명은 그 어떤 산아제한 구호보다도 큰 충격을 안겨주었다.

'모옌 장편소설 시리즈' 최신판 출판기념회에서 세계적인 고전을 쓰고 싶다고 포부를 밝힌 모옌(ⓒ 人民週刊 2017.1.15.)

> 고모는 우리 가오미 둥베이향에서 가장 유명한 산부인과 의사였기 때문에 자연스럽게 계획생육의 바람을 온몸으로 맞을 수밖에 없었다. 산부인과 의사로서 아이들의 울음소리를 듣거나 산부나 가족들의 웃는 얼굴을 보는데 익숙했다. 그러나 돌연 모든 것이 뒤바뀌면서 그녀는 병원에 끌려온 임부의 낙태수술을 해야 했고 그녀들의 통곡소리와 가족들의 욕설을 감수해야만 했다. 그녀의 깊은 마음속 고통과 모순은 내가 상상할 수 있는 정도를 벗어난 것이었다. (중략)
> 그때 나는 살아있는 보살이자 삼신할멈이었어. 온갖 꽃향기로 가득한 내 곁에 꿀벌과 나비들이 떼를 지어 날아다녔지.
> 지금은 망할 놈의 파리들만 꼬여.
>
> 모옌, 심규호 옮김, 『개구리』 中

하지만 개인적으로 그의 이야기꾼 기질이 다분히 녹아든 대표 소설로는 『탄샹싱(檀香刑)』을 꼽고 싶다. 주인공이 사형집행인(망나니)이기 때문에 매 장면이 엽기와 충격의 연속인 가운데, 『홍까오량 가족』과 마찬가지로 강대국이 중국을 농락하고 무능한 정부도 지켜주지 못하는 상황에서 분연히 떨쳐 일어나는 평범한 백성들의 이야기를 엄청난 몰입력으로 풀어내고 있다.

모옌은 무거운 소재의 이야기마저도 특유의 유머로 재치 있게 넘길 수 있는 타고난 이야기꾼이다. 단순히 중국작가협회 부주석이라는 이유만으로 어용작가로 치부하기에는 그의 소설들이 너무 재미있다. 중국의 현대문학이 어렵고 낯설다면 일단 모옌의 소설을 한권 골라서 펼쳐보는 건 어떨까. 영화 〈시네마 천국〉의 꼬마 살바토레처럼 순식간에 그 속에 빠져있는 자신을 발견하게 될 것이다.

## 아무도 미워하지 않는 자의 죽음, 류샤오보

그대 운명은 바람과 같아
이리저리 나부끼며
구름 속에서 노닌다

나는 그대의 짝이 되길 환상했지만
어떤 집을 꾸려야
그대를 잡아둘 수 있을까.
벽은 그대를 질식시킬거야

그대는 바람일 뿐, 바람
어디로 와서 어디로 가는지
여태껏 내게 얘기해주지 않았다

> 바람이 불어오면 난 눈을 뜰 수 없고
> 바람이 가버리면 먼지만 가득하다
>
> 류샤, 김영문 옮김, 『그리운 샤오보』「바람 - 샤오보에게」

〈류사오보의 생애〉(1955~2017)
- 1955년 지린성 장춘 출생
- 22살 지린대학 중문과 학사, 베이징사범대학 중문과 석사·박사. 베이징사범대학, 오슬로대학, 하와이대학, 컬럼비아대학 강사
- 34살(1989년) 반혁명선전선동죄로 3년 동안 수감생활
- 40살 사회질서교란죄로 1년 동안 수감생활
- 53살(2008년) '08헌장' 주도
- 54살(2009년) 국가체제전복죄로 11년형을 선고받음
- 55살(2010년) 노벨평화상
- 62살(2017년) 간암 말기 진단을 받고 5월 말 가석방, 7월에 세상을 떠남

2017년 7월 13일 뜨거운 여름이 시작되던 무렵, 류샤오보가 결국 감옥에서 간암으로 세상을 떠났다는 소식이 들려왔다. 그리고 그의 유해는 그의 아내 류샤(劉霞)의 반대에도 불구하고, 민주화의 성지가 될 것을 우려한 중국정부에 의해 이틀 만에 급하게 화장되어 바다에 뿌려졌다.

굴원의 『어부사(漁父辭)』에 등장하는 어부의 충고대로 창랑의 물이 흐리면 그 발을 씻으면 될 것을(滄浪之水濁兮, 可以濯吾足). 그러나 그는 굴원처럼 꼿꼿한 저항정신으로 맞서다가 62살의 나이로 파란만장한 삶을 마쳤다. 같은 나이의 모옌과는 달리, 류샤오보는 거센 바람을 온몸으로 견뎌내는 올리브나무와 같았고 결국은 세찬 바람에 줄기가 부러졌다. 세계적으로 유래 없는 중국식사회주의의 불편한 진실에 자신의 목소리를 냈다는 이유로 평생을 감옥에서 지내야만 했고, 결국 병으로 세상을 떠난 류사오보의 삶을 되짚어보고자 한다.

류사오보는 1955년 지린성 장춘(長春)의 평범한 집안에서 태어났으며, 문화대혁명 당시 지식청년이라는 이유로 내몽골의 건축공사장으로 하방되어 노동자로 일하기도 했다. 문화대혁명이 끝난 이듬해인 1977년 지린

대학 중문과에 입학했고, 졸업 후 베이징사범대학으로 진학하여 석·박사 학위를 취득한다. 이후 베이징사범대학, 노르웨이 오슬로대학, 미국 하와이대학에서 중국현대문학·중국철학·현대정치 등을 강의했다. 여기까지는 여느 공부하는 사람들의 삶과 크게 다르지 않다.

그의 첫 번째 수감생활은 1989년 6월 4일, 우리가 잘 알고 있는 '톈안먼 사건'으로 시작된다. 당시 방문학자로 미국 컬럼비아대학에 체류 중이었던 류샤오보는 중국의 비보를 접하자마자 곧바로 귀국하여 정치의 민주화를 요구하는 운동에 동참했다. 그리고 이틀 뒤인 6월 6일 '반혁명선전선동죄'로 체포되어 1991년까지 투옥된다. 그는 강단에서 쫓겨나는 공직박탈 조치를 당하지만, 감옥 안에서 글을 쓰며 인권과 민주화운동에 대한 열의를 더욱 굳게 다진다. 이미 중국 공안의 집중 감시 대상이 되었기에 '사회질서교란죄'로 1995년부터 1996년까지 다시 투옥되었으며, 2008년 중국공산당 1당체제의 종식을 요구한 '08헌장(零八憲章)'에 대한 서명을 주도하면서, 2009년 '국가체제전복죄'로 11년 형을 선고받는다.

중국 정부의 압력에도 굴하지 않고 인권과 민주화를 주장하는 그의 노력은 루쉰의 말대로 무쇠로 둘러싸인 방을 두드리는 것과 같았지만, 결국 해외에서 그 공로를 인정받아 노벨평화상 수상자로 선정되기에 이른다.

> 류샤오보는 중국에서 기본적 인권을 위해 기나긴 비폭력적인 투쟁을 벌이며 중국 인권 개선을 위한 광범위한 투쟁을 대표하는 인물입니다.
>
> 노르웨이 노벨평화상위원회의 선정 발표 中

류샤오보는 당연히 랴오닝성 진저우시(錦州) 교도소 안에서 노벨평화상 수상 선정 소식을 들었다. 그러나 그는 중국정부의 불허로 감옥 밖으로 한걸음도 나갈 수 없었으며, 가족들조차 출국이 금지되어 결국 수상

노르웨이 오슬로시청에서 열린 노벨평화상 시상식의 빈 의자(ⓒ 연합뉴스 2010.12.10.)

식장에는 빈 의자만 덩그러니 남겨졌다. 또한 중국 정부는 이에 대한 불쾌감의 표시를 경제보복으로 드러냈는데, 무려 7년 동안 시장의 점유율 92%에 달했던 노르웨이산 연어수입을 전면금지하기도 했다. 류샤오보는 직접 상을 받지는 못했지만, 아내 류샤를 통해 '톈안먼사건 희생자들이 받을 상이다'라고 수상소감을 밝힌 바 있다.

> 내 자유를 빼앗아간 정부에 말하겠습니다.
> 나에게는 적이 없습니다.
> 나에게는 원한도 없습니다.
> 나를 감시하고 체포하고 심문했던 이들과 나에게 형을 선고한 이들은 나의 적이 아닙니다. 비록 그들이 '불법'을 인지하고 나를 미행·체포·심문·기소·재판에 회부해도 나로서는 어쩔 도리가 없습니다. 나는 그들의 직업정신과 사명감을 존경하기 때문입니다.
> 내가 중국 역사 속에서 문자옥(文字獄)의 마지막 피해자가 되길 바랍니다.
>
> 류샤오보, 최후 변론 中

류샤오보는 어느 한 개인이 아닌 중국공산당의 '체제' 자체를 비판했던 행동하는 지식인이었다. 한국에도 수많은 지식인들이 존재한다지만 그처럼 서슬이 퍼런 권력 앞에 당당히 쓴 소리를 내며 맞설 수 있는 사람이 몇 이나 될까. 스스로를 학자라고 생각하는 사람이라면 자신이 속한 사회를 어떤 시각으로 바라보고, 어떻게 행동해야 하며, 학생들과 대중들에게 무엇을 전달해야 할지, 류샤오보의 삶은 많은 질문을 던진다.

류샤오보는 2017년 5월 간암말기 판정을 받고 가석방되어 치료받던 중, 결국 두 달도 지나지 않아 초췌한 안색의 볏짚처럼 마른 몸(顔色樵悴, 形容枯槁)으로 세상을 떠났다. 부디 그곳에서는 못 다한 자유 맘껏 누리며 바람처럼 훨훨 날아다니시기를. 삼가 고인의 명복을 빕니다.

## 삼무과학자의 위로, 투유유

2015년 12월 10일 노벨생리의학상 수상자가 발표되었을 때, 세 가지 측면에서 적잖이 놀랐다. 하나는 '중국이 의학상을?'이라는 지극히 개인적인 편견으로 인한 것이었고, 두 번째는 세 명의 수상자가 모두 여든이 넘은 고령의 나이로 노익장을 드러냈기 때문이며, 세 번째는 이들이 평생 온 힘을 쏟아 넣은 연구 분야가 소위 돈이 되는 과(피부과나 성형외과 등)가 아닌 기생충과 말라리아 퇴치였기 때문이다.

윌리엄 캠벨(1930년생) · 오무라 사토시(1935년생) · 투유유(1930년생)가 공동으로 수상자로 선정된 가운데, 중국의 언론은 연일 투유유의 수상에 환호하면서 '중국 최초의 여성 수상자' 또는 '삼무과학자(三無科學者)'라고 소개했다. 투유유에게 없는 세 가지란 바로 박사학위, 해외 유학 경험, 그리고 앞의 두 가지 원인으로 인해 원사(院士: 중국에서 이공계 · 과학계에 기여한 인물에게 부여되는 명예호칭)에 선정되지 못한 것이다. 그럼에도 불구하고 투유유는 한 우물만 집요하게 파고들면서 연구를 진행해 나갔고, 결국 중국 밖의 세상은 그녀의 노력을 인정해 주었다.

투유유는 1930년 저장성 닝보에서 태어났다. 투유유의 아버지는 아기의 울음소리를 듣고 『시경 - 소아 - 녹명지습(鹿鳴之什)』의 '메에 메에 사

〈투유유의 생애〉(1930~)
- 1930년 저장성 닝보 출생
- 21살 베이징의학원 약학과
- 25살(1955년) 졸업 후, 중국전통의학연구원에서 근무, 지금까지도 이곳에서 연구를 진행 중
- 39살(1969년) 말라리아 치료제 개발을 위한 '프로젝트523'에 합류
- 41살(1971년) 개똥쑥에서 아르테미니신 추출 성공
- 49살 아르테미니신이 말라리아 치료제임을 입증
- 81살 래스커상(Lasker Award) 수상
- 85살(2015년) 노벨생리의학상 수상

슴들이 울음소리를 내며, 들판의 쑥을 뜯어 먹고 있구나(呦呦鹿鳴, 食野之蒿)'라는 구절을 떠올리며 '유유'라는 중국 사람들에게조차 특이하게 느껴지는 이름을 지어주었다. 어쨌든 투유유 자신도 노벨상 수상 소감에서 언급했듯이, 이미 이름에서부터 개똥쑥과의 안연이 시작되었던 셈이다.

25살 베이징의학원(지금의 베이징대학 의학부) 약학과를 졸업한 후, 중국전통의학연구원개똥쑥연구개발센터에서 신약 개발을 위한 연구원이 되었다. 문화대혁명으로 인해 박사과정에 진학하지는 못했지만, 1969년 마오쩌둥이 지시한 '프로젝트523(523任務, 523項目이라고도 함)'에 합류하면서 투유유의 연구는 더욱 구체성을 띄게 된다. '프로젝트523'이란 베트남전쟁(1955~1975) 당시 북베트남을 돕던 중국인민해방군이 말리리아에 걸려 죽어나가자, 마오쩌둥 주석이 500여 명의 과학자와 의사로 구성된 팀에게 말라리아 치료제 개발 임무를 맡긴 것이다. 언제 성과가 나타날지 기약할 수도 없고, 과학을 중요하게 생각할 여유도 없던 당시로서는 그야말로 파격적인 결정이 아닐 수 없었다.

연구팀 팀장이었던 투유유는 5년째에 접어든 1971년 10월, 마침내 191번째 실험에서 개똥쑥에서 말라리아 치료제인 '아르테미니신(artemisinin)'을 추출하는데 성공하게 된다. 이는 동진(東晋) 시기 갈홍(葛洪, 283~343?)이 남긴 『주후비급방(肘後備急方)』이라는 의학서(간단한 응급처방을 기록한 책)에 기록된 '개똥쑥을 캐어 물에 담궈 놓은 후, 비틀어 즙을

짜낸 액을 복용하라(青蒿一握, 以水二升漬, 絞取汁, 儘服之)'라는 구절에서 영감을 얻은 결과였다. 투유유는 갈홍의 설명에 따라 증기에 찌던 방식에서 적당한 온도의 물에 담가 놓은 후 즙을 짜내는 형식으로 바꾼 결과 성공할 수 있었다. 일체의 전통을 거부하던 시절, 그녀는 오히려 1,600년 전에 지어진 전통의학서에서 답을 찾았다.

이어서 연구팀은 1979년 아르테미니신이 말라리아 치료에 효과가 있음을 입증했다. 투유유는 통풍도 제대로 안 되는 실험실에서 2,000종이 넘는 약초를 일일이 조사하면서 380번 실험쥐에게 투여하여 효과가 있음을 확인한 후, 먼저 자신에게 인체용 임상실험을 했다.

> 동물 실험이 끝나자 효과가 있음을 확신했습니다.
> 그리고 첫 인체 실험 대상으로 저에게 독성여부를 테스트 했습니다.
> 이 연구의 책임자는 저라는 생각뿐이었습니다.
>
> 투유유, 문회보(文匯報)와의 인터뷰 中

투유유는 거듭된 실험으로 간염과 각종 중독증상에 시달리면서도 결국 독성물질 제거제를 발견하기에 이른다. 그 후, 하이난으로 날아가 21명의 말라리아 환자에게 투여하고 최종적으로 아르테미니신이 97%의 효과가 있다는 사실을 입증한다.

주지하다시피 인간 다음으로 인간을 가장 많이 죽이는 동물은 바로 모기이다. 세계보건기구(WHO)에 따르면 매년 전 세계적으로 약 2억 명의 환자가 발생하고 있으며, 40만 명이 사망하는 것으로 알려져 있다. 지금도 현재진행중인 말라리아와의 전쟁 가운데 아르테미니신이 개발되기 이전, 가장 널리 쓰이던 치료제는 '키니네(kinine)'였다. 그러나 키니네는 이명 · 난청 · 약시 등의 부작용이 컸으며, 결국 투유유 팀의 끈질긴 노력으로 인해 열대지역에 거주하는 수 백 만 명이 보다 안전하게 목숨을 구할 수 있게 된 것이다. 하지만 아르테미니신 역시 투여량이 많을 경우 신경계 손상을 일으킬 수 있기 때문에, 여든이 넘은 나이에도 그녀의 연구는 계속 현재진행형이다.

인류의 일원으로서 감사와 존경의 마음으로 투유유의 노벨상 수상식을 시켜봤다. 저장성 특유의 사투리와 여든 살 중반의 할머니 목소리로 인해 수상소감을 제대로 알아듣기는 어려웠지만, 과학자다운 깔끔하면서도 명확한 내용은 오히려 모옌의 것보다 감동적이었다.

> 오늘 이곳 카롤린스카 대학에서 수강소감을 발표하게 된 것을 영광으로 생각합니다. 연설문의 제목은 '개똥쑥과 4명의 인물에게 감사드린다'입니다.
> 저는 중국 최초의 노벨상 수상자는 아닙니다. 그저 중국 과학계에서 처음으로 노벨상을 수상한 여성과학자일 뿐입니다. 저는 앞으로도 수많은 중국의 '유유'들이 이러한 영광을 누리게 될 것이라고 믿습니다.
> 이 자리에서 먼저 저에게 2015년 생리의학상을 수여한 노벨상위원회와 노벨상기금회에 감사드립니다.
> 이는 제 개인에게 주어진 영광일 뿐만 아니라, 중국 대륙 곳곳에서 자리고 있는 개똥쑥 및 중국의학계 전체에 대한 영광이기도 합니다.
> 今天我极爲榮幸能在卡羅林斯卡學院講演, 我报告的題目是 '感謝青蒿, 感謝四個人.
> 我不是中國本土第一個獲得諾貝爾獎的人, 我只是中國科學家群體中第一个獲賞的女性科學家. 我相信未来中國將有許多的项项呦呦 · 齊呦呦 · 柴呦呦 · 尚呦呦 · 魏呦呦能够獲得這一殊榮.
> 在此, 我首先要感謝諾貝爾獎評委会 · 諾貝爾獎基金會授予我2015年生理學或醫學獎. 這不仅是授予我個人的榮譽, 也是生長在中國大地上成片成片的青蒿的榮譽, 更是中國中醫的榮譽.
>
> 투유유, 2015년 노벨상 수상 소감 中

수상 소감에서 투유유는 개똥쑥과 관련된 이름을 지어준 아버지께, 어려운 시대적 상황 속에서도 중의약의 가치를 인정하고 지원해 준 마오쩌둥에게, 아르테미니신을 추출하는데 있어서 결정적인 힌트를 제공한 갈홍에게, 자신의 약을 믿고 기꺼이 치료를 받은 아프리카 대륙의 사람들에게, 마지막으로 중국 곳곳에서 생명력 강하게 뿌리내리고 있는 개똥쑥에게 감사를 표했다. 그리고 개똥쑥 잎처럼 평온하고, 개똥쑥 꽃의 소박하며, 개똥쑥 줄기처럼 곧게 살고 싶다는 표현으로 소감을 마무리했다.

투유유의 수상에 그토록 기뻐하고 감격했던 이유는 나 역시 '없는 것이 많은 사람'이기 때문이다. 삼무(三無)가 아니라 부족한 것이 너무 많아 다무(多無)일 지경이다. 내노라하는 좋은 학벌과 경력들로 스펙을 수놓은 것도 아니고, 미국이나 유럽의 훌륭한 대학에서 유학을 한 것도 아니다. 듣기 좋은 말도 잘 못하는 성격에다가, 집안의 돈이나 빽은 없는 지경을 넘어 마이너스이다. 동료들을 딛고 올라가면서까지 영달을 누리고 싶지도 않고, 타고난 천성 자체가 의자뺏기게임에서 쭈뼛거리는 아이처럼 내 분량을 잘 챙기지도 못한다. 그럼에도 불구하고 나는 이 일을 왜 하고 있을까. 생각해보면, 내가 좋아하고 그나마 잘 할 수 있는 일이기 때문이다. 월급 하나만을 바라보며 한 달 동안 버티는 직장인이 아니라, 그저 어제보다 하나라도 더 알게 된 것이 좋았기에 여기까지 왔던 것 같다. 물론 매주 가르칠 수 있는 용기를 구하며 강단에 서야 하고, 스스로를 과연 연구자라고 칭할 수 있을지에 대해서는 조심스럽지만, 순수한 학생들과 교감하는 시간들은 대체로 즐겁고, 날마다 조금씩 성장하는 것에 살아있음을 느낀다. 그래서 투유유의 수상은 그저 좋아하는 것에 충실하다보면 그 또한 하나의 길이 될 수 있다고 위로해 주는 것만 같았다.

투유유의 사진을 찾아보면 항상 연구실에서 무엇인가에 집중하는 모습이 대부분이다.

나보다 나이가 두 배 넘게 많으신 분의 눈초리가 저리 매서운데, 벌써

부터 눈이 침침하다면서 엄살떨기가 죄송스러울 정도이다. 언젠가 강단을 떠난 후, 쉰 · 예순을 넘긴 후의 내 모습을 잠시 상상해 본다. 끊임없이 한 우물에 집중하고 있는 우직한 나무 같은 그 모습을 닮고 싶다.

[미션] 지금까지 살펴본 중국 역사 속 인물들의 삶을 종합하여, 사람의 마음속에는 무엇이 있는지, 사람에게 허락되지 않은 것은 무엇인지, 그래서 사람은 무엇으로 사는지 자유롭게 토론해 보도록 한다.

## '길' 위에 서서

이 책의 내용은 가천대학교 동양어문학과의 〈중국인물탐구〉라는 수업을 펼쳐놓은 것이다. 먼저 이렇게 즐겁고 따뜻한 수업을 꾸릴 기회를 주신 가천대학교 김원 선생님과 이태준 선생님께 감사드린다. 또한 함께 중국 역사 속 인물들의 삶을 들여다보며 가슴 속 자신들의 이야기들을 기꺼이 나눠주었던 가천대학교 학생들에게도 감사드린다. 〈중국인물탐구〉는 무엇보다 내 자신의 삶을 반추할 수 있다는 점에서 특히 애정하는 수업이기도 하다.

다시 처음의 질문으로 돌아가 보도록 한다.

우리는 타인의 삶에 왜 관심을 가져야 할까? 이백의 삶을 모른 채 그의 시를 읽으면 그저 '나와는 다른 넘사벽의 천재'로, 마원을 삶을 제대로 알지 못한다면 그의 기이한 행적을 보며 '특이한 관종'으로 단정지어 버릴 수도 있다. 널리 알려진 동서고금의 유명한 인물뿐만 아니라, 내 주변의 사람들의 경우에도 지극히 작은 일부분만 보고 자의적으로 판단한 적이 얼마나 많았던가. 비단 인간과 인간의 관계뿐만 아니라, 생태적 관점에서 나는 무생물 · 동물 · 식물 등 모든 존재들과 거미줄처럼 서로 연결되어 있다. '내 위주'로 '나와 내 가족'만 생각하는 것은 유아기적 사고에 머무르는 것이며, 성숙한 어른이라면 당연히 '타자와 더불어 봄을 이룰 줄 아는 자세(與物爲春)'가 무엇일지 고민해야 한다. 조금만 타자의 존재를 찬찬히 살핀다면 오리털 패딩보다 비건 패딩을 입고, 거품 세제에서 베이킹 소다를 사용할 것이며, 감히 서로를 미워하고 오해하면서 '벌레

(蟲)'라고 부르지 못할 것이다. 맹자의 주장처럼 인간의 마음은 본래 선하다고 믿고 싶다.

나아가 모든 이들의 마음속에는 무엇이 담겨 있으며, 과연 사람을 살아가게 만드는 힘, 세상을 굴러가게 하는 힘은 무엇일까?

톨스토이는 '타인을 돌아볼 줄 아는 사랑'이라고 했고, 이 책의 인물들은 진리를 알고자 하는 목마름, 제대로 된 세상을 만들고자 하는 소망, 새로운 세상에 대한 호기심, 자신의 일에 대한 자부심과 열정 등을 품고 각자의 길을 걸어갔다. 말을 하고 안 하고의 차이일 뿐, 세련되게 표현하고 못하고의 다름일 뿐, 모든 사람들은 각자의 '그 무엇'을 품고 자신의 길을 걸어간다.

그리고 사람들에게 허락되지 않은 것은 무엇인가?

흥미로운 점은 아무리 훌륭한 인물이라 할지라도 평생토록 바라던 목표를 이루지 못한 경우가 많았다. 예를 들어 공자와 이백은 '중국의 자랑'이지만, 정작 그들 자신은 관리가 되어 멋지게 정치를 펼치려는 목표를 이루지 못한 채 차선책에 만족해야만 했다. 이 점으로 미루어 볼 때, 하늘이 말하는 성공과 인간이 바라는 성공 사이에는 분명 어떤 간극이 존재함을 알 수 있다. 또한 동서고금을 막론하고 모든 것을 다 가졌음에도 불구하고, 자식 문제로 골머리를 앓는 경우도 많았다. 강희제는 아들들 사이의 피비린내 나는 싸움을 직접 목도해야 했고, 성룡도 아들과 딸이 안겨 준 충격으로 적잖이 마음고생을 겪어내야만 했다.

무엇보다 톨스토이의 말처럼 모든 인간에게는 자신이 언제 죽을지 알 수 있는 지혜가 허락되지 않는다. 삶의 마지막이 '오늘 밤'일 수도 있다면, 우리는 조금 더 욕심을 내려놓고 조금 더 주변을 둘러보며 살 수 있을 것이다.

그래서 사람은 무엇으로 사는가?

톨스토이는 '남의 아이들을 자기 자식처럼 키우는 시몬 부부의 착한 마음'을 보며 세 번째 질문에 대한 답을 찾았다. 세상살이는 고생의 연속이고, 삶의 어느 한 순간도 녹록치 않은 적이 없지만, 그럼에도 불구하고 다시 일어나 걸음을 내디딜 수 있는 힘은 넘어진 나에게 누군가가 내민 따스한 손길 덕분일 것이다.

이 수업을 두 번째로 준비하던 2018년 초봄, 나도 가족들도 많이 아팠다. 그리고 아버님이 갑작스럽게 세상을 떠나셨다. 그토록 살기위해 애쓰셨는데 결국은 한 줌의 재로 남는 과정들을 목도했으며, 누구나 예외없이 겪게 되는 이 잔혹하면서도 보편적인 슬픔 앞에서 인정세태의 차가움과 따뜻함을 동시에 경험했다. 비록 세상에 따뜻함 보다는 차가움이 많을지라도, 그 작은 공감과 배려와 위로 덕분에 다시 일어나 또 주어진 길을 걸어간다.

좋은 옷 한 벌, 맛있는 호텔 음식 한 번 사드리지 못한 것이 내내 마음에 남는다. 먼저 달려갈 길을 마치고 천국에서 기다리고 계실 아버님께 부족한 이 책을 드린다.

# 참고자료

〈단행본〉
찌아원홍, 성연진 옮김, 『중국 인물 열전』, 청년정신, 2010.
류소천, 『중국 문인 열전: 눈부신 글로 승화된 치열한 생애』, 북스넛, 2011.
동아시아연구회, 『중국 역사 인물』, 범원사, 2005.
신동준, 『인물로 읽는 중국 근대사』, 에버리치홀딩스, 2010.

가의, 허부문 옮김, 『과진론 · 치안책』, 책세상, 2004.
강신주 외, 『동양의 고전을 읽는다』(2), 휴머니스트, 2006.
개빈 멘지스, 조행복 옮김, 『1421, 중국 세계를 발견하다』, 사계절, 2004.
고미숙 · 길진숙 · 문성환 · 신근영, 『루쉰, 길 없는 대지』, 북드라망, 2017.
공기두, 『모택동의 시와 혁명』 풀빛, 2004.
공자, 김형찬 옮김, 『논어』, 홍익출판사, 2015.
곽말약, 임효섭 옮김, 『이백과 두보』, 까치, 1992.
권덕녀 옮김, 『대당서역기』, 서해문집, 2006.
김규현 역주, 『대당서역기』, 글로벌콘텐츠, 2013.
김상문, 『소평소도』, 아이케이, 2014.
김선자, 『문학의 숲에서 동양을 만나다』, 웅진지식하우스, 2010.
김영수, 『중국 3천년, 명문가의 자녀교육법』, 스마트비즈니스, 2017.
김용옥, 『도올, 시진핑을 말한다』, 통나무, 2016.
노신, 유세종 옮김, 『청년들아 나를 딛고 오르거라』, 창, 1991.
동화, 전정은 역, 『보보경심』(1)(2)(3), 파란썸, 2016.
레이황, 김한식 역, 『1587 만력 15년 아무일도 없었던 해』, 새물결, 2004.
로버트 로렌스 쿤, 박범수 외 옮김, 『중국을 변화시킨 거인 장쩌민』, 랜덤하우스코리아, 2005.
로저 크롤리, 우태영 옮김, 『부의 도시 베네치아』, 다른세상, 2012.
런즈추 · 원쓰융, 임국충 옮김, 『후진타오』, 들녘, 2004.
렁후 지음, 송은진 옮김, 『텐센트 마화텅: 앞서가는 사람의 한 걸음』, 큰나무, 2016.
류샤, 김영문 옮김, 『그리운 샤오보』, 글누림, 2011.
류종목, 『팔방미인 소동파』, 신서원, 2005.
류종목, 『소동파 문학의 현장 속으로(1)(2)』, 서울대학교출판문화원, 2015.
리처드 번스타인, 정동현 옮김, 『뉴욕타임즈 기자의 대당서역기』, 꿈꾸는돌, 2003.

린쥔·장위저우 지음, 김신디 옮김, 『마화텅과 텐센트 제국』, 린, 2016.
모옌, 문현선 옮김, 『모두 변화한다』, 생각연구소, 2012.
모옌, 박명애 옮김, 『홍까오량 가족』, 문학과지성사, 2007.
모옌, 박명애 옮김, 『탄샹싱』(1)(2), 중앙M&B, 2003.
모옌, 심규호·유소영 옮김, 『개구리』, 민음사, 2012.
미야자키 이치사다, 차혜원 역, 『옹정제』, 이산, 2001.
박근형, 『후진타오 이야기』, 명진출판사, 2010.
반고, 진기환 옮김, 『한서(5)』, 명문당, 2017.
벤자민 양, 권기대 옮김, 『덩샤오핑 평전』, 황금가지, 2004.
브루스 질리, 형선호·최준명 옮김, 『장쩌민』, 한국경제신문사, 2002.
사마천, 김원중 옮김, 『사기세가』, 민음사, 2015.
사마천, 김원중 옮김, 『사기본기』, 민음사, 2015.
사마천, 김원중 옮김, 『사기열전』(1)(2), 민음사, 2015.
사와다 이사오, 김숙경 옮김, 『흉노: 지금은 사라진 고대 유목국가 이야기』, 아이필드, 2007.
샐리 하비 리긴스, 심소영 옮김, 『현장법사』, 민음사, 2010.
샨사, 이상해 옮김, 『측천무후(상)(하)』, 현대문학, 2004.
샹장위, 이재훈 옮김, 『시진핑 리커창』, 린, 2012.
서명수, 『후난, 마오로드』, 나남, 2015.
서하객, 김은희·이주노 옮김, 『서하객유기』(1)~(7), 소명출판, 2011.
성룽·주묵, 『성룽: 철들기도 전에 늙었노라』, 쌤앤파커스, 2016.
쉬즈위안, 김택규·이성현 옮김, 『저항자』, 글항아리, 2016.
쑤퉁, 김재영 옮김, 『측천무후』, 비채, 2010.
신용철 지음, 『이탁오: 공자의 천하 중국을 뒤흔든 자유인』, 지식산업사, 2006.
알렉산더 판초프, 스티븐 레빈 지음, 심규호 옮김, 『마오쩌둥 평전』 민음사, 2017.
얼웨허, 홍순도 옮김, 『옹정황제(1)-(12)』 더봄, 2015.
에드거 스노, 홍수원·안양노 번역, 『중국의 붉은 별』, 두레, 2013.
에즈라 보걸, 심규호·유소영 옮김, 『덩샤오핑 평전: 현대중국의 건설자』, 민음사, 2014.
옌리에산, 홍승직 옮김, 『이탁오 평전: 유교의 전제에 맞선 중국 사상사 최대의 이단아』, 돌베개, 2013.
왕수이자오, 조규백 옮김, 『소동파 평전』, 돌베개, 2013.
왕스징, 신영복·유세종 옮김, 『루쉰전』, 다섯수레, 2007.
우밍, 송삼현 옮김, 『시진핑 평전』, 지식의 숲, 2012.
우한 지음, 김숙향 옮김, 『대여행가』, 살림, 2009.

위단 지음, 임동석 역, 『논어심득』, 에버리치홀딩스, 2007.
유시민, 『국가란 무엇인가』, 돌베개, 2017.
이븐 바투타, 정수일 역, 『이븐 바투타 여행기』(1)(2), 창작과비평사, 2001.
이유진, 『상식과 교양으로 읽는 중국의 역사』, 웅진지식하우스, 2013.
이조, 이상천 옮김, 『당국사보』, 학고방, 2006.
이지 지음, 김혜경 옮김, 『분서』1,2, 한길사, 2004.
이지 지음, 김혜경 옮김, 『속분서』, 한길사, 2007.
이해원, 『이백의 삶과 문학』, 고려대학교출판부, 2002.
이해원, 『이백 명시 감상』, 차이나하우스, 2015.
장거 지음, 박지민 옮김, 『마오쩌둥 어록』 큰나무, 2010.
장점민, 김영수 번역, 『제국의 빛과 그늘』, 역사의아침, 2012.
조영남, 『덩샤오핑 시대의 중국(1): 개혁과 개방』, 민음사, 2017.
조영남, 『덩샤오핑 시대의 중국(2): 파벌과 투쟁』, 민음사, 2017.
조영남, 『덩샤오핑 시대의 중국(3): 톈안먼 사건』, 민음사, 2017.
지셴린, 이선아 옮김, 『인생』, 멜론, 2010.
지셴린, 허유영 옮김, 『병상잡기』, 뮤진트리, 2010.
지셴린, 허유영 옮김, 『다 지나간다』, 추수밭, 2009.
지셴린(계선림), 이정선 외 옮김, 『우붕잡억』, 미다스북스, 2004.
천둥성 지음, 오유 옮김, 『바이두 이야기』, 마더북스, 2011.
첸원중, 임홍빈 번역, 『현장 서유기』, 에버리치홀딩스, 2010.
최종세, 『모택동 문학세계의 허와 실』 바움, 2008.
치바이스, 김남희 옮김, 『치바이스가 누구냐-중국화의 거장이 된 시골목수』, 학고재, 2003.
테드 알렌 저, 천희상 역, 『닥터 노먼 베쑨』, 실천문학사, 2001.
티모시 브룩, 조영헌 옮김, 『하버드중국사 원,명: 곤경에 빠진 제국』, 너머북스, 2014.
馮爾康, 『雍正傳』, 人民出版社, 1985.
하라 모모요, 강태정 옮김, 『측천무후(1)-(6)』, 동아서원, 1986.
해리슨 솔즈베리, 박월라 · 박병덕 역, 『새로운 황제들』, 다섯수레, 2013.
홍순도, 『시진핑: 13억 중국인의 리더, 그는 누구인가』, 글로연, 2012.
후지타 가쓰히사, 주혜란 옮김, 『사마천의 여행』, 이른아침, 2004.

〈논문〉

배영신, 「서하객의 여행기를 통해 본 명청교체기 한족지식인의 서남변경의식」 동양사학회 『동양사학연구』107, 2009.

서정희, 「서유기의 당삼장 연구」 한국중어중문학회 『중어중문학』38, 2006.
이종화, 「시진핑의 중국의 꿈과 과학발전관의 미래 발전」 영남대학교 중국연구센터 『중국과 중국학』 제23권, 2014.
정세진, 『오대시안의 사회문화적 함의 연구』, 서울대학교 박사학위논문, 2012.
지만수, 「중국의 꿈?: 과학적 발전관의 내용과 의미」『오늘의 세계경제』 07권 48호, 2007.

〈신문기사〉
「중국공산당은 중국공자당이 될 것인가」(중앙일보 2016.9.7.)
「"논어 다섯 구절만 외우면 공자 유적지 무료관광" 공자의 고향 취푸(曲阜)시, 공자 알리기 나서」(매일종교신문 2014.12.30.)
「中 시진핑 연화, 마오쩌둥 다음으로 '베스트 셀러'」(뉴시스 2015.2.19.)
「中당국 통제에도… 마오쩌둥 · 시진핑 나란히 우상화」(문화일보 2016.5.13.)
「시진핑 우상화 논란 … "밀 100kg 메고 5km 산길을 갔다고?"」(연합뉴스 2017. 3.25.)
「中의학으로 첫 노벨생리의학상....마오쩌둥 비밀 프로젝트에서 출발」(뉴스1 2015.10.6.)
「3만 자 분량의 시진핑 연설문 정밀해부」(월간조선 2017. 12월호)
「시진핑이 토굴에서 문혁 겪은 량자허촌」(연합뉴스 2016.5.12.)
「마윈회장 中 눈꽃소년들 위해 기숙학교 세운다」(헤럴드경제 2018.1.22.)
「간암에 무릎 꿇은 中 인권해방의 기수 류샤오보는 누구」(연합뉴스 2017.7.13.)
「4세기 고서 주후비급방, 노벨상을 낳다... 투유유, 시약 자신에게 실험하다 중독되기도」(아주경제 2015.10.7.)
「'구글 짝퉁' 꼬리표 뗀 포털 공룡, 거침없는 AI 굴기」, 한국일보, 2018.3.3.
Charlie Campbell, 「Baidu's Robin Li is Helping China Win the 21st Century」, 『Time』, January 18, 2018.

〈기타〉
영화 〈공자: 춘추전국시대〉(2015)
영화 〈영웅〉(2002)
영화 〈진용〉(1989)
영화 〈현장법사: 서유기의 시작(大唐玄奘)〉(2016)
드라마 〈후궁견환전〉(2011)
드라마 〈궁쇄심옥〉(2011)
드라마 〈보보경심〉(2011)
드라마 〈한무대제〉(2004)

드라마 〈일대여황〉(1985)
드라마 〈무측천〉(1994)
드라마 〈무미랑전기〉(2014~2015)
드라마 〈꽃 피던 그 해 달빛〉(2016~2017)
실경산수뮤지컬 〈정성왕조 - 강희대전〉(2011)
JTBC 〈차이나는 클라스 - 유시민〉1-4회(2017)
JTBC 〈차이나는 도올〉1-12회(2016)
tvN 〈알쓸신잡〉 시즌1~3(2017~2018)
KBS 다큐 〈바다의 제국〉(2015)
SBS 다큐 〈세계의 대학 - 다이하드, 죽도록 공부하기〉(2002)
예술의전당 전시 〈한중수교 25주년 기념: 치바이스, 목장에서 거장까지〉(2017. 7.31.~10.8)
서복전시관 http://culture.seogwipo.go.kr/seobok/
치바이스기념관 http://qibaishi.artron.net/
學習路上 http://cpc.people.com.cn/xuexi/

## 저자소개

박성혜

연세대학교에서 중국 고전문학(소수민족 연극)으로 박사학위를 받았다. 현재 가천대학교 동양어문학과와 배화여자대학교 교양과에서 강사로 일하고 있으며, 경인교육대학교, 성신여자대학교, 연세대학교, 한세대학교에서 중국어, 중국문화, 중국문학 등을 강의해왔다.

소수민족, 공연문화, 고전, 생태를 주제로 조금씩 공부의 범위를 넓히고자 하며, '같이 사는 삶(共生)'에 관심이 많다. 번역서로는 《녹귀부》, 《태평광기(1)~(4)》(공역)가 있고, 지은 책으로는 《티베트 연극 라모》, 《중국소수민족의 무형문화유산: 서북, 서남(1), 서남(2), 동북, 동남》(공저), 《중국문인들의 글과 말》이 있고, 논문으로는 〈티베트 민족의 무형문화유산에 대한 시론〉, 〈중국의 유네스코 무형문화유산에 대한 초탐〉, 〈제주와 하이난의 인문유대를 위한 제언〉, 〈딩거룽둥창의 성과와 의의〉 등이 있다.

# 중국 인물들이 걸어온 길
## - 공자에서 투유유까지

초판 인쇄 2018년 12월 1일
초판 발행 2018년 12월 15일

저 자 | 박성혜
펴 낸 이 | 하운근
펴 낸 곳 | 學古房

주 소 | 경기도 고양시 덕양구 통일로 140 삼송테크노밸리 A동 B224
전 화 | (02)353-9908 편집부(02)356-9903
팩 스 | (02)6959-8234
홈페이지 | http://hakgobang.co.kr
전자우편 | hakgobang@naver.com, hakgobang@chol.com
등록번호 | 제311-1994-000001호

ISBN 978-89-6071-781-7 93820

**값 : 13,000원**

이 도서의 국립중앙도서관 출판예정도서목록(CIP)은 서지정보유통지원시스템 홈페이지(http://seoji.nl.go.kr)와 국가자료공동목록시스템(http://www.nl.go.kr/kolisnet)에서 이용하실 수 있습니다. (CIP제어번호 : CIP2018039171)